BODO LAMPE

—————

DIE FAHRT DER ANNELIESE

© 2020 Bodo Lampe

Herstellung und Verlag: BoD - Books on Demand, Norderstedt

ISBN 9783752896831

Bibliografische Information der Deutschen Nationalbibliothek:
Die Deutsche Nationalbibliothek verzeichnet diese Publikation in der Deutschen Nationalbibliografie; detaillierte bibliografische Daten sind im Internet über http://dnb.d-nb.de abrufbar

BODO LAMPE

DIE FAHRT

DER ANNELIESE

ROMAN

1.

Es ist ein bewölkter, aber sonst ganz angenehmer Frühsommertag, und die Uhren zeigen auf 11 Uhr vormittags. Im Lübbecker CDU-Bürgerbüro hockt Holzbrink und träumt vor sich hin. Eben hat er mit einem alten Kumpel aus Diepholz telefoniert.

Tja, die Diepholzer haben es gut. Keine nervigen Veränderungen weit und breit, und die CDU sitzt jahrzehntelang fest im Sattel. Guck dir Piepenkötter an. Zwei, drei Jahre Kreisvorsitzender in Diepholz, und schon bist du Bundesminister. Und seine Angetraute hat er gleich eingestellt als Referentin, obwohl sie ihr Juraexamen angeblich nur mit Ach und Krach bestanden hat. Sonst werden da bekanntlich nur Einserjuristen genommen.

Die hatte sowieso keine Lust auf Diepholz, behaupte ich mal. Subventionen für den Bauernhof ja, jederzeit, aber die Gülle ausfahren, nee du. Die doch nicht.

Naja, ihr könnten selbst die Subventionen egal sein. Als Tochter von Franz Humbert hat eine Frau immer ihr Auskommen. Ich an ihrer Stelle würde mich in keinem Ministerium krumm machen. Lieber das Leben genießen. Nachdem der Vater schon vor Jahren den Großteil seiner Firmen zu Geld gemacht hat, ohne einen müden Euro Steuern zu bezahlen. Weil als Schweizer Staatsbürger kann dir der deutsche Fiskus nichts tun. Und als Milliardär kannst du jederzeit Schweizer werden. Brauchst nur hingehen und sagen: einen Schweizer Pass, silwuplee, und ruckzuck, schon hältst du ihn in der Hand. Da sind sie superschnell, die sonst so bedächtigen Schweizer.

Ein paar Milliönchen wird sie von dem Erbe wohl abkriegen. Man überblickt gar nicht, wie viele Töchter Humbert hat aus wie vielen Ehen. Nur Töchter, keinen Sohn, das ist das Tolle. Neulich stand in der Bunten mal eine Liste. Alles attraktive Blondinen, da kann man nicht meckern. Gut, einige sollen einen ziemlichen Spleen haben, aber das ist bei Reichen normal, glaube ich. Momentan ist er mit einer Krankenschwester verheiratet, die halb so alt ist wie er. Das passt natürlich. Wenn einer über 80 ist und nicht mehr ganz so agil, sind Krankenschwestern das Beste.

Dass sie die Subventionen genommen haben, war natürlich ein Fehler. Die Piepenkötters, meine ich. Aber sowas weiß man erst hinterher. Piepenkötter wollte das elterliche Erbe nicht weggeben, was ich wiederum auch verstehen kann, und hat es vorsichtshalber seiner Frau überschrieben, kurz bevor er Minister wurde. Dafür haben sie jetzt die Tierschützer am Hals. Die Truppe, die mit ihren Filmchen im Internet die ganze Welt verrückt macht. Wer das wohl gedreht hat, schauerlich. Piepenkötter kann froh sein, dass es nur im Regionalprogramm gelaufen ist statt in der Tagesschau.

Die Beiden sollen es in Berlin ganz schön krachen lassen. Sogar von Scheidung ist die Rede, was in der Kreis-Grafschaft normal überhaupt nie vorkommt. Ich glaube, die Diepholzer wissen gar nicht, was eine Scheidung ist. Die haben mit die niedrigste Scheidungsrate von ganz Deutschland. Aber das kommt davon, wenn man statt Nachbars Lieschen eine Auswärtige heiratet. Töchter von Milliardären sind ziemlich selbstbewusst. Die will wahrscheinlich dauernd bespaßt werden. Kasinobesuche in Bad Oeynhausen, Yachtausflüge auf dem Mittellandkanal, oder sie fliegen abends kurz nach Paris; was weiß denn ich.

Auf der Strecke hält sie sich blendend, schießt kaum mal daneben. Dabei sehr attraktiv für ihr Alter, dass sich die Männer die Finger nach lecken und selber gern mal zum Schuss kämen.

Nee also, das Schießen muss man ihr wahrlich nicht beibringen. Und ihr Mann, der Piepenkötter, ist so verrückt, der würde am liebsten die ganze Zeit mit dem Gewehr herumlaufen und jeden Tag Halali blasen. Sogar den Kanzler soll er angesteckt haben mit seiner Jagdleidenschaft, dass der gern mit ihm loszieht und sich im Kanzleramt angeblich einen eigenen supermodernen Waffenschrank hat einbauen lassen. Seitdem haben die Waffenkritiker bei der

Regierung einen ganz schweren Stand. Vielleicht kommt Lahmeier auch mal zum Jagen nach Lübbecke, das wär was. Wir haben hier ein paar nette kleine Reviere, die man ihm zeigen könnte.

-

So sitzt Holzbrink im Bürgerbüro und träumt vor sich hin. Für ihn wäre eine Millionärstochter auch nicht schlecht gewesen. Dann ist man doch etwas ungebundener und kann sich mal was außer der Reihe gönnen. Oder ganz die Brocken hinschmeißen, wenn einen die Mindener zu sehr nerven. Außer natürlich sie lässt sich scheiden, dazu tendieren Millionärstöchter wahrscheinlich eher als, ich sage mal, Beamtentöchter. Und wenn dann Gütertrennung ausgemacht ist, geht man doch wieder leer aus.

Scheidung oder nicht, das kann der Diepholzer CDU allerdings egal sein. Die werden sowieso immer wieder gewählt. Getz gerade, sagen die Landwirte. Oder glaubst du, wir lassen uns von den grünen Bonzen und Umweltchaoten vorschreiben, wen wir wählen sollen.

Die Bauern wissen doch auch, wo die Glocken hängen. Die wollen in ihren Ställen möglichst viele Tiere stehen haben, und nicht sinnlos Platz verschenken. Was soll das auch. Riesengebäude, und das Vieh verläuft sich da hinterher drin. Langweilt sich. Da fühlt sich kein Schwein wohl, wenn ihm kein anderes auf die Hufe tritt. Und auch der Bauer fühlt sich nicht wohl, wenn die Kasse nicht klingelt, weil er seine Schnitzel nicht mehr nach Afrika exportieren kann, weil seine Kosten ihm davon galoppieren, und kein Afrikaner kann sie sich noch leisten.

Aber da ist Piepenkötter vor. Der hält seine Hand über die Bauern wie noch was. Und der Kanzler hält seine Hand über Piepenkötter, egal was auf dessen Hof passiert ist und was der Minister gewusst hat von den kleingehäckselten Ferkeln. Eine unappetitliche Geschichte ist das schon. Besonders wenn man sie per Video serviert bekommt, bleibt einem die Frühstückssalami im Halse stecken, und man isst hinterher nur noch Rindfleisch. Aber unser Bundeskanzler ist zu klug, um der rotgrünen Endlosschleife nachzugeben. Der weiß ganz genau, ein Trainer muss seine Mannschaft zusammenhalten. Wenn ein Stammspieler fällt, fällt bald auch der nächste. Fehler? Kennen wir nicht.

So hat er, Holzbrink, jahrelang auch im Kreis Lübbecke regiert, und die Wähler waren zufrieden. Die SPD hat vielleicht die Umfragen gewonnen, aber wenn es darauf ankam, haben die Lübbecker das Kreuzchen doch meist bei Holzbrink gemacht.

Nur leider, nach der Lübbecker CDU kräht heute kein Hahn mehr. Seit der Gebietsreform hat im neuen Großkreis Minden die SPD das Sagen. Sie stellt den Landrat, und die CDU kann froh sein, dass sie wenigstens noch über einen Bundestagsabgeordneten verfügt. Derweil sind die Diepholzer froh, dass sie zu Niedersachsen gehören - nachher wären sie auch noch eingemeindet worden.

Das Thema CDU-Bundestagsabgeordneter könnte sich ebenfalls schnell erledigen, denn nächstes Jahr sind Wahlen, und der jetzige Amtsinhaber ist ein Totalausfall, das muss man mal ganz deutlich sagen. Eine einzige Peinlichkeit, die bestimmt nicht wiedergewählt wird. Holzbrink weiß gar nicht, wie er jemals auf die Idee gekommen ist, diese Peinlichkeit als Kandidaten vorzuschlagen. Politiker, die einen Polizisten beleidigen, weil sie bei einer Verkehrswidrigkeit erwischt worden sind und Angst haben, ihren Lappen zu verlieren, um nur mal ein Beispiel aus Strot-Ottes Repertoire zu nennen, das kommt sonst nur bei den Linken vor. Oder bei der FDP. Aber so ist das, wenn man Leute aufstellt, die man kaum kennt. Halbes Jahr Parteimitglied, plus Empfehlung eines Staatssekretärs, der ihm von irgendwelchen Privatgeschäften her nahestand, schon war der Abgeordneter.

Das nächste Mal bist du klüger, und stellst dich selber auf, wie oft hat Holzbrink das schon gedacht, und die Idee aber gleich wieder verworfen. Zu unbeliebt ist er in Lübbecke seit dem Coltran-Skandal - von Minden ganz zu schweigen. Was kann er denn dafür, dass er damals Aufsichtsratsvorsitzender bei der Sparkasse war und aber keinen Schimmer von Heinz' Geschäften hatte und was darin für Risiken schlummerten. Weil er nicht hinsehen wollte, weil er Heinz vertraute, nach allem, was man füreinander getan hatte. - Aufsichtsrat der Sparkasse, eine solche Position lehnt doch keiner ab, fehlendes Fachwissen hin oder her. Wenigstens ist er, Holzbrink, damals straflos aus den Prozessen herausgekommen.

Trübsinnig sitzt er hinter der milchigen Glasscheibe des CDU-Bürgerbüros am Wittepol, einer kleinen, etwas verlotterten Seitengasse der Langen Straße, und gedenkt der glorreichen Zeiten, in denen er Landrat des Kreises Lübbecke war. Heute ist Bürgersprechstunde, doch das Interesse hält sich ziemlich in Grenzen. Nicht mal ein Bauer da, der sich beschwert, weil er sein wichtigstes Pflanzenschutzmittel neuerdings im Ausland kaufen muss, oder der Ernteausfälle erstattet haben möchte. Letzteres regelt heutzutage zentral der Bauernverband, dessen Vorsitzender praktischerweise wie Piepenkötter aus Diepholz stammt. Die zwei sollen irgendwie verwandt sein. Sie sehen sich auch dermaßen ähnlich, dass man sie für Zwillinge halten könnte. In Diepholz gab es anscheinend jahrhundertelang keine Ehen mit Auswärtigen, so dass die Diepholzer sich jetzt alle irgendwie gleichen. Wenn sie im Fernsehen zusammen interviewt werden, also ich meine der Ernährungsminister und der Bauernpräsident, weiß man nie, wer wer ist. Sie könnten sich auch leicht gegenseitig vertreten, besonders weil sie meist sowieso einer Meinung sind.

Der Bauernverband setzt sich für seine Leute ein, das muss man zugeben. Und dabei ist ein kurzer Draht zum Minister natürlich Gold wert, wenn man sich praktisch von Hofstelle zu Hofstelle zurufen kann, was man so braucht an Ernteausfallsentschädigung. Ja, da funktioniert das vielgepriesene westdeutsche Wirtschaftsmodell noch, das von den Ostdeutschen gerne 1 zu 1 kopiert und verinnerlicht worden ist. Während in Holzbrinks Bindestrichlandkreis Minden-Lübbecke gar nichts mehr funktioniert.

Schlau eingefädelt haben das die Genossen in Düsseldorf. Das ländliche Lübbecke mit dem städtischen Minden zusammenlegen, und schon verlieren fähige Leute ihren Posten. Fähige Leute wie Holzbrink, um Ross und Reiter mal beim Namen zu nennen. Denn dass der neue Landrat mehr kann als er, das glaubst du doch selbst nicht. Der hat sich im Kreistag schon mehrmals blamiert, weil er absolut keine Ahnung hat.

Genau wie Püffkemeier, den Lübbecker Bürgermeister, lässt Holzbrink den neuen Landrat öfter mal auflaufen. Wer hat denn die ganzen EU-Connections? Wer ist denn mit Bundesministern per du? Kennt alle Bauern, Handwerker, Unternehmer aus dem Effeff und weiß, wie die ticken? Freilich: vor der Amtsübergabe mussten im alten Lübbecker Kreishaus ordentlich Akten geschreddert werden. Man konnte ja vieles nicht einfach so liegen lassen. Nicht auszudenken, wenn das in falsche Hände geraten wäre.

Worüber Holzbrink sich am meisten ärgert: ein Jahr länger, und er hätte die doppelte Pension nach Hause gebracht. Aber dann kam die Kommunalwahl. Und so sind sie Holzbrink, und all die anderen CDUler ebenso kostenlos wie elegant losgeworden. Nur der neue Landrat, der hat gleich zwei Besoldungsstufen übersprungen. Oder fünf, je nachdem, wie man rechnet. Hat sich einen ordentlichen Schluck aus der Pulle genehmigt. Vorher war er Verkehrsdezernent. Sogar Püffkemeier hat sich aufgeregt, obwohl er zur selben Partei gehört, und sich damit bei seinen Mindener Genossen nachhaltig unbeliebt gemacht. Aber Püffkemeier ist eben Püffkemeier. Der hat sich auch bei Holzbrink immer nur unbeliebt gemacht.

Ja, der Püffkemeier. Der ging natürlich in Sahne, als er Holzbrink so am Boden sah, obwohl er selbst von der Gebietsreform gar nicht profitiert hat. Püffkemeier ist nach wie vor derselbe unbedeutende Provinzbürgermeister, der er vorher war, trumpft aber auf wie Gerd Schröder. Oder sagen wir wie früher Heinz. Naja klar, SPDler werden leicht überheblich, wenn sie in einer CDU-Gegend überraschend zum Bürgermeister aufsteigen und sich dann dort sogar halten können. Angeblich kommt das sowieso nur, weil die Frau so gute

Bratkartoffeln macht. Jeder Eingeweihte weiß doch, dass Püffkemeier nicht viel auf dem Kasten hat.

Der Sohn soll ja Säufer sein. Und hat durch sein Säufertum nicht unwesentlich zu Heinz' Bankrott beigetragen. Lange nichts gehört von dem. Wenn der man nicht endet wie Haseloh. Quartalstrinker, viele Jahre ging es gut, und neulich ganz plötzlich: Nierenversagen. Und weg war er.

Die Leute trinken einfach zuviel. Eigentlich kein Wunder bei dem Job, den Haseloh hatte, da fängt jeder das Saufen an. Der junge Püffkemeier hat, soviel man weiß, gar keinen Job. Aber die hübsche Bauunternehmerstochter schwängern bis zum geht nicht mehr, die sichere Beamtenlaufbahn bei der Kreisverwaltung in den Sack hauen und stattdessen Soziologie studieren, oder sonst so ein brotloses Fach. Das konnte nicht gut gehen. Okay, Heinz kann sich nicht mehr aufregen über sein Schwiegersöhnchen. Aber die Tochter, die wird sich jeden Tag ärgern. Wär sie man bei dem Immobilienheini geblieben, wie hieß der noch? Cleveres Kerlchen. Hat seinen Laden in Lübbecke dicht gemacht und ist den Wölfen hinterher gezogen nach Minden. Der würde sie heute garantiert nicht mehr wollen, mit ihren Blagen am Hals und dem Insolvenzverwalter im Nacken.

Holzbrink sortiert seine Stifte. In aller Ruhe, muss man sagen, denn nach der beachtlichen Karriere, die er hingelegt hat, kann ihm eigentlich nichts mehr passieren. Es sind ziemlich viele bunte Stifte, die er da sortiert. Von der letzten Wahl übriggeblieben. Kann man aber nächstes Mal noch genauso gut verteilen.

War das eben Henke, der da vorüberging? Tja, wer an Haseloh denkt, kommt an Henke nicht vorbei. Wie siamesische Zwillingen waren die. Genaugenommen Drillinge, denn Dekemeier muss man auch dazurechnen. Nur, Henke kann mehr vertragen, wesentlich mehr, und hat sich besser unter Kontrolle.

Wieso hat der frei heute? Leute wie Henke, die es gerade eben in den Stadtrat geschafft haben, müssen an ihrer Karriere noch arbeiten. Eigentlich hat der Mann ganz vernünftige Ansichten. Gut, er redet ziemlich viel Blech. Hört sich gern reden. So viel, dass er bei den Püffkemeiers keine Bratkartoffeln mehr abkriegt, und schon gar keinen Cognac. Auch der OKD kann ihn aus irgendwelchen Gründen nicht ausstehen. Aber sonst: ganz vernünftige Ansichten. Henke ist eindeutig in der falschen Partei. Mit diesen Ansichten wird er bei den Roten nicht weiterkommen, trotz Gebietsreform. Oder glaubst du, dass die Mindener das anders sehen? Oder dass Düsseldorf ruft? Nee, du, nee. Bestimmt nicht.

Da, schon wieder, was schleicht der hier eigentlich rum?

Ihn, Holzbrink, hat Düsseldorf leider auch nicht gerufen, nicht mal in der Zeit von Rüttgers Club und obwohl er in der Lübbecker CDU, und auch in der Mindener, schon so lange das Heft in der Hand hat. Keine staatliche Funktion mehr inne, aber die Strippen ziehen im Kreisverband, das ist immerhin etwas. Denn fleißig Strippen ziehen, das kann Holzbrink. Das konnte er schon immer. Fast so gut wie früher Helmut Kohl.

Nix los heute, wirklich. Nicht EIN Bauer, der EU Hilfen beantragen will, für Flächenstillegung oder so. Oder der abgelehnt worden ist und sich darüber aufregt, weil sein Nachbar anscheinend jeden Fliegenschiss genehmigt kriegt und seine ganzen Felder mit Mais vollstellen darf. Mais anbauen, und schon bist du ein gemachter Mann, hat ein Landwirt neulich zu Holzbrink gesagt. Er ärgere sich halb tot, dass er damals nicht wie sein Nachbar auf den Zug mit den Biogasanlagen aufgesprungen sei. Die Euros seien dem Nachbarn danach nur so entgegengepurzelt.

-Mensch, was treibt dich hierher, entfährt es Holzbrink, als Henke plötzlich vor ihm steht.

Henke im CDU Bürgerbüro - da darf man freudig gespannt sein. Ein Pläuschchen mit Henke garantiert Unterhaltung auf Fernsehniveau. Wie der damals den Kongolesischen Außenminister für die Lübbecker Sache eingespannt hat, das war schon sehenswert. Henke braucht nur irgendwo aufzuschlagen, schon passiert etwas Interessantes. Und sei es nur, dass die Ehefrauen sich aufregen, weil er auf jeder Gartenparty zu fortgeschrittener Stunde in die Büsche pinkelt. Er tut das, um sein Revier zu markieren, hat Anneliese mal gemeint und hinzugefügt, dass sie es ihm unbedingt abtrainieren wolle. Geschafft hat sie das aber nur die wenigen Male, wo er in ihrer Begleitung aufgetaucht ist. Sonst ist er immer noch ganz der Alte und meist allein unterwegs, ein gestandener Mann, der sich selbst durch eine glückliche neue Beziehung nicht deformieren lässt.

Nein, wo Henke auftaucht, ist immer etwas im Busch. Auch jetzt hat Holzbrink gleich so ein gewisses Gefühl. Obwohl Henke ganz harmlos daherkommt, klingelt bei Holzbrink der Wecker.

Zuerst reden sie über das neue Baugebiet, wo Henke schon von halb Lübbecke angesprochen worden sei, ab wann und wie man sich seinen Bauplatz reservieren könne und ob da wieder so gemauschelt werde wie beim letzten Mal. Es gehe nicht an, sagt Henke, dass die Bürger von den Entscheidungsprozessen der Stadt so wenig mitbekämen. Seit Püffkemeier regiere, laufe in Sachen Kommunikation und Bürgerbeteiligung gar nichts mehr. Bauanträge würden meist abgelehnt, und Vergabekriterien hinter verschlossenen Türen verhandelt. Henke macht dann noch einige andere abfällige Bemerkungen über den Lübbecker Bürgermeister, wie Holzbrink erfreut nickend zur Kenntnis nimmt.

-Thomas Wildmann hat mich auch angesprochen. Er will gleich 3 Plätze für seine erwachsenen Kinder. Ich kann ihn verstehen, sagt Henke und verweilt noch ein paar Takte bei Wildmann. Leitender Regierungsdirektor sei der inzwischen, und überhaupt nicht eingebildet.

-Ein feiner Kerl, sagt auch Holzbrink. Wenn ich mit ihm rede, habe ich immer das Gefühl, er steht hundertpro hinter der CDU. Obwohl er gar nicht Mitglied ist. Wir haben schon überlegt, ihn als Parteifreien im Kreistag aufzustellen. Der würde gut zu uns passen. Und ordentlich Stimmen würde der holen, so beliebt, wie er in Lübbecke ist. Jeder kenne doch den Tommy als angenehmen, immer hilfsbereiten und kompetenten Mitbürger.

In Henke arbeitet es. Seine Backenknochen fangen an zu mahlen.

-Er ist fast so beliebt wie du, schiebt Holzbrink vorsichtshalber nach. Einen wie dich könnten wir auch gut gebrauchen. Aber du bist ja vergeben.

Henke zögert.

-Er würde gern die Berlinreise mitmachen, sagt er dann unvermittelt. Zum Bundestag, um sich von Strot-Otte den Bundestag zeigen zu lassen. Stichwort politische Bildung. - Er habe sich im Internet bereits angemeldet.

-Ach, die jährliche Fahrt nach Berlin, sagt Holzbrink nicht wenig überrascht. Warum machst du die nicht mit deiner eigenen Partei?

Was will Henke denn von Strot-Otte, diesem Nullbong? Strot-Otte, immer Strot-Otte. Holzbrink wird ganz schlecht. Wenn die Presse, also besonders das berüchtigte Bielefelder Linksblatt, das Holzbrink jahrelang immer niedergeschrieben hat, Wind von Strot-Ottes neuesten Mätzchen bekommt, ist es ganz aus mit der Minden-Lübbecker CDU. Das kann Holzbrink sich an 5 Fingern abzählen.

-Er müsse da etwas klarstellen, erwidert Henke. Also erstens sei der Wildmann garantiert SPD-Sympathisant. So wie der rede. Das wisse auch die SPD-Stadtratsfraktion, die ihn auch schon aufstellen wollte. Und zweitens sei er, Henke, gar kein SPD-Mitglied. Nie gewesen. Er sei als Parteiloser auf Püffkemeiers Liste gestanden. Das müsstest du eigentlich wissen.

Ja, das müsste Holzbrink wohl. Man wird älter, sagt er aber bloß.

-Püffkemeier hat mich damals überredet, weil er wusste, dass ich Stimmen für ihn hole. Im Presbyterium, beim Karneval, im Schützen-, Garten- und Wanderverein, überall bin ich im Vorstand. Obwohl ich zum Wandern zeitlich gar nicht mehr komme. - An der SPD, sagt Henke betont deutlich, habe ihn von jeher einiges gestört. Sie sei doch eher eine Partei der Arbeitslosen, also der Faulen, statt der Fleißigen.

Dem mag Holzbrink nicht widersprechen. Er holt den Cognac aus dem Regal, auf den Henke schon die ganze Zeit wartet. Dann sucht er nach 2 Gläsern und pustet einmal kurz rein, damit der Staub rausfliegt. Den Kalkrückstand, oder was das Weiße da unten ist, wird man damit leider nicht los. Er stellt die Gläser auf den Schreibtisch und gießt sie mit geübtem Schwung ordentlich voll.

-Als die SPD im Bund mit am Ruder war, haben sie ständig den Sozialhilfesatz erhöht, sagt Henke, während er das erste Schlückchen genießt. Aber keiner hat gefragt, wer das bezahlen soll. Die Leistungsträger werden immer mehr zur Kasse gebeten und die Minderheitenschutzprogramme ausgeweitet. - Tu ruhig noch mal nachschütten, ja so, ordentlich rin da! - Dieser Trend hat unter Lahmeier glücklicherweise nachgelassen. Wir können doch nicht dauernd unsere Wettbewerbsfähigkeit aufs Spiel setzen. Das sind doch alles Gelder, die der Steuerzahler erst erwirtschaften muss. - Zum Beispiel Gender Studies, sagt Henke, und Holzbrink fragt sich, wie Henke jetzt darauf kommt und woher er diese komplizierte Vokabel überhaupt kennt. In Henkes Papierfabrik gibt es das vermutlich nicht, einen Genderbeauftragten. Obwohl, das kommt bestimmt auch noch.

-Jeder normale Akademiker, sagt Henke, also Anwalt, Steuerberater oder Mediziner, kann nach dem Abschluss seine Ausbildungsschulden leicht zurückzahlen. Aber wer über Wittgensteins Bedeutung für die gegenwärtige Genderdebatte promoviert hat, wie beispielsweise Detlev Püffkemeier junior, dem fällt das naturgemäß schwer. Außer er wird Grünenvorsitzender, dann ist es etwas anderes.

-Grünenvorsitzender wird der nicht mehr, wirft Holzbrink ein.

Henke lässt sich jedoch nicht irritieren, sondern fängt mit den Alleinerziehenden an. Die Alleinerziehenden sind ein Thema, über das sich Henke immerzu ärgern kann. Zu jeder Tageszeit ärgern ihn die Alleinerziehenden, und nachts bringen sie ihn um den Schlaf mit ihrer Anspruchshaltung, nach einer gescheiterten Ehe dem Staat auf der Tasche zu liegen. Das heißt, wenn sie überhaupt vorher verheiratet waren.

-Wenn die sich ihr Geld vom Erzeuger holen würden, statt vom Staat alimentiert zu werden, ginge es uns auch besser, sagt Henke.

Auf die Alleinerziehenden hat er es wirklich abgesehen. Alleinerziehende erkennt Henke auf den ersten Blick, und er sieht sie mittlerweile an jeder Ecke. Besonders stören ihn ausländische Alleinerziehende oder solche, die ihr Kind von einem Ausländer haben, der dann, obwohl angeblich politisch verfolgt, in sein Heimatland zurückfliegt, um der Alimentenzahlung zu entgehen. Solche Stories liest man ja ständig in der Zeitung, wenn auch nicht gerade in der linksbürgerlichen Presse, denn da werden sie gnadenlos wegzensiert.

Obwohl er meint, in Henke eine verwandte Seele zu entdecken, will Holzbrink das Thema lieber nicht vertiefen. Vor allem jetzt, wo die CDU für sein Dafürhalten viel zu weit nach links abgedriftet ist, muss er ein bisschen aufpassen, was er in der Öffentlichkeit von sich gibt. Denn das wichtigste - das weiß Holzbrink von zig Wahlkämpfen - ist, dass eine Partei immer geschlossen auftritt. Wenn eine Partei sich streitet oder sonst ein Schatten auf sie fällt, wird sie nicht gewählt. So einfach ist das.

Okay, das war früher anders. Früher wurde die CDU gewählt, ganz egal was sie anstellte, und in Diepholz zum Beispiel ist das heute noch so, dass die Partei aufstellen kann, wen sie will, und er kriegt auf jeden Fall die absolute Mehrheit. Wenn nicht zwei Drittel. Aber in Lübbecke, näh. Mit einem Strot-Otte kann die CDU keinen Staat machen. Strot-Otte soll man am besten auf den Mond schießen, ohne Rückfahrschein. Strot-Otte kommt ja auch aus Minden, das hätte sich Holzbrink mal früher klarmachen sollen.

-Auch er trete eindeutig dafür ein, säumige Unterhaltszahler mit aller Entschiedenheit zur Kasse zu bitten, sagt Holzbrink möglichst neutral. Jedem Vater müsste bekannt sein, dass er Kindesunterhalt zu zahlen habe.

Holzbrink hofft, dass Henke nicht noch weiter ausholt und etwa mit der Bundeswehr anfängt, wo man sich mehr um werdende Mütter und Kitaplätze kümmere als um die Kampfkraft der Truppe, oder mit Flüchtlingen, die angeblich dauernd Frauen vergewaltigten.

-Ich denke, dass diese ganzen Probleme nur unter Lahmeier gelöst werden können und will daher in die CDU eintreten, sagt Henke völlig überraschend. Wenn wieder Rotgrün an die Macht komme, dann gute Nacht.

-Ist das wirklich dein Ernst? - Ich meine ... das wird Püffkemeier schwer treffen. Der wird toben.

-Den lass man toben. Mit mir und Püffkemeier, das ist schon lange nichts mehr. Wie oft habe ich zuletzt im Stadtrat gegen ihn gestimmt. Und als ich neulich bei ihm zuhause war, hat er mir nicht mal einen eingeschüttet, das musst du dir mal vorstellen.

-Du willst also Mitglied der Christlich Demokratischen Union werden, gut, sagt Holzbrink. Und wie soll das dann weitergehen? Willst du als Stadtrat zurücktreten oder die Fraktion wechseln?

-Er wäre stolz darauf, in der CDU-Fraktion mitarbeiten zu dürfen, erwidert Henke, indem er seinen Oberkörper strafft. Ich meine, all das Große, was ihr in den letzten Jahren im Landkreis erreicht habt, selbst aus der Opposition heraus...

Holzbrink denkt nach.

-Er könne das nicht allein entscheiden, doch werde man Henkes Ansinnen wohlwollend prüfen, sagt er dann, seine Worte sorgfältig wägend. Henke sei ihm schon länger positiv aufgefallen. Ein Bringer eben, der auch Wählerstimmen zur CDU herüberbringen werde. Allein wie du beim Blasheimer Markt auftrittst. Mit allen bist du per du. Jeder zischt mit dir gern ein Briegelpils und wird ganz locker, wenn er dich sieht. Weil du selber so locker bist.

Wieder denkt er kurz nach.

-Wahrscheinlich musst du dich bei uns im Stadtverband vorstellen. Danach entscheiden wir über deinen Aufnahmeantrag. Und du sollst mit allen CDU-Räten reden. Von meiner Seite sehe ich eigentlich keinen Hinderungsgrund.

-Darauf trinken wir, sagt Henke und lässt sich von Holzbrink noch einen einschenken.

Still und einträchtig putzen sie die Flasche leer. Auch Holzbrink ist jetzt auf den Geschmack gekommen, obwohl er eigentlich weniger trinken wollte. Aber er kennt das schon: wer sich mit Henke trifft, kommt an einem Vollrausch nicht vorbei. Bevor er völlig dicht ist, drückt er Henke noch das Aufnahmeformular in die Hand, welches beim Einstecken gleich einen Schnapsfleck abbekommt.

Sonst ist Henke durchaus noch Herr seiner Sinne.

-Wie viele denn mit nach Berlin fahren, will er jetzt nämlich wissen.

-Also, im Moment bist du der einzige Interessent, reißt sich Holzbrink zusammen. Wir hatten vor Jahren immer eine rege Beteiligung, aber die Meisten von uns sind inzwischen schon mal dagewesen.

Für einen wie Henke, der nicht gut allein sein kann und immer irgendwelche Leute um sich braucht, auf die er einreden kann, ist das keine gute Nachricht.

-Du musst das positiv sehen, versucht Holzbrink die Situation ein bisschen schönzureden. Strot-Otte kann sich ganz allein um dich kümmern.

Er sagt dies in das nachdenkliche Gesicht von Henke, der sich schon überlegt, ob die CDU Lübbecke, die ja anscheinend auf dem absteigenden Ast ist, für ihn wirklich der richtige Anker sein kann.

-Du könntest in Berlin gleich mal nach dem Rechten sehen. Mit Strot-Otte gibt es immer wieder Probleme. Hast du vielleicht schon von gehört.

-Du kannst auf mich zählen, sagt Henke und lacht, denn er muss an den einen Zeitungsartikel denken, wo Strot-Otte gehörig durch den Kakao gezogen wurde.

Außerdem freut er sich über Holzbrinks Vertrauen. Holzbrink und Strot-Otte, das Verhältnis scheint auch nicht mehr zu stimmen. Da braucht man nicht viel Grips, um die Abneigung zu spüren, höchstens ein bisschen Sozialverstand, und davon hat Henke die Menge. Mit seinem Gespür gelingt es ihm sogar, noch einiges mehr an Informationen aus Holzbrink herauszukitzeln.

Der will eigentlich zu dem Thema nichts weiter sagen, doch das Problem Strot-Otte beschäftigt ihn einfach zu stark. Und so lädt er seine ganze Verbitterung, den jahrelangen Ärger über diesen Versager bei Henke ab. Dass Strot-Otte in seinem Wahlkreis kaum noch auftauche, sich höchstens mal privat in Minden aufhalte, ohne es für nötig zu befinden, mit der Parteispitze - also Holzbrink - in Kontakt zu treten. Dass er anscheinend keine Lust mehr auf Politik habe, vielleicht weil er anderswo bessere Verdienstchancen sehe. Jemand, der sich in der Öffentlichkeit derartig rar mache und wenn dann mit Negativschlagzeilen in der Presse erscheine, könne doch nicht ernsthaft hoffen, wiedergewählt zu werden.

Henke kann Holzbrink in allem nur recht geben.

-Ich sehe das ja bei uns in der Papierfabrik, sagt er. Wenn ein Arbeiter keine Lust hat und sich oft krankmeldet, aber abends in der Stadt siehst du ihn bei Köpsel am Tresen. So ähnlich sei das ja wohl mit Strot-Otte.

-Richtig, sagt Holzbrink. In gewisser Weise sei auch ein Bundestagsabgeordneter ein Arbeiter. Und wenn die Leistung auf Dauer nicht stimme, werde es Zeit, sich zu trennen, das habe schon Heinz früher immer über seine Arbeiter gesagt.

In dem Moment, wo Holzbrink Heinz erwähnt, kommt Henke eine Idee. Eine Karriereidee, so genial, dass es ihm erst mal den Atem verschlägt und er anfängt zu stottern.

Was das denn? Dass Henke stottert, kommt normalerweise nur alle Jubeljahre vor. Denn meist läuft, wie die Lübbecker wissen, und auch Holzbrink weiß das zu genüge, Henkes Zunge wie geschmiert.

Henke hat sich denn auch schnell wieder gefangen und fragt ganz harmlos, wen die CDU bei der nächsten Wahl eigentlich aufstellen wolle, wenn man mit Strot-Otte so unzufrieden sei.

-Das sei allerdings ein Problem, muss Holzbrink zugeben. An Nachwuchstalenten fehle es der Lübbecker CDU. Von der Mindener ganz zu schweigen. Obwohl doppelt so viele Einwohner, habe Minden weniger Mitglieder als Lübbecke.

Darüber sollte sich Holzbrink allerdings besser nicht beklagen. Wenn Minden mehr Mitglieder hätte, säßen er und seine Lübbecker Getreuen in der nordostwestfälischen CDU bestimmt nicht mehr so fest im Sattel, sondern wären schon längst abgewählt. Das weiß Henke sehr wohl, und geht Holzbrink trotzdem nach Kräften um den Bart, a la dass sie in Lübbecke offensichtlich gute Basisarbeit leisteten, während Püffkemeier die Leute wegliefen.

Holzbrink ist sich da nicht so sicher. Nach seiner Erfahrung wollen junge Menschen heutzutage einfach nicht in die CDU eintreten, sondern sich lieber den ganzen Tag vergnügen. Also, was das noch werden soll, wenn sich keiner mehr für unser Staatswesen interessiert!

Darüber will Holzbrink aber auf keinen Fall reden, sondern meint nur, dass sie ja jetzt einen motivierten Neuzugang zu verzeichnen hätten.

Eifrig nickt der Henker.

-Genau. Die CDU habe das bessere Programm. Und ganz klar die besseren Leute. Außerdem keine Frauenquote. In der SPD, wo auf Bundesebene Quotenfrauen, Quotenschwule und Quotenausländer das Ruder übernommen hätten, schlage das inzwischen massiv auf die Qualität der Politik durch. Abgesehen davon, dass normale weiße Männer kaum noch Aufstiegschancen hätten.

-Wenn du das so siehst, hättest du schon längst Mitglied bei uns werden sollen, sagt Holzbrink.

In Wirklichkeit hat er ein bisschen Angst, dass sie die Quote bald auch in der CDU einführen werden.

-Deswegen sei er hier, meint Henke ganz locker.

Eigentlich war er seiner Sache gar nicht so sicher, aber jetzt ist er Feuer und Flamme, nachdem er weiß, dass der Posten des Minden-Lübbecker CDU-Bundestagsabgeordneten mehr oder weniger vakant ist. Und damit kommt er gleich auf den Punkt:

-Ein bisschen denke er dabei auch an sich. In der CDU könne man als Mann noch etwas bewegen. Mit seinen Erfahrungen im Stadtrat und den ehrenamtlichen Einsätzen für alle möglichen Vereine sei er den hohen Anforderungen selbst eines Bundestagsmandates ohne weiteres gewachsen.

-Na also Bundestag, sagt Holzbrink skeptisch. Ich will dich ja nicht entmutigen; aber in der Politik ist es so: zuerst kommst du in den Stadtrat; dann musst du sehen, dass du auch in den Bezirksrat kommst. Mit viel Glück wartet danach der Landtag auf dich. Aber da musst du ordentlich kämpfen. Viele wollen in den Landtag, weil das ein gut bezahlter Job ist; doch nur wenige schaffen es. Dabei bist du in der Politik erst ab Landtagsabgeordneter ein richtiger Mensch. Erst im Landtag fängt das wahre Leben an. Als Kommunalpolitiker wirst du meist nicht für voll genommen. Du kannst also nicht einfach mehrere Stufen überspringen. Bundestag, das ist die nationale Oberliga.

-Und das Beispiel Strot-Otte? Der habe doch auch mehrere Stufen übersprungen.

-Ja eben, sagt Holzbrink. Quereinsteiger. Und schau, was dabei herausgekommen ist. Außerdem war Strot-Otte hochrangiger Manager in einem Finanzkonzern. Da kannst du nicht mithalten, als Vorarbeiter in eurer Papierfabrik.

-Er sei seit kurzem Lead-Dispatcher, sagt Henke leicht verschnupft. Und der sogenannte Finanzkonzern inzwischen aufgelöst. Außerdem habe er im Gegensatz zu Strot-Otte weder Polizisten beschimpft noch Frauen in den Hintern gezwickt.

Jetzt schweigt Holzbrink. Ihm ist eingefallen, was Henke letztes Mal Stimmen für die SPD-Liste geholt hat. Massig Stimmen waren das, die Püffkemeier vermutlich das Bürgermeisteramt gerettet haben. Henke ist zwar sozusagen ein staatlich anerkannter Dummschwätzer, aber in seinem Sprengel sehr beliebt. Weil er mit jeder umherschweifenden Mannsperson bei Bedarf einen Cognac süffelt. Und mit Frauen kann er auch gut, siehe Anneliese, und vorher seine Mutter, mit der es niemand außer ihm ausgehalten hat. Und das Jahrzehnte lang! Die alte Henke war schon eine Nummer. Sie hat jede potenzielle Bewerberin auf Henkes Herz gnadenlos weggebissen.

Bei seiner Mutter ist Henke jedes Mal eingeknickt. Weil er im Grunde leicht zu steuern ist. Wenn du einmal sein Vertrauen gewonnen hast, frisst dir Henke aus der Hand. Gut, er säuft dir auch deinen Cognac weg. Aber kein Problem, dann musst du eben Billigen hinstellen. Wenn Henke 2, 3 Gläser Cognac gesoffen hat, wird er total anhänglich. Dann macht es ihm nichts aus, dass ihm ein Bundestagsmandat verweigert worden ist.

Auch jetzt blickt sich Henke suchend nach einer neuen Flasche Cognac um.

Holzbrink kennt ja seine Pappenheimer. Beamte, die befördert werden wollen, und Landwirte, die in Deutschland ja auch eine Art Beamtenstatus genießen, sie alle trinken gern Cognac, wenn sie bei Holzbrink vorbeikommen, und darum hat er immer einen Ersatzvorrat in der Schublade stehen.

-Ihr seid ja wohl arm wie die Kirchenmäuse, sagt Henke zu Holzbrink, als der sich an seinem 70er Jahre Schreibtisch zu schaffen macht. Wenn ich mir den Sperrmüll angucke, der hier herumsteht.

-Alt, aber große Schubladen, sagt Holzbrink und holt triumphierend eine 2-Liter-Flasche von dem billigen Fusel vor.

-Hier hast du noch was zu nuckeln.

-Jau, sagt Henke. Wenn das nicht umweltfreundlich ist.

2.

Am Tag der Abreise steht Henke am Bahnhof und muss sich Annelieses Moralpredigten anhören. Es geht um Alkohol, käufliche Mädchen und nicht zuletzt auch um die krank machende Feinstaubbelastung in der Hauptstadt.

-Das weiß ich doch alles, sagt Henke immer wieder, während er nervös von einem Bein auf das andere tritt.

Nach dem Tod seiner Mutter ist Anneliese fast übergangslos in deren Fußstapfen getreten. Inzwischen kennt sie alle seine Schwachstellen und weiß, wie damit umzugehen ist. Henke hält das nur aus, weil er es erstens noch von seiner Mutter gewohnt ist, dass die Frauen einen immer nur gängeln wollen, und zweitens, weil er gleich weg sein wird und dann ein paar Tage seine Ruhe hat.

Leider haben sie ihm voriges Jahr den Führerschein weggenommen. Darum kann er nicht einfach mit dem Opel nach Berlin düsen, sondern wird sich gleich zu all den Rentnern, Ausländern und Kinderreichen in einen proppenvollen Zug zwängen. Das einzig Gute ist, dass der neue Wagen geschont wird, weil Henke ihn seit dem Verlust des Lappens nur noch in der Garage stehen hat.

Um ehrlich zu sein, ist sich Henke keineswegs sicher, ob er überhaupt mit dem eigenen Auto nach Berlin gefahren wäre. In Berlin werden schöne neue Autos bekanntlich von aggressiven Fahrradfahrern demoliert und im Extremfall von linken Chaoten sogar angezündet.

Anneliese ist der einzige Mensch auf der Welt, der mehr redet als Henke. Genaugenommen sagt Henke meist gar nichts, wenn Anneliese dabei ist. Anneliese redet beinahe ununterbrochen und in jeder Lebenslage. Sie redet fast ebenso viel wie die eine Ex-Grünenvorsitzende, der sie auch äußerlich ähnlich sieht. Zum Glück interessiert sich Anneliese nicht für diese Art von Politik, sonst wären sie und Henke wohl kaum zusammengekommen. Anneliese steht zwar auf ökologische Themen, ist aber nicht so esoterisch wie die meisten Grünen mit ihrem Weltverbesserungswahn, sondern geht mehr in die wertkonservative Richtung.

Während seine Lebensgefährtin ununterbrochen weiterblubbert, blickt sich Henke angestrengt auf dem Bahnhofsgelände um, das auch schon bessere Tage erlebt hat. Besonders das Hauptgebäude müsste dringend saniert werden, aber dafür haben sie anscheinend kein Geld mehr, seit die Bahn privatisiert worden ist und die Managergehälter die ganzen Steuergelder wegfressen. Obwohl Henke der Privatisierung von Staatsunternehmen meist positiv gegenübersteht, kann er die Folgen in diesem Fall nicht gutheißen. Er erinnert sich noch daran, wie er als kleiner Junge hier gestanden hat und seiner Mutter zuwinkte, als diese mit der so ziemlich letzten deutschen Dampflok und massig Dampf zu einem Kuraufenthalt aufbrach. Damals war der Bahnhof, der im Krieg ziemlich gelitten hatte, gerade picobello in Schuss gebracht worden.

Die Promillegrenzen im Straßenverkehr sind ja lächerlich niedrig heutzutage, darüber kann sich Henke immer neu aufregen. Ein paar Tropfen Cognac, und du bist dran mit Riesentrara und kannst von Glück sagen, dass du als Stadtrat nicht in die Zeitung kommst. Wie sollen Leute wie Henke, die es gewohnt sind, bei jeder sich bietenden Gelegenheit mindestens eine halbe Flasche von dem Zeugs zu verspachteln, da den Tag überstehen! Früher hat es ihn nicht weiter gejuckt, wenn er den Lappen für ein paar Wochen abgeben musste, aber seit er als Kommunalpolitiker im öffentlichen Leben steht, kann er es nicht mehr riskieren, ohne Führerschein erwischt zu werden. Obendrein haben sie ihm Fahrstunden und eine Prüfung aufgebrummt. Die Fahrstunden haben aber nichts genutzt, er ist bei der Prüfung zweimal durchgefallen. Besonders der theoretische Teil verlangt einem Einiges ab heutzutage; das ist nach Henkes Ansicht fast so schlimm wie Abitur machen. Während jedoch das Abitur immer leichter wird und die klassische Bildung immer mehr abnimmt und die meisten Jugendlichen die einfachsten Regeln der Orthographie nicht mehr beherrschen, weil sie Lesen und Schreiben mit antiautoritären Trial-and-Error Methoden lernen müssen, und viele von ihnen sowieso eigentlich auf die Hauptschule gehören, lässt sich der Staat bei der theoretischen Fahrschulprüfung immer neue Schikanen einfallen, so dass einem Mann in den besten Jahren, der Prüfungen ohnehin nicht mehr gewohnt ist, weil er mit den bewährten Methoden der Sozialkommunikation normalerweise bestens durchs Leben kommt, beim Ausfüllen der Fragebögen die korrekten Antworten einfach nicht einfallen und ihm der Führerschein womöglich auf immer versagt bleibt. Da nützt es wenig, wenn man den Prüfer mehrmals darauf hinweist, dass man Lübbecker Stadtrat ist und auf die Genehmigung von Bauanträgen Einfluss nehmen kann. Neuerdings erwägt Henke, einen Ferienkurs in Polen oder England zu buchen. Die sollen äußerst effektiv sein, und dabei voll entspannend mit Thai-Massagen zwischendurch. Vielleicht ist dies aber auch wieder nur eine Masche, um an sein sauer verdientes Geld zu kommen. Im Moment bleibt ihm jedenfalls nichts anderes übrig, als sich von Anneliese durch die Gegend chauffieren zu lassen.

Als er den Zug besteigt, fallen alle diese negativen Gedanken sofort von ihm ab, und er konzentriert sich darauf, einen vielversprechenden Platz in einem Großraumabteil zu finden. Neben eine jüngere Frau kann er sich nicht setzen, solange Anneliese am Fenster steht, aber da hinten, die Fußballfans, vielleicht sind die das Richtige für ihn. Es sind Dortmunder, die zu einem Spiel gegen die Martha wollen.

Ja, da fühlt sich Henke wohl. Fußball ist auch so ein Steckenpferd von ihm. Für ein ordentliches Fußballspiel mit Bratwurst und Bier lässt Henke jede Politik sausen. Da können ihn die Grünen noch so ärgern. Wenn Fußball im Fernsehen kommt, ist ihm alles andere egal.

Schnell ist er mit den Fans per du und in Fachsimpeleien über den aktuell deprimierenden Zustand der deutschen Nationalmannschaft verwickelt, so dass er gar nicht mitbekommt, dass Anneliese ihm zuwinkt und der Zug schon abfährt. Wann erlebt man schon mal eine Zugfahrt, die sich von Anfang an so zufriedenstellend gestaltet? Henke ist bereits ganz in seinem Element und bringt sich voll ein in die lebhafte Diskussion um die deutsche Elfer-Auswahl. Dass der Bundestrainer jetzt ja wohl zurücktreten muss, nach der vergeigten WM, darüber ist man sich einig. Aber nicht, wer den Posten übernehmen soll.

-Bloß kein Ausländer, sagt einer und die meisten nicken. Die Nationalmannschaft sei per Definition eine rein deutsche Angelegenheit.

-Der Bundestrainer macht auch so viel Werbung, sagt ein Anderer. Das muss aufhören.

Plötzlich ist Henke abgelenkt. Er hat in der Gepäckablage Bier und Cognac entdeckt. Das hätte er diesen Leuten gar nicht zugetraut, dass die so einen ordentlichen Weinbrand dabei haben.

-Wofür der alles Werbung macht, kommt der Andere wieder auf den Bundestrainer zu sprechen. Und über seine Berater ist er mit einigen Spielern verfilzt. Das geht doch nicht.

-Nein, das geht gar nicht, bestätigt auch Henke. Darum hat er die gegen Russland aufgestellt, anstelle von dem Olli. Prompt haben wir das Spiel verloren.

-Der Olli ist doch so alt; der könnte selbst schon Trainer sein, sagt jemand. Der hätte auch Lust dazu.

-Du meinst den Ulli.

-Nein, den Olli.

-Ach, den Olli Stachowiak.

So reden sie, und Henke fühlt sich ganz wie zuhause. Er dreht voll auf, so wie er es vom Blasheimer Markt gewohnt ist, und bringt den ganzen Zug in Stimmung. Nur einmal ist er kurz irritiert, weil einer von denen scheint mit den Grünen zu sympathisieren. Aber kein Problem, Henke hat schon gehört, dass sich sogar manche Grüne für Fußball interessieren.

Auch bei den Prostituierten am Oranienplatz steigt abends die Stimmung, weil Henke das Geld, was ihm für die Berlin-Tage von Anneliese zugeteilt worden ist, innerhalb von 2 Stunden auf den Kopf haut. Dazu noch das Geld, was die Fußballfans da lassen, die extra ein bisschen Erspartes mitgenommen haben und einen Tag früher angereist sind, weil sie sich in Berlin etwas gönnen wollten. Als einer von ihnen gemeint hat, er kennt den besten Puff der ganzen Stadt, ist Henke sofort dabei gewesen. Wozu hat man schließlich ein Zweitkonto, von dem die Partnerin nichts weiß und auf das man im Notfall jederzeit zugreifen kann.

-Die Zeit des Sparens ist vorbei, sagt Henke zu den ihm zuprostenden Prostituierten. Sparen kannst du bis 30, oder meinetwegen auch bis 40, und sogar einen Bausparer abschließen, aber irgendwann willst du auch einmal etwas von deinem Leben haben. Was habe ich gespart, als meine Mutter noch lebte, alles auf die hohe Kante gelegt. Gut, ich hatte auch wenig Gelegenheit zum Ausgeben. Aber jetzt Berlin, das ist natürlich ein Grund zum Feiern. Immer nur Golf oder Opel fahren, statt mir wie Heinz zwei Geländewagen und einen Mercedes auf den Hof zu stellen, ist auf die Dauer deprimierend und langweilig.

Die Prostituierten stellen ihre Lauscherchen auf. Sie kommen zwar irgendwo aus Osteuropa, aber im Massieren sind sie spitze, muss man zugeben.

-Jau, Heinz, der hatte echt Pulver, sagt Henke. Hat als Bauunternehmer sein Glück gemacht, nicht so wie ich kleiner Angestellter.

-Was denn für Pulver? fragen die ausländischen Prostituierte einigermaßen interessiert und möchten wissen, wie man diesen Heinz denn am besten erreichen kann.

-Da muss ich passen, sagt Henke und fängt an zu lachen. Er muss so lachen, dass er den ganzen Abend fast keinen mehr hochkriegt. Nee du, sagt er zu der Prostituierten. Wo Heinz jetzt ist, lässt sich keiner mehr erreichen.

Das klingt vielleicht makaber, aber es ist ja nicht so, dass Heinz und Henke immer die besten Freunde waren. Heinz hat Henke wie auch die meisten seiner anderen Lübbecker Kumpel gern mal übers Ohr gehauen. Sonst wäre er ja nie so reich geworden.

Als Henke sich zwischendurch an der Bar etwas ausruht, fällt ihm ein ganz bunter Vogel auf, der mit drei Frauen am Arm die Treppe hochsteigt. So eine Figur hat Henke noch nie zu sehen gekriegt.

-Du hast es aber vor, sagt er mit anerkennendem Blick zu dem voll tätowierten Hänfling. Ein Kraftmensch offensichtlich, trotz seiner lächerlichen Statur mit den langen Armen und den hängenden Schultern.

-Komm mit, wenn du meinst, dass ich es allein nicht schaffe, lädt der ihn ohne Umschweife ein, und da sieht Henke, dass der Tätowierte doch ein wenig schwankt.

-Ok, warte mal. Ich mache nur eben mein Glas leer.

Die Fußballfans sind sowieso gerade am Gehen, weil sie morgen bei dem wichtigen Spiel nicht einschlafen wollen, aber Henke hat noch keine Lust auf sein graues Hotelzimmer. Irgendwie ist ihm nach die Nacht durchmachen, so wie in alten Zeiten, als er mit Dekemeier und Haseloh tatendurstig durch St. Pauli getigert ist. Henke kennt eigentlich von Hamburg nur St. Pauli und da besonders die Reeperbahn und die Herbertstraße. So kann man Henkes kulturelle Erfahrungen in der Hansestadt am besten zusammenfassen.

Oben angekommen, geht es gleich zur Sache.

-Ich bin übrigens der Josef, hört Henke gerade noch durch das feuchte Gestöhne und will sich von vornehmen Umgangsformen aber nicht ablenken lassen.

Kurz darauf klingelt beim Josef leider das Handy, und damit ist die Spaßphase erstmal vorbei. Stattdessen wird Henke Zeuge eines denkwürdigen Telefonates.

-Was nun schon wieder? Was möchtest du? - / - Die wollen nicht? Was soll das? Die Banken müssen irgendetwas tun, sonst hängen sie selber mit drin. Die wissen genau, um wie viele Millionen es geht. - / - Wenn die das nicht wissen, solltest du es ihnen klarmachen. Wofür bist du mein Berater? - / - Mmpf. - / -Die bluffen nur. Ja, das denke ich auch. - / - Nein, ich habe das Geld nicht. Soviel werfen die Skulpturen nicht ab. - / - Ja, vielleicht durch die Preisverleihung. Humbert hat Interesse angedeutet. Ich kann die eine Tochter noch mal bearbeiten. Die ist sowas von kunstaffin, sage ich dir. Wenn auch ein bisschen plemplem. - / - Vielleicht sollte ich die einfach heiraten, dann wären meine Probleme gelöst. - / - Er lacht. - / - Ein bisschen viel verlangt, da hast du recht.

Die eine Hure wird langsam ungeduldig, während die beiden anderen staunend zuhören. Josef scheucht sie ungeduldig beiseite. Mit einem weiteren Wink bittet er Henke, sich der Mädchen anzunehmen, doch Henke hat auf einmal auch keine Lust mehr.

-Meine eigenen Skulpturen kann ich leider nicht fälschen, sagt Josef abschließend ins Telefon und bricht in ein schrilles und irgendwie urtümlich klingendes Gelächter aus. Dabei wedelt er wild mit den Armen. Wieder fällt Henke auf, was für lange Arme der Kerl hat; und Körperbehaarung wie ein Schimpanse. Außer wo er tätowiert ist. Da sind die Haare wegrasiert.

Als Josef sein Telefon wegsteckt, breitet sich Schweigen in der kleinen, stickigen Kemenate aus. Die Luft ist raus, wie man bei solchen Gelegenheiten metaphorisch sagt, und das vorhin noch so muntere Kerlchen trägt nichts dazu bei, die Situation zu entspannen. Zusammengesunken sitzt es da. Man meint ihm die Last der verlorenen Millionen geradezu anzusehen.

Die Prostituierten sind derartige Probleme gewohnt. Sie kennen massig Pappenheimer, die alle plötzlich, wenn es zur Sache geht, keinen mehr hochkriegen, und wollen jetzt auch bei Josef und Henke das entsprechende Sonderprogramm abspulen.

-Ihr seid mal ganz ruhig, sagt aber Josef, und dann brechen Sätze aus ihm heraus, die Henke von einem offensichtlich erfolgreichen, wenngleich im Moment illiquiden bildenden Künstler, der zugleich auch Professor an der hiesigen Kunstakademie ist, niemals erwartet hätte.

-Gelegentlich frage er sich, warum die kapitalistische Wirtschaft in der BRD so gut funktioniere. Dass sie selbst nichtsnutzige Künstler wie ihn satt mache.

Dazu ein aufgeblähter Tertiärsektor, immense staatliche Ausgaben für Soziales und für eine Verteidigung, die in den letzten 50 Jahren noch nie ernsthaft gebraucht wurde, aber tausenden Soldaten zu Wohlstandsbäuchen verholfen habe, von den Rüstungsfirmen ganz zu schweigen, die sich viele goldene Nasen verdient hätten. Aber egal. Was er meine: trotz hoher Abgaben und Arbeitnehmergehältern gelinge es den deutschen Unternehmen offenbar hervorragend, auf internationaler Ebene recht profitabel zu wirtschaften. - Doch warum? Wie könne so etwas über viele Jahre gut funktionieren und dabei das Gesetz vom tendenziellen Fall der Profitrate, das bereits bei Karl Marx im 'Kapital' Erwähnung finde und mit dem er, Josef Blech, sich in jungen Jahren intensiv beschäftigt habe, außer Kraft setzen? Das habe er sich lange gefragt.

Der Künstler holt tief Luft und atmet jetzt ruhiger. Solche tiefschürfenden Gedanken über wirtschaftliche Gesetzmäßigkeiten sind bestens geeignet, ihn von seinen finanziellen Problemen abzulenken. Geeigneter jedenfalls als eine schnelle Nummer mit zwar willigen, doch auch ungeduldigen und damit letztlich strapaziösen Prostituierten.

-Ein wichtiger Faktor sei seiner Meinung nach das wie er es nenne Glasperlenprinzip, eine ökonomische Theorie, die er aufgrund eigener Erfahrungen entwickelt habe. Bei modernen Kunstwerken gehe es nicht zuletzt darum, Atmosphärisches zu verkaufen, das wisse er bereits seit den Anfängen seiner Karriere. Wie eine Lawine sei der Erfolg damals über ihn hinweggerollt und habe extrem viel Knete in seine Kassen gespült. Der Kunstmarkt sei ja seit Jahren außer Rand und Band, und er, Josef Blech, habe schon Werke in ein paar Stunden hingerotzt, die inzwischen für eine Million gehandelt würden. Also mindestens.

-Leider hast du das ganze Geld bei Fehlspekulationen wieder verloren und befindest dich inzwischen in aussichtsloser Lage, muss Henke unwillkürlich denken. Das sagt er dem Künstler aber nicht.

-Man könne sich kaum vorstellen, fährt Josef fort, was vor allem reiche Unternehmer, also gestandene Kapitalisten, die im Geschäftsleben um jeden Cent feilschten und ihre Mitarbeiter bis aufs Blut auspressten, für Altreifenskulpturen zu zahlen bereit seien.

Jetzt hört die eine Prostituierte doch wieder hin. Sie hält den Kopf schief wie ein süßes kleines Vögelchen. In die könnte ich mich verlieben, durchfährt es Henke. Aber zu jung. Was will die mit einem alten Knacker wie mir? Versteht die überhaupt Josefs Wirtschaftstheorie?

-Genau so verhalte sich Otto Normalkunde im freien Wirtschaftsleben, sagt Blech. Die von den Unternehmen hergestellten und verkauften Waren würden im Idealfall weit über dem Herstellungspreis verkauft und seien aber oft für unsere Grundbedürfnisse gar nicht notwendig, sondern purer überflüssiger Luxus und Statussymbol. Das betreffe nicht nur den Konsumgüterbereich, sondern fast die gesamte Industrieproduktion. Man denke etwa an Chiphersteller. Computerchips, in privaten PCs, in Spielekonsolen und sonstigen Schnickschnack eingebaut, seien auch nichts anderes als eine Form von Glasperlen, denn sie würden in 90% aller Fälle für irrelevante Aufgaben eingesetzt und nach wenigen Jahren im Elektroschrott landen, um durch neue Chips ersetzt zu werden. Der Staat könne allein darum gut existieren, weil die Einkommen aller Bürger sofort in neue Glasperlen flössen und also der Industrie wieder als Investitionskapital und dem Staat als Steuergelder zur Verfügung stünden. Hinzu komme der boomende Export, wo es den deutschen Verkaufsingenieuren seit Jahrzehnten prima gelinge, ihre Glasperlen massenhaft ins Ausland zu verhökern.

Henke weiß nicht, was er dazu sagen soll. Eine derart despektierliche Analyse der sozialen Marktwirtschaft hat er noch selten gehört. Wenn er im Internet solche Beiträge liest, klickt er sie immer sofort weg. Er will aber diesen bedeutenden Kulturmenschen, der ihn immerhin zu einer veritablen Orgie eingeladen hat, und anscheinend auch über Kontakte zur Politik verfügt, nicht vor den Kopf stoßen. Außerdem wird offenbar gar nicht erwartet, dass man etwas zu dem Thema sagt. Sondern es geht nur darum, dass sich das Künstlergenie durch solches Gerede entspannen und aus seiner depressiven Stimmung herauswinden kann.

Anstatt ihn also mit dem von Henkes Vater stammenden Verdikt 'Marx ist Murks' abzufertigen, das dieser bereits 1968 von seinem Großvater gelernt hat, als die linken Studenten unser ganzes konservatives Wertesystem zu Fall bringen wollten, während der Großvater insgeheim noch dem untergegangenen Kaiserreich nachtrauerte, lässt Henke sein volles kommunikatives Massageprogramm ablaufen, gegen das sich das der Prostituierten ziemlich bescheiden ausnimmt. Genau für dieses Programm wird Henke im ganzen Kreis Lübbecke anerkannt und nachgerade bewundert, und die Wirte auf dem Blasheimer Markt halten große Stücke auf ihn und laden ihn oft zu unbegrenzt Freibier ein, weil er mit seiner bewährten Methode jeden aggressiven oder depressiven, geschiedenen, bankrotten oder sonstwie gescheiterten Besoffenen zu einem vorübergehend friedlichen Individuum macht und an ihren Theken Ruhe einkehren lässt.

Auch diesmal gelingt es Henke, alle Beteiligten wieder in Stimmung und insbesondere Josef in den Partymodus zurück zu bringen. Nach Henkes Behandlung ist er scheinbar wieder ganz der Alte und wirkt mit einem Mal zwanzig Jahre jünger.

-Hier habe ich etwas für euch, sagt er aufgekratzt zu den Huren und hält ihnen ein paar bunte Pillen hin.

-Die große Weiße ist für dich bestimmt, meint er augenzwinkernd zu Henke, dass die eine Hure spontan 'Oje, das gibt Arbeit' stöhnt.

-Spült mal mit Schampus runter, damit sie besser wirken, sagt Josef, indem er die Sektflöten wieder auffüllt.

Trotz der vielen schönen Empfindungen, die ihn anschließend beim Beischlaf mit den drei Prostituierten überkommen, welche er sich gerecht mit Henke teilt, kommen Josefs Depressionen schon bald wieder hoch, einfach weil sich reale Probleme durch Drogen letztlich nicht lösen lassen. Dies ebenfalls eine Weisheit, die er von Henkes Vater hätte lernen können. Aber wie so mancher Künstler hat auch Josef Blech eine schwere Kindheit hinter sich. Eltern geschieden, sage ich nur, gewalttätige Stiefväter, und die Mutter hat ihn ziemlich viel allein gelassen. Manche werden dann zu Verbrechern, Selbstmördern oder Frauenschändern; andere jedoch extrem erfolgreich, weil sie sich im rauhen Alltag des Lebens durchsetzen können, ob als Künstler oder als sonstwas, ist ja egal.

-Inzwischen sei auch er zum Glasperlenverkäufer degeneriert, klagt Josef. Im wahrsten Sinne. Weil seine Agenten nicht mit Geld umgehen könnten, betätige er sich notgedrungen selbst als Kunsthändlerspekulant.

-Ist wohl in die Hose gegangen, sagt Henke mitfühlend.

-Die größte Dummheit aller Zeiten. Einem Betrüger sei er aufgesessen, empört sich Josef. Gefälschte Bilder mit Fake-Expertisen. Wer hätte das ahnen können. Dabei sah alles so echt aus.

Dann schweigt er, will er doch in unberufener Runde nicht zuviel von seiner Misere verlauten lassen.

Was soll man da sagen? Damit Josef sich mit seinen Problemen nicht so allein fühlt, beschließt Henke, ihm von Heinz' tragischem Schicksal zu erzählen...

3.

Endlich da. Donnerwetter. Bundestag, Plenargebäude, nicht dem Volk, sondern der Bevölkerung gewidmet. Imposant, das muss man zugeben, besonders wenn man es mit Fotos aus Mauerzeiten vergleicht, von Stacheldraht und Einschusslöchern. Unter den Wilhelms hingegen strotzend vor Selbstbewusstsein. Aber gut, die Zeiten will man auch nicht unbedingt wiederhaben.

Henke muss ins Jakob-Kaiser-Haus, das soll da hinten irgendwo liegen. Ziemlich schlecht geht es ihm heute. Zu viel gefeiert gestern Nacht, dann fast verschlafen, und der ÖPNV in Berlin ist auch nicht gerade der Renner. Jetzt noch dieses Gelaufe unter Kopfschmerzattacken, bis er endlich den Eingang gefunden hat. Nach der Ausweiskontrolle schleicht er durch das Foyer und lässt sich zeigen, wo Strot-Ottes Büro liegt.

Heute ist nicht Henkes Tag, bestimmt nicht, das merkt er jetzt schon. Er weiß nicht mal mehr, wie er nachts ins Hotel gekommen ist. Vielleicht hat ihm sein neuer Freund dabei geholfen. An sich ist Henke sogenannten Künstlern nicht sehr gewogen. Meist arbeiten die gar nicht richtig und leben von der Wohlfahrt. So einen hatte Henke mal in der Nachbarschaft wohnen, und da haben sich alle Vorurteile voll bestätigt. Der lebte nur in den Tag hinein und hatte sein Haus total komisch bunt ausstaffiert. Außerdem war er Abstinenzler, und Abstinenzler sind nach Henkes Erfahrung meist mit Vorsicht zu genießen.

Josef Blech ist der erste richtig erfolgreiche Künstler, den Henke kennenlernt, und er muss zugeben, dass er vom Josef positiv beeindruckt ist. Dieser scheint von anderem Kaliber zu sein als der Schwachmat aus Henkes Nachbarschaft. Vor allen Dingen kann der Josef einiges vertragen. Trotz all dem Pulver und Tabletten ist er die ganze Nacht topfit gewesen. Oder vielleicht gerade wegen, kommt es Henke. Muntermacher waren das, keine Betäuber. Plus Koks und die Überdosis Viagra. Mann, was der in zwei Stunden alles in sich hinein geschüttet hat! Und immer mit Schampus nachgespült. Henke kann ja auch einiges vertragen, mehr als die meisten Lübbecker, Holzbrink und Dekemeier eingeschlossen. Eine hohe Generationsfähigkeit hat ihm sein Spieß damals bescheinigt. Äh, Regeneration meine ich natürlich. Und trotzdem. Obwohl Henke gestern Abend mehrmals nein gesagt hat, weil er illegale Drogen eigentlich ablehnt, war das eindeutig zuviel. Nee du, nicht noch einmal. Auch unten rum tut ihm jetzt noch alles weh.

Warte nur ab, Henke, wir kennen dich. Die Kopfschmerzen gehen gleich weg, und eh du dich's versiehst, bist du wieder ganz der Alte.

Als er bei Strot-Otte anklopft, haben sich seine Sinne tatsächlich geschärft. Oder es liegt an den Schmerztabletten, dass er plötzlich hellwach mit überempfindlichen Antennen da steht und hinter der Bürotür ein seltsam vertrautes Stöhnen zu hören und sogar einzelne Worte zu verstehen meint. Worte, die in einem bundespolitischen Zusammenhang allerdings wenig zu suchen haben. Leider macht niemand die Tür auf, auch beim zweiten Klopfen nicht, sondern es wird weiterhin gestöhnt und gemurmelt. Als Mann der Tat, der zudem wenig geschlafen hat, drückt Henke entschlossen die Klinke. Augenblicklich setzt Schweigen ein. Henke erblickt einen uralten Flimmerkasten, auf dem Nachrichten ohne Ton laufen, ein ebenso altes klobiges Bügeleisen, das jeden Moment von einem überquellenden Schreibtisch herunterzufallen droht, einen an der Wand lehnenden Tennisschläger, über dem ein verschwitztes Unterhemd hängt sowie einen Mann mittleren Alters, der auf einem Drehstuhl sitzt. Es dreht sich der Drehstuhl, dreht sich der Mann auf dem Drehstuhl, nimmt eine Hand aus der Hose und funkelt den Besucher zornig an.

-Sehen Sie denn nicht, dass ich beschäftigt bin? sagt der Mann.

-Der Termin, stottert Henke. Wir haben doch telefoniert.

-Das geht jetzt eben nicht; kommen Sie in einer halben Stunde wieder, wird ihm barsch beschieden. Und machen Sie bitte die Tür zu.

Im nächsten Moment steht unser Mann wieder auf dem Flur vor Strot-Ottes Office. Was nun? Henke wäre nicht Henke, wenn er in einer solchen Situation den Mut verlöre. Im Gegenteil, es juckt ihn, die hohe Politik jetzt sofort und ganz allein zu erkunden. Im Kongo hätten sie Henke gebrauchen können, sage ich euch, aber sie wollten ihn ja nicht mithaben. Er hätte aus Mupoto noch ganz andere Sachen herausgeholt. Entwicklungshilfe für das notleidende Lübbecke beispielsweise anstelle dieses wertlosen Verdienstordens Pour le Merite de Congo, den sich Püffkemeier in Deutschland noch nicht mal auf die Brust heften kann, ohne schief angeguckt zu werden, weil Mupoto ist in Deutschland so was von out. Vollkommen mega-out ist der. Nicht nur als Kleptokrat, sondern auch als Massenmörder wird man in Deutschland ja neuerdings geschnitten. Wenn es auch 40, 50 Jahre gedauert hat, bis die Deutschen so weit waren, damit die Massenmörder genügend Zeit hatten, in Ruhe wegzusterben.

Das viele Geld allerdings, das der überaus liquide Mupoto in der Schweiz gebunkert hat, wäre in Lübbecke, einer Stadt, die besonders seit Heinz' Konkurs und dem Anschluss an das übermächtige Minden erwiesenermaßen unter wirtschaftlicher und demographischer Auszehrung leidet, sinnvoller angelegt als bei einer Schweizer Großbank. Aber Püffkemeier wollte Henke ja nicht dabei haben, sondern mit seinen Intimbuddies lieber sein eigenes Süppchen kochen. Selbst schuld, kann ich nur sagen, wenn die fähigsten Lübbecker Talente alle zu Holzbrink überlaufen.

Henke hat das vor Jahren direkt persönlich erlebt, dass es Schweizer Großbanken nicht bringen, als er sein bisschen Erspartes in der Schweiz verstecken wollte. Nachdem er gehört hatte, dass sogar sein Cousin, ein einfacher Lübbecker Malermeister, sein Schwarzgeld gewinnbringend in überseeischen Steuerparadiesen anlegt, wollte Henke seinen eigenen, von der Quellensteuer bedrohten Notgroschen nicht bei der Lübbecker Sparkasse vergammeln lassen. Die Lübbecker Sparkasse ist dafür berüchtigt, zinsmäßig nicht gerade die Spendierhosen anzuhaben, erst recht seit sie wegen Heinz' Insolvenz so hohe Verluste erlitten hat und nahe an der Pleite vorbeigeschrammt ist.

Dass Schweizer Großbanken Kleinsparern noch weniger Zinsen zahlen als die Lübbecker Sparkasse, ist Henke erst kurz vor Vertragsabschluss klar geworden. Aus den vielen verzwickten Formularen, die er in der Schweiz ausfüllen sollte, um in den erlauchten Kreis der Konteninhaber von Schweizer Nummernkonten aufgenommen zu werden, ging das nicht eindeutig hervor. Aber dann hat er gerade noch rechtzeitig die Notbremse gezogen. So schlau ist Henke. Hat sein Köfferchen mit den Geldscheinen gepackt und dann nix wie retour Richtung Heimat.

An der Grenze ist er dann noch mal kurz ins Schwitzen gekommen. Zweimal mit soviel Bargeld über die Grenze, Mensch Junge du, das kostet Nerven.

Heute, wo er ein gewisses Alter überschritten hat, würde er sich das nicht mehr zumuten. Man kommt sich als Steuerzahler, oder sagen wir besser als an sich Steuerpflichtiger, der es aber nicht einsieht, warum er sein sauer verdientes Geld mehrfach versteuern soll, heutzutage fast vor wie damals die Juden, die vor den Nazis in die Schweiz abhauen mussten. Bei ihm haben die Grenzbeamten nichts gemerkt, toi toi toi, auch wenn sie noch mindestens genauso scharf gucken wie damals.

So in Gedanken abgelenkt promeniert Henke über die Abgeordnetenflure, denn er hat keine Lust, sich wie ein x-beliebiger Bittsteller vor Strot-Ottes Büro die Füße in den Bauch zu stehen. Henke ist ja nicht dumm. Wahrscheinlich würde er sich anders benehmen, wenn ihm Holzbrink nicht gesteckt hätte, dass Strot-Otte auf dem absteigenden Ast ist und garantiert nicht wieder aufgestellt wird. So ganz raus wollte Holzbrink mit der Sprache nicht. Offensichtlich wusste er noch mehr über Strot-Otte, was er Henke aber verheimlicht hat.

Einige Flure sind komplett leer, in anderen summen fleißige Bienchen mit aufgeschlagenen Aktenordnern und gesenkten Köpfen, offensichtlich alles Leute, die nichts zu sagen haben. Dann läuft Henke eine Frau über den Weg, die ihn vom Umfang her stark an Anneliese erinnert, Ahhhhh-rg! Es ist die grüne Fraktionsvorsitzende.

Frauen in der Politik, davon hat Henke noch nie viel gehalten. Henkes Meinung ist klar. Frauen treffen keine Entscheidungen, stoßen nichts Neues an, sondern wollen hauptsächlich an der Macht bleiben. Darum ist es auch so schwer, sie wieder loszuwerden. Früher sind die Leute sofort zurückgetreten, wenn sie bei einer Wahl 10 Prozentpunkte verloren haben. Heute heißt es: 'Wir setzen erst mal eine Kommission ein, um das Ergebnis zu analysieren. Außerdem will ich meine Partei in dieser schwierigen Phase nicht im Stich lassen.'

Schnell biegt Henke in einen anderen Flur. Ein Glück, dass Anneliese nicht so ist und sich Lübbecker Weibsen generell nicht so für Politik begeistern. Sonst hätte Henke das Stadtratsmandat bestimmt nicht bekommen beziehungsweise schon lange niedergelegt. Aber der Wind kann sich auch in Lübbecke jederzeit drehen. Man braucht ja nur zu gucken, wen sich Püffkemeier als seine Stellvertreterin auserkoren hat.

Gleichberechtigung ist wirklich ein schwieriges Problem, das muss auch Henke zugeben, und er will gar nicht abstreiten, dass sie in der heutigen Zeit sogar notwendig ist. In Hollywood, die Schauspielerinnen beschweren sich immer, dass sie nicht so viel verdienen wie ihre männlichen Kollegen, und irgendwie kann man sie auch verstehen. So beliebt und erfolgreich, und müssen sich trotzdem mit dem zweiten Platz zufrieden geben. Dafür verdienen in der Pornoindustrie Frauen mehr als Männer, fällt ihm jetzt ein. Na gut, Pornofrauen werden auch viel härter rangenommen, das sieht man ja in all den Videos zu genüge.

Lautes Gebrüll von steuerbord. Ein Abgeordneter brüllt eine Sekretärin an, die anscheinend versehentlich etwas Vertrauliches an die Presse weitergegeben hat. Älteres Semester, aber tadellose Haltung, und gut geschminkt ist die. Die lässt sich nicht gehen. Andere Frauen würden das Weinen anfangen, wenn sie so angeraunzt werden, oder mit gleicher Münze heimzahlen. Aber die hier bleibt scheinbar ganz gelassen.

Als der Mann sich umdreht, sieht Henke, dass es sich um Piepenkötter handelt, einen der wenigen deutschen Politiker, die man respektieren, zu denen man uneingeschränkt ja sagen kann. Piepenkötter hat bestimmt noch eine große Karriere vor sich. Heute gibt es ja kaum noch Männer, hinter denen man sich gern versammeln möchte. Wie Helmut Schmidt damals, wegen dem Henke früher fast in die SPD eingetreten wäre. Leute wie Schmidt Schnauze und Piepenkötters Karl-Herrmann beanspruchen halt überall das Kommando, besonders gegenüber ihren Mitarbeitern, wenn die etwas falsch machen oder nicht gleich spuren.

Anscheinend geht es um irgendwelche Lobbyisten, so viel versteht Henke bei all dem Gebrüll, oder um einen Gesetzestext, der dem Minister von Lobbyisten vorgeschlagen worden ist.

Henke wundert sich schon. Müsste Piepenkötter nicht in seinem Ministerium sein? Oder beim Bauernverband? Aber er hat wohl auch hier ein Büro. Offenbar ist die Sekretärin auch keine Sekretärin, sondern eine Abgeordnete, wenn auch nur eine ganz einfache ohne Regierungsposten. Entschlossen wanzt sich Henke an Piepenkötter ran, um mal eben die Gelegenheit zu nutzen, ihn seiner uneingeschränkten Solidarität zu versichern, wegen der Tierschutzaffäre und wie unglaublich unverschämt er das Filmchen und den Shitstorm im Internet findet.

Doch Piepenkötter ist im Moment nicht in Stimmung für Solidaritätsadressen. Er scheucht Henke beiseite und schiebt die Abgeordnete vor sich her.

-Jetzt machen wir mal eine Ankündigung, sagt Piepenkötter zu der Mamsell. Zusammen mit dem Fleschereiverband. Das hatten wir sowieso vor. Freiwilliges Ziel, ganz im Sinne der Bundesregierung: in 50 Jahren wollen wir die Nitratbelastung der Böden auf null bringen. Jawohl, auf null, das ist doch was.

Ruf mal bei der Bildzeitung an, dass sie das groß herausbringen. Du wirst sehen, die feiern uns dafür. Danach ist alles andere schnell vergessen.

Keine schlechte Idee, sagt sich Henke. Hat es Macron vor Jahren nicht genauso gemacht, als er innenpolitisch unter Druck stand? Freiwilliges Ziel, hat er gesagt, CO_2-Ausstoß auf unter null bringen. In 100 Jahren, wohlgemerkt. Jawoll!

Irgendwie frustriert wirkt Piepenkötter trotz seines zur Schau gestellten Aktionismus, und Henke hat auch Verständnis dafür. In der heutigen Zeit wird ja alles schlecht geredet, und gerade diejenigen Minister, die hervorragende Arbeit leisten und möglicherweise etwas konservativer eingestellt sind, werden von Rotgrün besonders scharf angegriffen.

In Wahrheit ist Piepenkötter als Landwirtschaftsminister total unterfordert. Als Landwirtschaftsminister kannst du nicht mal eine Stinkbombe hochgehen lassen, weil dann heißt es gleich: Gülleverseuchung. Obwohl Lahmeier, um Piepenkötters Ehrgeiz zu befriedigen, noch das Gesundheitsministerium obendrauf gelegt hat und diese Themenfelder natürlich bestens zusammenpassen, weil eine gesunde Ernährung bekanntlich das A und O der menschlichen Gesundheit ist, bleibt Piepenkötter unterfordert. Ein Mann mit Ambitionen ist der, für den auch Lahmeiers Stuhl nicht zu groß wäre. Lahmeiers Problem besteht darin, dass er schon seit Jahren in der Politik keine klare Linie mehr verfolgt, sondern nur noch herumeiert - und zwar genau entsprechend dem, was ihm die Demoskopen vorbeten. Einer wie Piepenkötter hätte vielleicht eher mal eine eigene Meinung und den Mumm, diese auch durchzusetzen. Es ist wirklich so: aus Piepenkötters Haus kommen ständig neue innovative Ideen, die dann per Bildzeitung unters Volk gebracht werden, dem inzwischen inoffiziellen Organ des Landwirtschaftsministeriums. Beispielsweise zum Thema Nitratbelastung. Wie man die Bauern haargenau so weitermachen lassen kann wie bisher und gleichzeitig das Nitratproblem endgültig lösen und das Artensterben aufhalten. Wenn das nicht innovativ ist! Leider werden die guten Vorschläge der Bildzeitung von EU und Kanzleramt nicht ernstgenommen und teilweise sogar konterkariert. Zum Schluss schmettert der Europäische Gerichtshof alles in Bausch und Bogen ab, weil es die übrigen EU-Mitglieder angeblich benachteiligt. Im EuGh scheinen sowieso nur grüne Richter zu sitzen. Weil die Grünen ihre ganzen abgelegten Ex-Politiker nach Brüssel an den EuGH wegloben, und keiner versteht, wieso Lahmeiers CDU das mitmacht. Manche behaupten sogar, Lahmeier sei ein grünes U-Boot, das unter schwarzer Flagge segelt. Andere wie Henke halten Lahmeier schlicht für ein Weichei, das den Ernst der Lage immer noch nicht begriffen hat. Besonders am EuGH. Wir werden uns alle noch wundern, was die grünen Richter für verheerende Entscheidungen treffen, davon ist Henke felsenfest überzeugt. Gegen die versammelte Inkompetenz grüner Richter ist auch ein deutscher Bauernminister machtlos, da kann er noch so mit den Hufen scharren.

Dabei hält Lahmeier angeblich große Stücke auf Piepenkötter und will ihn zu seinem Nachfolger aufbauen. Gut, bis Lahmeier abtritt, können noch Jahre vergehen. Der macht in dieser Hinsicht keinerlei Anstalten. Lahmeier ist ein Reptil, das sich nur äußerst langsam bewegt. Wenn es nach Lahmeier ginge, würde er wahrscheinlich noch jahrzehntelang Bundeskanzler bleiben. Und vielleicht schafft er das sogar, mit seiner wankelmütigen wischi-waschi Politik.

Henke streicht die Segel. Bei der Laune, die Piepenkötter momentan hat, lohnt es sich definitiv nicht, ihn anzuquatschen. Vielleicht setzt ihm der Skandal doch mehr zu, als er öffentlich zugibt. Anwürfe aus der rotgrünen Ecke, so absurd sie auch sein mögen, lassen selbst einen gestandenen Landwirtschaftsminister nicht völlig kalt.

Wie schön es doch wäre, wenn Piepenkötter Kanzler würde! Das verliehe nicht nur Diepholz, sondern auch dem nahe gelegenen Lübbecke einen gewaltigen Schub, sowohl politisch wie auch wirtschaftlich, da ist sich Henke sicher. Allein wenn der G20-Gipfel in Diepholz stattfände. Also, Platz hätten die da. Und wenn der Platz nicht reicht, kommen auch Hotels in Lübbecke zum Zuge, zum Beispiel Borchert oder Holland-Moritz. Gut, das Holland-Moritz ist ein bisschen abgewohnt, aber Geld zum Renovieren wäre dann ja vorhanden, wenn man so hört, was G20-Gipfel heutzutage kosten. Und den Linksterroristen möchte ich sehen, der in Diepholz Autos abfackelt. Ich würde ihm das nicht empfehlen. Der käme nicht so leicht davon wie neulich die Krawalltouristen in Stuttgart. So was lassen sich die Diepholzer nicht gefallen. Da muss mit Lynchjustiz gerechnet werden. Auf ihren Mercedes passen die Bauern auf, mehr als auf ihre Ehefrauen. Neulich dem Storch ist es auch nicht bekommen, der einem Diepholzer Bauern auf den Mercedes gekackt hatte. Der Bauer hat kurz die Schrotflinte vorgeholt und den Storch in seine Einzelteile zerlegt. Stand so in der Kreiszeitung. Den Bauern wollen sie jetzt drankriegen von wegen geschützte Tierart und so, aber Henke kann ihn verstehen. Beim Gedanken, jemand könnte seinen neuen Opel vollkacken, wird ihm auch ganz mulmig.

In Berlin sollen sich die Marder so ausbreiten. Von Füchsen, Waschbären und Wildschweinen ganz zu schweigen. Die Berliner lassen ja alles am Leben. Ausländer und Hartz-IV Empfänger sind hier jederzeit willkommen. Wie mal so ein Fürst gesagt hat, jeder nach seiner Facon. In Berlin gibt es mehr Ungeziefer als in Lübbecke und Diepholz zusammen, möchte man sagen. Die Marder dringen selbst in Tiefgaragen ein und zerfressen die Kabel unter den Kühlerhauben. Besonders Porsches haben es ihnen angetan, so dass Porsche extra seine Forschungsabteilung um ein paar Biologen aufstocken musste, damit die herausfinden, woran das liegt, dass Berliner Marder so gern Porschekabel anfressen statt die japanischen Autos. Bezüglich der Linksterroristen, die Autos anzünden, hilft auch die beste Forschungsabteilung nichts. Unter Berliner Bedingungen darfst du dir definitiv keinen Porsche zulegen, selbst wenn du in einem Nobelviertel wohnst. Nee du, das ist keine Freude, wenn du einen Marder oder Linksterroristen als Untermieter hast, der womöglich noch nach Waschbär müffelt, weil er sich nie wäscht. Wenn du den vertreiben willst, beißt er dich womöglich und dann darfst du ihn noch nicht mal vergiften.

Wäre Piepenkötter Kanzler, könnte er bei innenpolitischen Krisen, wie jetzt mit seinen Tierschützern, kurz mal außenpolitisch die Muskeln spielen lassen. Die Falklandinseln besetzen, beispielsweise, oder sich mit Nordkorea anlegen. Der Kim droht dann mit Atomwaffen und schießt ein paar Raketen Richtung Deutschland, die in der mongolischen Steppe niederregnen. Die Deutschen fühlen sich bedroht, und stellen sich geschlossen hinter ihren Kanzler. Schon ist Piepis Skandälchen vergessen, und es wird wieder fleißig CDU gewählt.

Laut lachende Stimmen schrecken Henke aus seinen Gedanken. Ganz gemischtes Volk ist hier unterwegs. Von hüftschwingenden Sekretärinnen auf hochhackigen Pumps bis zu Alternativen in ekligen Schlabberpullovern. Früher konnte man aus der Kleidung schließen, wer wieviel zu sagen hat, und in Henkes Papierfabrik ist das heute noch so. Hingegen bei den Grünen weiß man nie. Da kommt die Chefin manchmal mit der selbst gehäkelten Strickweste daher und macht einen auf Underdog.

Die Kollegen haben ganz schön gestaunt, als Henke Dispatcher geworden und zum ersten Mal in Anzug und Krawatte aufgetaucht ist, aber übel genommen hat es ihm keiner. Alle wissen, Henke bleibt Henke. Ob Anzug oder Blaumann, Henke kann mit allen gut. Außer mit Püffkemeier und dem OKD, er weiß eigentlich gar nicht, was die gegen ihn haben. Gut, bei Püffkemeier hat Henke mal in den Flur gekotzt, weil er selbst für seine Verhältnisse zuviel gesoffen hatte, aber sowas muss auch mal vergessen sein. Über sowas muss man hinwegsehen können unter Freunden. Man zischt gelegentlich ein, zwei Herrengedecke, spricht sich aus, und dann ist wieder gut.

Okay, Püffkemeier ist jetzt nicht das Thema. Püffkemeier kann ihm gestohlen bleiben. Gleich Mittagspause, und da wird Henke immer unruhig, wenn er nicht sein Schlückchen Cognac intus kriegt. Irgendwo da hinten muss die

Kantine sein, nach den Essensgerüchen zu urteilen. Aber wo? Mal schauen, was die Hochprozentiges zu bieten haben.

Nicht dass er abhängig wäre wie Haseloh oder der junge Püffkemeier. Henke hat sich sehr gut im Griff, und kann erstaunlich nüchtern sein, wenn es darauf ankommt. Doch es ist nun einmal so, dass er erstens mehr vertragen kann als andere Leute und zweitens ein guter Cognac die Moral der Truppe steigert. Letzteres weiß Henke aus seiner Zeit beim Bund, wo bekanntlich auch ordentlich gebechert und die meiste Nahrung als Flüssignahrung aufgenommen wird.

Dann steht Henke in der Kantine am Tresen und guckt und guckt und guckt. Mist hier. Alles voller Auslagen mit süßem Igittigitt, aber kein Tropfen Alkohol dabei, nirgends.

Wahrscheinlich aussortiert, das kennt Henke schon. Die verbieten ja alles heutzutage. Alles, was Spaß macht.

-Wie sieht's denn aus, wendet er sich an die Essensausgabe, nur um mal so auf den Busch zu klopfen. Habt ihr hier keinen Klaren zum Verdauen, oder wenigstens Bier. Oder Rotwein wie der Franzose. Nein? In Frankreich gibt es keinen Mittagstisch ohne ein Gläschen Rotwein, selbst in Behörden ist das da Vorschrift. Was glaubt ihr, was in Frankreich mittags Vino geschlürft wird. Wenn die Franzosen auch so abstinent wären wie ihr hier, würden die Weingüter da unten alle Pleite gehen.

Henke erntet nur verständnislose Blicke von all diesen Frauen und Männern unter weißen Plastikmützen. Gut, er kann die Fraktionschefs auch verstehen, oder wer immer das entschieden hat. Kein Politiker möchte von der Pressemeute dabei erwischt werden, wie er vormittags Klare kippt oder Cocktails trinkt. Andererseits sind Journalisten auch nur Menschen und vielleicht vermissen auch sie die alten Zeiten, als Willy Brandt sie tete-a-tete zu einem Gläschen Cognac eingeladen hat.

Aber okay. Henke ist ja nicht dumm. Er weiß, wie die Uhren bei uns mittlerweile eingestellt sind, und er kennt auch ein Mittel dagegen, das er schon seit Jahren mit Erfolg praktiziert: immer einen Flachmann in der Tasche bei sich haben. Selbst bei Bundestagsbesuchen weicht er nicht von dieser Lebensregel ab, und, wie sich heute mal wieder bestätigt, zu recht.

Auch im Kreis Minden-Lübbecke werden seit Holzbrinks Sturz sogenannte 'neue Wege' beschritten, d.h. bei Ratssitzungen und in der Verwaltung darf kein Schnaps mehr ausgeschenkt werden. Nachdem sie erst die Raucher vertrieben haben, die sich seither auf zugigen Vorplätzen die Kälte in den Bauch stehen müssen, um in den Genuss ihres Glimmstängels zu kommen, geht es nun den Cognacfreunden an den Kragen.

Eine Schande ist das, hat neulich der stellvertretende Lübbecker CDU-Vorsitzende Windmüller, seines Zeichens Kreisverwaltungsbeamter im höheren Dienst, zu Henke gesagt. Kommunalpolitiker, die immerhin fast alle ehrenamtlich tätig seien, vom wohlverdienten alkoholischen Nachschub abzuschneiden, komme einer Selbstkastration der Kommunalpolitik gleich. Einem Holzbrink seien früher solche eklatanten Fehler nicht unterlaufen. Und somit war der gute Mann wieder bei seinem Lieblingsthema angelangt: Holzbrinks besondere politische Fähigkeiten, sein Instinkt und seine tollen Leistungen für den Altkreis Lübbecke.

Da hat Henke gleich abgeschaltet. Denn das kennen wir schon. Wer mit Windmüller zusammenkommt, muss automatisch damit rechnen, dass mindestens einmal die Holzbrink-Gedächtnis-Glocke geläutet wird. Und das nur, weil ihn Holzbrink vor Jahren mal zum dritten Bürgermeister gemacht hat.

Nicht dass Henke etwas gegen Holzbrink hätte. Der Mann ist voll in Ordnung, wie sich erst neulich bei ihrem Zwiegespräch bestätigt hat. Allein schon, weil er immer Cognac bevorrated und diesen freigebig unter die Leute bringt. Aber muss man sich das ständig gegenseitig unter die Nase reiben?

Solche Gedanken machen Henke nur noch durstiger. Das Problem: er kann hier unmöglich in aller Öffentlichkeit seinen Flachmann aus der Tasche ziehen und sich den Weinbrand in den Rachen schütten. Vielleicht sollte er das Zeug nächstens in eine Mineralwasserflasche umfüllen, dann fällt es nicht so auf.

Henke macht sich entschlossen auf die Suche nach einer abgeschiedenen Location, wo er in Ruhe saufen und danach auch gleich sein obligatorisches Mittagspäuschen einlegen kann. Er könnte es im Dachgeschoss versuchen, oder im Souterrain, wo die Sitzungsräume liegen. Vielleicht sind die mittags leer.

Statt sich systematisch einen Besprechungsraum nach dem anderen vorzunehmen, fängt er mit dem hintersten an. Dieser liegt so versteckt, dass er vom Flur aus nicht direkt einzusehen ist.

Mal sehen, ob die Tür aufgeht.

Tatsächlich: der helle, gut klimatisierte Raum ist menschenleer!

Voller Freude holt Henke seinen Asbach vor und hält ihn blinzelnd gegen das Licht. Allein diese satte Honigfarbe des fassgereiften Weinbrandes wirkt schon beruhigend auf ihn. Und es ist auch genug drin, dass er bestimmt nicht länger dursten muss.

Was ist das denn? Hinter einer Trennwand hört er ein leises, befremdlich scharrendes Geräusch und ein unterdrücktes Schnaufen.

Zuerst will Henke sich klammheimlich verdrücken. Doch dann denkt er an den Cognac. Wäre doch zu schade. Vielleicht war das Geräusch nur eine Sinnestäuschung. Oder ein Tier, das sich in die heiligen Hallen verirrt hat? Henke nimmt seinen Mut zusammen, trippelt nach vorn und entdeckt hinter der Trennwand - den Kanzler der Bundesrepublik Deutschland.

Ja, echt, genau den! Bundeskanzler Lahmeier! Nicht zu glauben!

-Mensch, Herr Bundeskanzler, sagt Henke. Dich hier zu sehen! Ich lass mich steinigen.

Lahmeier sieht gar nicht gut aus. Irgendwie bedrückt und angeschlagen wirkt er und auf jeden Fall nicht so, wie man ihn aus dem Fernsehen gewohnt ist, das realisiert Henke auf einen Blick. Leute, die beim Blasheimer Markt gleich von der Stange kippen, beziehungsweise vom Barhocker, erkennt Henke sofort und sagt dann immer den Wirten Bescheid, dass die rechtzeitig den Notdienst holen. Bei den Blasheimer Marktwirten ist Henke wegen seiner diesbezüglichen, fast hellseherisch zu nennenden Fähigkeit berühmt.

-Hier trink erst mal'n Schluck, sagt er zum Bundeskanzler. Das wird dich wieder auf Vordermann bringen.

Lahmeier wirft einen scheuen Blick auf Henkes Feuerwasser, und gleich hellen seine Züge sich auf.

-Sowas brauche ich jetzt, gibt er unumwunden zu, bevor er eine ordentliche Portion verpiesematuckt.

Jedem anderen, der einen solchen Zug an den Tag legt, würde Henke die Flasche sofort wieder wegnehmen, aus Sorge, selber zu kurz zu kommen. - Aber hör mal, Henke! Der Bundeskanzler! Den lass mal schön ein bisschen länger nuckeln.

-Ein guter Tropfen, seufzt Lahmeier. Boah ey. Wo Henke den her habe. So etwas gebe es im ganzen Regierungsviertel nicht.

Auf Alkohol wird der Bundeskanzler stets ein anderer Mensch. Alle Masken fallen von ihm ab, und seine sonst so akkurate Rhetorik leidet unter Alkohol beträchtlich. Allein schon, weil er nichts mehr gewohnt ist. Alles Schöne nehmen ihm die Sherpas weg, und seine Reden schreiben sie auch noch, die er dann so brillant vorträgt, und auch ein wenig distanziert, was ihre Wirksamkeit irgendwie verstärkt, weil sie so staatsmännisch herüberkommen.

Auch Henke wird nach einem guten Cognac ein anderer Mensch. Er dreht voll auf, und dabei fällt ihm all das ein, was er dem Bundeskanzler schon immer mal sagen wollte. Als erstes wird es jedoch Zeit, sich vorzustellen.

-Erwin Henke, sagt Henke unter einer leichten Verbeugung. Du kannst mich aber ruhig Erwin nennen.

-Hallo auch, sagt der Bundeskanzler aber nur.

Was neue Bekanntschaften angeht, ist er offenbar trotz Cognac nicht ganz so spontan eingestellt wie Henke.

Henke lässt sich davon nicht aufhalten und plappert munter drauflos, wie es seine Art ist. In Lübbecke gilt er als Ass im Kontakteknüpfen und beherrscht jede Form der Sozialkommunikation aus dem Effeff. Er tischt dem Bundeskanzler einen Teil seiner Vita auf, einschließlich der kürzlichen Beförderung in der Papierfabrik, kommt dann auf die bereits in der mittelalterlichen französischen Literatur beschriebene heilsame Wirkung des Cognac zu sprechen und attestiert Lahmeier, dass er bereits viel besser aussieht als vorhin. Zu guter Letzt will er noch wissen, warum es dem Kanzler denn überhaupt so schlecht gehe, dass er sich hierhin verkrümelt habe. Ob es an den aktuellen Umfragewerten liege? An seinen Politikerkollegen? Wie man höre, mache ja der neue Fraktionsvize ständig Ärger.

Normalerweise würde Lahmeier jetzt sein Pokerface aufsetzen und irgendwie vom Thema ablenken, indem er beispielsweise auf die neuen Familienförderungsrichtlinien, das gestiegene Rentenniveau, die gesunkenen Arbeitslosenzahlen oder die erstaunliche Entwicklungsdynamik der deutschen Exportwirtschaft seit seinem Amtsantritt zu sprechen kommt. Aber wie gesagt, nach einem guten Cognac werden viele von uns zu anderen, man ist geneigt zu sagen, besseren Menschen. Vor allem weiß man denjenigen zu schätzen, der einen damit versorgt hat. Und will ihn möglichst zu seinen Freunden zählen.

-Wenn du wüsstest, sagt also der Bundeskanzler zutraulich, indem er abermals zu Henkes Henkel greift. Alles, alles wird bei mir abgeladen. Um alles soll ich mich kümmern. Palästinenserkonflikt, Umweltschutz, Finanzpolitik, Kindergeld und neuerdings sogar Raketentechnik. Mit der stünden die Wissenschaftsministerin und der Verteidigungsminister offenbar auf Kriegsfuß, um es mal salopp zu formulieren. Die besuchen zwar zu offiziellen Anlässen manchmal die DLRG, oder wie der Laden da unten in Bayern heißt, der in Deutschland die Raketen hochschießt, und wo wir jedes Jahr ein Heidengeld für ausgeben. Meine Minister lassen sich auch gerne einen TU Doktor hah zeh anhängen. Aber sonst haben die von Technik keinen blassen Schimmer. Völlig ahnungslos mit ihrem Politikstudium. - Die Schnarrenbach ist ja immer sehr nett anzuschauen, und ich habe sie nicht zuletzt wegen ihres Lächelns und ihrer allzeit freundlichen Art zur Ministerin befördert, nachdem ich gesehen hatte, dass sie alle geforderten Quotenbedingungen hundertprozentig erfüllt. Aber sie kann doch nicht von mir erwarten, dass ich ihr Nachhilfetipps in Raketentechnik gebe, nur weil sie sich besser mit der urbanen Konzeptionierung europäischer Diversifikationsprozesse auskennt, oder wie ihre Dissertation geheißen hat, die sie damals geschrieben hat, als sie noch Wahlhelferin bei Piepenkötter war.

Urbane Diversifizierung? Bei Henke klingelt da was.

-Das Thema, sagt er, könnte Frau Doktor Guklucks interessieren, für die die europäische Verständigung auch eine Herzensangelegenheit sei. Er, Henke, halte es ja eher mit den Euroskeptikern; doch Helma Guklucks sei in Lübbecke auf verschiedenen Gebieten eine anerkannte Koryphäe, die trotz unterschiedlicher Denkansätze auch von einen Erwin Henke respektiert werde.

-Guklucks, Guklucks, Guklucks, sagt der Kanzler, und zwar ohne sich einen einzigen Zungenbrecher zu leisten. Warte mal. Als ich noch kein Politiker war, habe ich mal in Thailand Urlaub gemacht und eine Helma Guklucks kennengelernt. Sehr bewandert in allen Fragen fernöstlicher Kultur und Lebensart. Nach intensivem und sehr gedeihlichem Gedankenaustausch mit ihr sei er damals fast zum Buddhismus konvertiert...

-Das ist sie. Eindeutig. Eine in jeder Hinsicht absolut überzeugende Persönlichkeit.

Dann wechselt Henke das Thema und sagt, der Verteidigungsminister sei seines Wissens Jurist, kein Politologe.

Nach kurzer Überlegung muss Lahmeier ihm recht geben.

-Obwohl er im Verteidigungsbereich sogar Juristen als fachfremd ablehne, sagt Henke, seien die ihm immer noch lieber als eine Politologin.

-Die juristische Doktorarbeit des Verteidigungsministers habe auch irgendetwas mit Europa zu tun, weiß der Kanzler. Doktorarbeiten über das europäische Gedankengut hörten sich immer gut an, und man könne im Internet sehen, dass darüber schon enorm viel geforscht worden sei. Politiker, die gern Doktor werden wollten, könnten dort reichlich aus Vorlagen schöpfen. Aber Vorsicht! Plagiatsjäger und Abgeordnetenwatcher schössen heutzutage wie

Unkraut aus dem Boden. - Aber gut. Eigentlich ist es mir egal, welchem Hobby jemand in seiner Freizeit frönt. Wenn er Lust hat, kann er seine Zeit meinetwegen mit Promovieren verplempern. Worum es mir geht: ständig nerven mich die Minister mit ihren Fragen. Was die alles bei den Kabinettsitzungen von mir wissen wollen! Du kannst es dir nicht vorstellen. Was soll das, frage ich dich. Bin ich Wikipedia? Können die sich nicht selber eine Meinung bilden? Wozu haben wir wissenschaftliche Hilfsdienste, wenn der Bundeskanzler alles allein analysieren muss.

Dazu immer neue Staatsgäste. Manchmal wünsche er sich, dass mal ein paar Staaten zusammengelegt würden, damit er nicht so viele Präsidenten empfangen müsse. Singapur und Malaysia, zum Beispiel. Und Indonesien gleich dazu. Zwergstaaten ganz auflösen, diesen Antrag solle mal jemand bei der UNO stellen. Der fände sofort breite Zustimmung. Der Bundespräsident hat auch keine Lust mehr zum Repräsentieren und halst mir gern die schwierigen Fälle auf. Diktatoren zum Beispiel, von denen er meint, dass sie Ärger machen könnten oder sein Image beschädigen, wenn er mit ihnen zusammen fotografiert wird. Denn vor Ärger in jeder Form drückt sich der Bundespräsident seit Jahren. Ärger geht er am liebsten aus dem Weg. Das war schon damals so, als ich ihn aus seiner Karrieresackgasse als Pressesprecher beim rheinischen Hockeybund erlöst habe. Oder war es der pfälzische Delikatessenverband? Ein PR-Heini, habe ich zuerst gedacht; doch er hatte definitiv mehr drauf. Jetzt kann er es sich leisten, wählerisch zu sein, weil er so beliebt und daher auf mich nicht mehr angewiesen ist. Manchmal traut er sich sogar, mir öffentlich zu widersprechen; aber du hättest ihn damals erleben sollen, wie der mir meine Plattfüße geküsst hat, damit ich ihn bei seiner Kandidatur unterstütze.

Doch so seien die Menschen. Freundlich nur solange sie etwas von einem wollten. Diese Erfahrung mache er als Bundeskanzler immer wieder. Auch früher als Ministerpräsident habe er bereits diese Erfahrung gemacht. Offenbar gelte sie ganz allgemein. Und ich kann die Leute irgendwo auch verstehen. Sobald du Chef bist, spuren deine Untergebenen, während die Anderen, besonders die Rotgrünwähler, neiden dir den Erfolg und wollen dich weghaben.

-Ähnliches widerfahre den Berliner Porschefahrern, sagt Henke, die, wie er im Ostwestfalenblatt gelesen habe, zunehmend Opfer von Rot-Grün-Wählern würden. Einfach, weil in Berlin der Neidreflex besonders stark ausgeprägt sei. In einer Stadt, in der praktisch die Hälfte aller Einwohner von Sozialhilfe lebe, seien Porschefahrer naturgemäß nicht sehr beliebt.

Während Henke zu einem ausgedehnten Vortrag über die Diskriminierung der deutschen Autofahrer ansetzt, unter besonderer Berücksichtigung der Berliner Porschefahrer, sowie die heutzutage unerträgliche Bevorzugung der Rad- und Rikschafahrer, gedenkt der Bundeskanzler, dem schon seit Jahren ein Chauffeur zur Verfügung steht, mit einiger Wehmut vergangener Automobilistenzeiten.

-Was würde ich darum geben, einen Porsche zu besitzen, entfährt es ihm. Aber das kann ich mir als Kanzler in Deutschland nicht leisten, mit einem Porsche durch Berlin zu brausen. Die Hauptstadtpresse würde über mich herfallen, und kein Kulturschaffender würde noch jemals einen Preis von mir entgegennehmen. Wenn sie den Kulturpreis des Kanzleramtes erhalten, fressen mir sogar Oscar- und Nobelpreisträger aus der Hand. Doch wenn ihnen zu Ohren käme, dass ich mit einem Porsche-SUV die Berliner Luft verpeste, wäre Schluss mit lustig. Schneiden würden die mich und womöglich zur Wahl der SPD aufrufen.

Kulturpreis des Kanzleramtes? Davon hat Henke noch nie gehört. Okay, das mag auch daran liegen, dass er sich für Kulturpreise generell nicht so interessiert, außer wenn es Fußballpokale sind.

-Doch, sagt der Bundeskanzler. In einigen Tagen ist wieder Preisverleihung. Ich suche mir immer Kulturschaffende mit möglichst großem Einfluss in der Community, mit dem Ziel, solche Leute an die CDU zu binden.

-Ein kluger Schachzug, schmeichelt Henke, und schon ist er mit dem Bundeskanzler in schönster cognacseliger Übereinstimmung.

Lahmeier atmet tief durch und legt Henkes Flachmann vorsichtig auf einem Nachdenkschemel ab. Solche Nachdenkschemel haben sie in allen Seminar- und Besprechungsräumen des Paul-Löbe-Hauses freigebig verteilt. Es sind kubische Würfel aus hellem weichen Wildleder, sehr gut verarbeitet, auf denen die Bundestagsabgeordneten oder ihre Mitarbeiter Platz nehmen, wenn sie nicht mehr weiter wissen.

-Ich weiß nicht, wer sich die ausgedacht hat, sagt der Bundeskanzler, indem er auf den Nachdenkschemel deutet. Im Rahmen eines Motivationsworkshops, nehme ich an. Motivationsworkshops finden ja neuerdings andauernd statt, auch bei uns im Kanzleramt. Statt mich um ein Autogramm zu bitten, fragen mich die jungen Damen, die mir auf den Fluren begegnen, wie sie zu dem und dem Motivationsseminar kommen. So ändern sich die Zeiten. Daran merkt man, dass man älter wird.

Darauf nimmt er schnell noch einen Zug aus der Flasche. Henke überlegt kurz, ob er seinen Flachmann nicht doch wieder an sich bringen soll. Da fällt ihm ein, dass er dem Bundeskanzler einen Zigarillo anbieten könnte.

-Sieht gut aus, sagt Lahmeier mit Blick auf Henkes original Lübbecker Dannemannpackung. Leider ist im Paul-Löbe-Haus das Rauchen verboten. Man würde uns sofort riechen und in Gewahrsam nehmen.

-Aber du bist doch der Chef hier, wundert sich Henke.

-Schön wär's, sagt der Bundeskanzler. Schon mal was von Gewaltenteilung gehört?

Henke nimmt die Gewaltenteilung, die ihm das Rauchen im Paul-Löbe-Haus verunmöglicht, mit demselben scheinbaren Gleichmut hin, mit dem er in Lübbecke die Allmacht Püffkemeiers hinnimmt. Allmacht nur bis zur nächsten Wahl, wie oft hat sich Henke das schon gewünscht. Denn eigentlich ist Lübbecke ein konservatives Pflaster, und es ist im Grunde absolut nicht zu verstehen, wieso Püffkemeier dort seit Jahren immer wiedergewählt wird.

Henke steckt die Zigarillos wieder weg und beginnt, sein eigentliches Vorhaben in die Tat umzusetzen: die Aufklärung des deutschen Bundeskanzlers, was gute Politik ist. Als erstes klärt er Lahmeier über die Umwelt auf, danach kommt die Wirtschafts- und Geldpolitik dran.

Umweltschutz ist ein Thema, bei dem Henke sich absolut nicht verstecken muss. Ganz abgesehen von dem vielen Altpapier, was er auf Arbeit zu verwerten hat, damit daraus die begehrte Lübbecker Wellpappe entsteht, gibt es in ganz Nordostwestfalen wohl niemanden, der den Müll bei sich zuhause so sorgfältig trennt wie Henke. Ob Biomüll, Sondermüll oder Restmüll: in Henkes Mülltonnen herrscht Ordnung; da kannst du ablecken von.

-Er komme vom Land, sagt Henke, und sei froh, nicht in Berlin zu wohnen. Mit all den Problemvierteln und der hohen Verschuldung sei Berlin so eine Art failed state, falls Lahmeier ihm den Begriff gestatte. Wenn du ein neues Auto anmelden willst, um noch einmal auf das Thema KFZ zurückzukommen, musst du in Berlin 6 Wochen auf einen Termin warten. Bis dahin habe das neue Auto garantiert schon die erste Beule. Allein vom Parken. In Lübbecke, seit sie die Außenstelle beim alten Rathaus eingerichtet hätten, dauere das Anmelden keine 5 Minuten. Es gebe keine Warteschlange und keine Terminvereinbarungen, einfach reingehen, Stempel drauf und du bist angemeldet, zack. Das gelte für Bürger gleichviel wie für ihre Autos.

Dazu kann der Bundeskanzler nichts sagen, weil er hat in letzter Zeit kein Auto angemeldet. Stattdessen nimmt er lieber schnell noch einen Schluck aus Henkes Flachmann. Die Gelegenheit ist günstig, weil Henke jetzt so richtig in Fahrt kommt.

-Bei uns in Lübbecke heißt es: was nicht passt, wird platt gemacht, sagt Henke gemütlich. Mülltrennung gut und richtig, die ist wichtig. Da herrscht Ordnung. Aber die Ökos, die wollen überall sinnlos Bäume in die Landschaft pflanzen. Wo kämen wir da hin? frage ich dich. Ich habe vor meinem Haus extra die Bäume rausreißen und alles zupflastern lassen, damit ich mit meinem Opel richtig rangieren kann, besonders wenn ich den Hänger hinten dran habe. Denn einen Anhänger brauchst du bei uns in Lübbecke unbedingt, wenn du schon keinen Traktor hast. Aber Bäume anpflanzen, näh du. Bäume bedeuten Laub, und Laub bedeutet Unordnung. Die Bauern würden mit ihren großen Maschinen nirgends mehr durchkommen, wenn an ihren Feldwegen überall Bäume stünden.

-Die Grünen seien nicht mehr ganz so schlimm wie früher, lallt Lahmeier. Potenssielle Koalissionspartner, mit dehn muss'tu fohsichtig umgehn.

Das sieht Henke ein bisschen anders. Im Gegensatz zum Kanzler, der auf den vielen Empfängen und Arbeitsessen immer nur Wasser saufen darf und sich nebenbei oft mit rotgrünen Würdenträgern unterhalten und teilweise auch arrangieren muss, verträgt Henke einiges mehr und kommt nun quasi automatisch und ganz spontan auf sein zweites Lieblingsthema zu sprechen: Steuersenkungen.

-Das ständige Gerede über Steuererhöhungen, sogar von Seiten der CDU, sei Gift für die Wirtschaft. Die Steuern müssten runter, nicht rauf, das wisse doch jeder. Mehr netto vom brutto. Damit der private Konsum floriere. Wie lange wolle er, Henke, sich schon einen Mercedes kaufen, aber es reiche immer noch nicht, trotz Leistungszulage und Beförderung. Und warum? Weil er viel zuviel Steuern abdrücken müsse. Jedesmal am Monatsersten ärgere er sich grün und blau wegen der hohen Abgaben.

Dass seine Firma keine Tariflöhne zahlt, blendet Henke lieber aus.

-Du, da spichse mia aussa Seele, sagt der Bundeskanzler. Mit mei'm Kanzlergehalt komm'ich nich weit. Was glaubssu, was mir nach Appzuch der Steuern üpprich pleipt?

-Stimmt, sagt Henke. Erst neulich habe ich gelesen, die Geschäftsführerin der Berliner Behindertenwerkstätten verdient doppelt soviel wie du.

-Jadu, die inna Prieffatwirtschaft verdien beträchtlich mehr.

-Was für Privatwirtschaft? sagt Henke. Das sind alles Steuergelder, mit der die gute Frau jongliert. Sie sagt zwar, sie hätte den Gewinn der Werkstätten um eine Million gesteigert, und daher sei ihr Gehalt gerechtfertigt, aber letztlich werden da nur Steuergelder zwischen öffentlichen Betrieben hin und her geschoben. Steuern, die in Ostwestfalen erst mal verdient werden müssen, bevor sie nach Berlin transferiert und dort ausgegeben werden können. Jedesmal, wenn ich so etwas lese, ärgere ich mich.

-Ich auch, sagt Lahmeier. Hicks.

Beim Thema Steuern wird er aber langsam wieder nüchtern.

-Er sei schon immer der Meinung gewesen, Bundeskanzler müssten mehr verdienen.

-Die Politik brauche gute Leute und solle sie auch gut bezahlen, sagt Henke, obwohl dies nicht seine wahre Meinung ist. Doch auf einen Bundeskanzler muss man schon mal Rücksicht nehmen.

-Wenn ein Politiker in Deutschland so etwas laut sage, werde er gleich an den Pranger gestellt, klagt Lahmeier. Die DAX Vorstände verdienen so viel mehr als ich! - Darum wollen wir deren Gehälter jetzt auch deckeln. Ich meine, wie soll ich mit denen auf Augenhöhe verhandeln, wenn die wissen, dass unsereins so arm wie eine Kirchenmaus ist.

-Nicht einmal das Privatsanatorium Doktor Tietz könne er sich mit seinem Einkommen leisten, jammert der Bundeskanzler. Dabei sei ihm diese Klinik von seinem Freund Franz Humbert, dem internationalen Pharmaunternehmer und früheren Vorstand der Gesundbrunnen AG, ausdrücklich ans Herz gelegt worden. Doch leider komme Doktor Tietzens nobelpreiswürdiges Verfahren zur Behandlung der Plattfüßigkeit nur bei ausgewählten, schwerreichen Industriellen zur Anwendung, beziehungsweise bei Leuten, die sich seine Sprechstunde leisten könnten. Unter schwerreichen Industriellen sei das in Bad Pyrmont gelegene Privatsanatorium Doktor Tietz Anlaufstelle Nummer 1, nicht nur im Falle orthopädischer Beschwerden, sondern auch vieler anderer Leiden, die mit großem Reichtum einhergingen. Daher sei die Tietz'sche Klinik nahezu ständig komplett ausgebucht, und Doktor Tietz könne für seine Behandlungen sozusagen Mondpreise verlangen. Nicht einmal auf Ölscheichs sei das Privatsanatorium Doktor Tietz angewiesen - im Gegensatz zu vielen öffentlichen Krankenhäusern, die Jahr für Jahr mit Kassenpatienten und Ölscheichs mustergültige Mischkalkulationen erstellten, damit sie nicht in die Miesen rutschten. Während Doktor Tietz bei Ölscheichs gewöhnlich hart bleibe und selbst bei Mitgliedern der allerdings weit verzweigten saudischen Herrscherfamilie keine Ausnahme mache, habe er dem Kanzler in einem schwachen Moment signalisiert, von einer Liquidation eventuell sogar ganz abzusehen, weil auch er wisse, dass bei Bundeskanzlern sowieso nicht viel zu holen sei. - Seit Doktor Tietz ihn diesbezüglich beruhigt habe, fügt Lahmeier hinzu, gehe es seinen Plattfüßen bereits erheblich besser.

Henke hält eigentlich nichts von dirigistischen Maßnahmen im Wirtschaftsleben. Gehälterdeckelung - das riecht zu sehr nach Sozialismus. Er weiß aber nicht, ob er das dem Bundeskanzler so direkt sagen darf. Darum erklärt er ihm erst einmal den Unterschied zwischen einer staatlichen Behindertenwerkstatt und zum Beispiel einem Autokonzern, der sich in der rauen Wirklichkeit des wirtschaftlichen Wettbewerbs behaupten muss, wo uns die Amerikaner ständig Knüppel zwischen die Beine werfen, weil sie auf unsere Erfolge neidisch sind, und die Chinesen dürfen neuerdings nur noch Autos aus heimischer Produktion kaufen, obwohl die bekanntlich noch weniger taugen als die amerikanischen. Was können wir denn dafür, dass die ganze Welt Autos Made in Germany haben will! Die Lübbecker Papierfabrik liefert ihre Pappe neuerdings bis nach Kambodscha. Stell dir das mal vor, Herr Bundeskanzler.

-Junge, sagt Lahmeier. Das nenne ich Globalisierung. Ihr holt das Geld wieder rein, was die deutschen Sextouristen da unten hemmungslos verjubeln.

-Tja. Wir sind billiger als die kambodschanischen Staatsunternehmen. Das hat sich bei einem Bieterwettbewerb herausgestellt. - Im Fall meiner Firma hauptsächlich deswegen, weil mein Chef nur kambodschanische Löhne zahlt, das nur nebenbei, hahaha, sagt Henke. - Mal im Ernst: Ihr Politiker macht dauernd eklatante Fehler, in der Außenpolitik, in der Wirtschaftspolitik und so weiter, doch die deutsche Exportwirtschaft lässt sich davon nicht beeindrucken. Weil dort Wirtschaftsmenschen am Ruder sind, die auf den Umsatz achten statt auf EU-Grenzwerte oder irgendwelche überflüssigen Complianceregeln. Und das ist gut so. Denn die Amerikaner denken auch nur an sich, und wenn wir nicht aufpassen mit unserer Wettbewerbsfähigkeit und zum Beispiel immer höhere Mindestlöhne zahlen, springen sie sofort in die Bresche und picken uns die Rosinen weg. In den Irak sind sie nur wegen dem Erdöl einmarschiert, das weiß doch jeder, und aber die Flüchtlinge laden sie hinterher bei uns ab.

Danach fängt Henke mit seinem ganz speziellen Lieblingsthema an, der europäischen Weinbrandsteuer. Die sei viel zu hoch. Das treffe ihn als Liebhaber besonders und sei ein Skandal erster Güte, der einem die Lust auf Cognac glatt verleide. Ständig drehe der Staat an der Weinbrand- und auch an allen sonstigen Steuern. Wenn er, Henke, sich ständig über die ständigen Weinbrandsteuererhöhungen ärgern müsse, könne er seinen Asbach naturgemäß nicht so genießen, wie jemand, der sich auf dem Schwarzmarkt beim Vietnamesen mit billigem Fusel eindecke. Wer den Weinbrand vom Vietnamesen beziehe, werde mit dem guten Gefühl belohnt, Steuern gespart zu haben und komme daher viel schneller in die entsprechende Cognacgenießerstimmung. Leider gebe es in Lübbecke nicht genügend Vietnamesen, um den Weinbrandbedarf der Lübbecker Bevölkerung auch nur ansatzweise zu befriedigen.

-Klare und richtige und vor allem nachvollziehbare Gedankengänge, befindet der Bundeskanzler. Du bist nicht so ein Bedenkenträger, wie sie massenhaft im Kanzleramt herumlaufen. Einen Berater wie dich könnte ich gut gebrauchen. Kurze prägnante Urteile statt die langen Vorträge, die kein Mensch versteht. Komm doch mal bei mir vorbei, damit ich dich zu einem ordentlichen Schöppes einladen kann. Dann können wir auch zusammen eine Zigarre schmauchen. Mein Büro habe ich zur nichtraucherfreien Zone erklärt.

Selig und begeistert nickt der Henker, indes der Kanzler verspricht, der Weinbrandsteuer, die er bisher nicht so im Fokus gehabt habe, werde er sich persönlich annehmen. Als Jurist kenne er sich allerdings in Ökonomie nicht so gut aus. Schon in der Grundschule habe er eine 5 im Rechnen gehabt. Eine Rechenschwäche eben, dazu stehe er, das sei kein Makel. Was ihm beim Rechnen fehle, gleiche er durch seine 'soft skills' wieder aus, wenn du verstehst, was ich meine.

-Genau, sagt Henke. Auf den Punkt. Wozu hast du schließlich deinen Finanzminister.

-Das glaubst auch nur du, dass ein Finanzminister rechnen kann! ruft der Bundeskanzler spontan und fängt leise an zu keckern. Ein Finanzminister, der rechnen kann, würde sofort zurücktreten, weil ihn die hohe Staatsverschuldung in den Wahnsinn triebe.

Der Bundeskanzler keckert immer lauter.

-Da hast du auch wieder recht, sagt Henke. Finanzminister könne nur jemand werden, der die Nullen am Ende einer Zahl nicht zu deuten wisse.

Jetzt keckern beide und können sich vor Lachen kaum noch halten.

-Heute heiße das Dyskalkulie, sagt der Bundeskanzler, nachdem er sich etwas beruhigt hat. Weil es nichts mit Dummheit zu tun habe. Seine Eltern hätten diesen Gutachter gekannt. Der habe das damals schon gewusst. Gelegentlich komme er, Lahmeier, noch heute mit den Milliarden durcheinander, wenn der Haushalt aufgestellt werde oder einer von den Wirtschaftsgutachten undurch-

sichtigen Firlefanz vortrage. Für jemanden, der Schwierigkeiten mit dem großen Einmaleins habe, seien Schulden im dreistelligen Milliardenbereich eine
echte Herausforderung. Wenn wir erst mal bei Billionen angekommen sind,
wird es wieder einfacher für mich.

-Darauf arbeitet ihr ja emsig hin, sagt Henke schalkhaft. Und die Linken wollen noch viel mehr Schulden machen, damit sie ihre sozialen Wohltaten unge-
hemmt verteilen können. Statt den Berg endlich abzutragen, wie weiland Fritz
Schäffer. Voller Ehrfurcht habe Henkes Vater immer von dem ehemaligen
CDU-Finanzminister gesprochen, der Überschüsse angesammelt habe statt sie
auszugeben. Stichwort Schäfferturm. Daran sollte sich deine Regierung ein
Beispiel nehmen.

Lahmeier nimmt den letzten großen Schluck aus Henkes Flachmann. Anschließend leckt er sich genüsslich zuerst die Lippen und dann die Fingerkup-
pen ab. Henke guckt ihn dabei nicht an.

-Nun gut, sagt Henke. Auch er wisse, wie schwer Vielen das Sparen falle,
gerade in der heutigen Zeit, wo der gemeine Dieselfahrer, um aus deutschen
Innenstädten nicht verbannt zu werden, den staatlichen Zuschuss für seinen
neuen 4-Wege Katalysator gern in Anspruch nehme. Dabei sei die Gefähr-
lichkeit der Dieselabgase keineswegs erwiesen, wie zuletzt ein aserbaidscha-
nisches Forschungsinstitut festgestellt habe, sondern reine linksgrüne Panik-
mache. Generell sollten sich die Städter, die traditionell meist rotgrün wählten, nicht so anstellen. Wenn ihnen das Stadtleben nicht passe, könnten sie ja
aufs Land ziehen. Oder sonntags einen Ausflug unternehmen.

-So habe er früher auch gedacht, sagt der Bundeskanzler. Früher habe es geheißen: hast du eine Kuh, so wähle CDU. Heute gebe es viele, die auch ohne
Kuh CDU wählten. Die Zeiten hätten sich gewandelt. Als CDU-Vorsitzender
müsse er heute auch auf Stadtbewohner Rücksicht nehmen. Der Spagat zwischen Stadt und Land sei schwieriger geworden.

-Jaja, sagt Henke. - Und trotzdem: mit eurem Haushalt müsst ihr etwas machen. Es geht nicht an, dass der Sozialetat immer weiter ansteigt, und gleichzeitig wird unsere Bundeswehr peu a peu kaputtgespart. Komplett falsch sei
es gewesen, ein Spardiktat zum Maßstab der Streitkräftereform zu machen.
Nach dem Fall des Eisernen Vorhangs hätten die Politiker geglaubt, eine Frie-
densdividende einfahren zu können. Deshalb wurde die Truppe stark verklei-
nert, und der Rest musste mit 70 Prozent der Vollausstattung auskommen.
Und nun? Schlimmer geht's nimmer. Wie man hört, ist unsere Armee in weiten Bereichen so marode, dass die Waffenverbände nicht mehr in der Lage

sind, den Auftrag der Landesverteidigung zu erfüllen. Kein einziges U-Boot ist einsatzbereit, und auch nur jedes dritte Flugzeug.

Der Bundeskanzler lehnt sich zurück und entledigt sich geschickt seiner Schuhe, die ihn schon wieder elendig kneifen.

-Im Umkehrschluss heißt das doch, die Bundeswehr kann auch mit kaputten Waffen entscheidend zum Frieden beitragen, sagt er. Seit fast 50 Jahren sitzen unsere Soldaten in den Kasernen im Bereitschaftseinsatz und sorgen so für Frieden.

-... und werden nie dafür gelobt, ergänzt Henke. Während dein Verteidigungsminister Doktor Europa in seinem Amt offenbar erheblich überfordert ist. Er hatte vier Jahre Zeit, in allen Führungsebenen von Heer, Luftwaffe und Marine Optimierungen vorzunehmen. Genug Zeit, zusätzliche Finanzmittel für die Instandsetzung von Schiffen und Flugzeugen anzufordern, um die Einsatzbereitschaft vom katastrophalen Tiefstand auf unbedingte Sollhöhe zu bringen. Als Sahnehäubchen erfährt man jetzt noch, dass dem Heer in erheblichem Umfang auch Truppenausrüstung wie Schutzwesten, Winterbekleidung und Zelte fehlen. Stattdessen wird das Geld für Beratungsquatsch verpulvert, dass man sich fragt, wofür hat die Bundeswehr denn ihren riesigen aufgeblähten Verwaltungsapparat. Bei der nächsten Regierungsumbildung musst du unbedingt einen gelernten Vollprofi ranlassen, am besten einen hohen Offizier, der den Augiasstall im Bendlerblock mal ordentlich ausmistet. Jeder andere wird an der anspruchsvollen Aufgabe scheitern.

Lahmeier sagt dazu nichts, sondern räkelt sich zufrieden wie ein satter dicker Kater.

-Auch um das schlechte Image der Bundeswehr müsst ihr euch dringend kümmern, schimpft Henke weiter. Unsere Soldaten fühlen sich in Deutschland inzwischen als Menschen zweiter Klasse. Sie werden von dem aus 1968 herüberwehenden Zeitgeist und neuerdings auch von der CDU in jeder Hinsicht total benachteiligt. Früher bekamen Soldaten eine Eigentumswohnung, einen Dienstwagen, und mit 50 durften sie in Rente gehen. Heute kommen sie mit ölverschmierten Fingern von der Arbeit, weil sie ihre Panzer selber reparieren müssen und der Rentenbeginn wurde auf 53 angehoben. Zum Dank werden sie von rotgrünen Gegendemonstranten beschimpft, wenn sie mit ihnen anlässlich einer Alfred-Dregger-Gedenkveranstaltung zusammenstoßen.

Der Bundeskanzler denkt kurz nach.

-Leute, die der Bundeswehr kritisch gegenüberstehen, gab es schon immer, belehrt er Henke. Was glaubst du, was ich für Probleme hatte, als ich vor

Jahrzehnten mal einen Offizier an meine Schule einladen wollte. Schulspre-
cher von der Jungen Union, wie ich einer war, gab es damals äußerst selten.
Weil jeder Popel links gewesen ist. Dafür bin ich, weil unser Mathelehrer im
CDU-Kreisvorstand saß und mich gefördert hat, der jüngste Kreisrat aller
Zeiten geworden und danach schnell in der Partei aufgestiegen, dass die linken Krawallmacher gestaunt und mir neidisch hinterher geblickt haben. Rechnen musste ich da glücklicherweise nicht mehr, denn die Spenden hat immer
unser Kassenwart eingesammelt. Von daher habe ich in meinem Leben niemals einen dicken Briefumschlag zu Gesicht bekommen. Ich schwöre, hahaha.

Der Bundeskanzler zieht sich noch beide Socken aus, und Henke beobachtet
fasziniert, was für rotgeschwollene Füße Lahmeier hat. Sofort spricht er ihm
sein Beileid aus und verweist auf die Fernsehreklame von Ha-Bi-Fu, die laut
Eigenauskunft die besten Plattfußeinlagen weltweit herstellten. Der Kanzler
verspricht, sich die Reklame bei Gelegenheit einmal anzuschauen. - Er komme ja leider kaum noch zum Fernsehgucken, beklagt er sich. Dabei habe er
früher während seiner Schul- und Studienzeit sehr viel in die Röhre geschaut.

Und auf Henkes fragenden Blick:

-John Wayne … Maxwell Smart … Immenhof … Startrek … Krimis. Alles
Querbeet.

-Auch er sehe Western und Krimis am liebsten, sagt Henke. Charles Bronson,
ein Mann sieht rot.

-Das - ist - es! sagt der Bundeskanzler. Er hebt den Daumen, und gemeinsam
schwelgen sie in schönen Erinnerungen.

-Fußball, sagt Henke plötzlich.

Ihm ist bekannt, dass Lahmeier kein Spiel der Nationalmannschaft auslässt,
und aber höchst sauer reagiert, wenn nicht alle Spieler das Deutschlandlied
fehlerfrei mitsingen. Angeblich hat der Bundestrainer schon einige der jungen
Fußballasse zu Gesangsstunden verdonnert, weil er sich vor Lahmeier nicht
blamieren will.

-Fußball jaaaaa! sagt der Kanzler.

-Das 68er WM Tor der Engländer.

-Wie Uwe geschlagen vom Platz geht.

-Obwohl: Seeler war SPD, wendet Henke ein.

-Die Hamburger SPD sei konservativ genug, um als Teil der CDU durchzugehen, klärt Lahmeier ihn auf.

-Jawoll, sagt Henke. Uwes Niederlage sei auch für ihn das bewegendste Erlebnis seiner Kindheit. Noch vor dem Mord an John F. Kennedy.

-Das waren Zeiten, nickt der Bundeskanzler. In seinen jungen Jahren habe er sich nie darum geschert, wie er bei der Allgemeinheit oder bei seinen Lehrern und Professoren ankomme. 2, 3 oder 4, die Note sei ihm egal gewesen. Hauptsache bestanden.

-So ist es, sagt Henke. Auch er habe sich in seiner Gesellenprüfung nicht gerade mit Ruhm bekleckert. Entscheidend sei auf'm Platz, also wie man sich im Berufsleben behaupte und mit seinen Vorgesetzten klarkomme. Die soziale Kommunikation und die unbedingte Treue zum Vorgesetzten seien das A und O des beruflichen Aufstiegs.

-Dasselbe wünsche er sich von seinen Ministern, sagt Lahmeier. Der Abschluss sei ihm im Grunde egal. Aber die Schnarrenbach war anscheinend so hinter ihrem Doktortitel her ... Dabei ist sie beim Einreichen der Arbeit bereits Abgeordnete gewesen. Ihre Professorin hat sich nicht lumpen lassen und noch ein summa cum laude drauf gelegt. In der verständlichen Hoffnung auf mehr Fördergeld für ihren Sonderforschungsbereich. Evaluation Europäischer Entwicklungsperspektiven, oder wie der heißt. Komm her, hat sie zu ihrer Doktorandin Miss Bundestagsabgeordnete gesagt. Summa cum laude, zack! So einfach ging das. Und hat sich wirklich ausgezahlt. Ein Huhn, das goldene Eier legt, ist die Schnarrenbach für ihre Professorin geworden, sage ich mal, hahaha.

Sanft massiert Lahmeier seine nackten Füße und betrachtet die vor ihm liegenden glänzenden Schuhe. Gut aussehen tun sie ja, aber weh tun sie auch. Am liebsten würde er im Dienst nur in weichen Hauspantinen herumlaufen. Auf Staatsempfängen würde er sich dann bestimmt viel entspannter und gelöster fühlen. Leider tolerieren weder seine Büroleiterin noch seine Ehefrau ein derartiges Fehlverhalten. Von der vereinigten Linkspresse ganz zu schweigen. Die würden es wieder zum Anlass nehmen, ihm die Befähigung für das Amt des Bundeskanzlers abzusprechen. Dabei wissen die genau, wie sehr er unter seinen Plattfüßen leidet. Aber wenn es gegen die CDU geht, schrecken diese Leute selbst vor Folter nicht zurück.

-Hier schau mal, wie schlimm das aussieht, sagt der Bundeskanzler.

Henke muss sich ganz schön zusammennehmen, um den Anblick der Lahmeier'schen Plattfüße zu ertragen.

-Ein guter Fußballspieler habe er mit diesen Füßen nie werden können. Dafür aber ein guter Fan. Seit er sich in Berlin eingelebt habe, sei die Martha zu seinem Leib-und-Magen Verein geworden.

-Ein toller Club, muss Henke zugeben. So viel Staat lasse sich mit seiner Arminia nicht machen.

-Da die Familie nicht mit nach Berlin wollte und die Kinder schon aus dem Haus seien, habe er etwas mehr Zeit für Fußball, sagt Lahmeier. Manchmal gucke er mit Rosita, … äh einer guten Bekannten, Fußball im Fernsehen. Und wann immer möglich lasse er sich ins Stadion fahren und nehme in der VIP-Loge seines Freundes Humbert Platz … Du müsstest mal sehen, wie wir uns aufführen, wenn die Martha gewinnt. Wir liegen uns in den Armen, reiche und einflussreiche Männer, deren Herz für König Fußball schlägt.

VIP-Loge, das wäre auch nach meinem Geschmack, denkt Henke sehnsüchtig.

-Der junge Mbekalele spielt jetzt sogar in der Nationalmannschaft, sagt der Bundeskanzler.

-Einer meiner Lieblingsspieler, sagt Henke.

Der Bundeskanzler beugt sich vor und massiert noch einmal seine Füße.

-Lahm-Eier. Hast du eigentlich jemals überlegt, deinen Namen ändern zu lassen? fragt ihn Henke plötzlich.

Irgendwie merkt man schon, dass auch er Einiges an Hochprozentigem geschluckt hat.

-Tja, sagt der Bundeskanzler nachdenklich. Tatsächlich habe er mit Anfang 20 seinen Namen ändern wollen. Der Antrag wurde leider abgelehnt.

-Schade, sagt Henke. Dann würden die Leute weniger Witze über deine Langsamkeit machen.

-Wer denn solche Witze mache?

-Nun, alle eigentlich, sagt Henke. Besonders der politische Gegner. Ich sage nur Püffkemeier. Die lahmen Eier nennt er dich. Als ich ihn zur Rede stellen wollte, hat er irgendwas von pluralis benevolentiae gemurmelt und dass du damit noch gut bedient wärest. Weil du angeblich genau so rüberkommst.

-Wie komme ich denn rüber?

Henke denkt kurz nach.

-Ein wenig verschlafen halt, mit deinem wohltemperierten Juristenjargon.

-Das ist schlicht unanständig, empört sich Lahmeier. Unter der Gürtellinie, vor allem, weil ich im Herzen so ein munterer, quickfideler Mensch bin.

Dies bestätigt ihm Henke aus ganzem Herzen. Doch dann nutzt er die Chance, den Lübbecker Bürgermeister höheren Ortes anzuschwärzen:

-Püffkemeier lässt wirklich keine Gelegenheit aus, dich schlecht zu machen. Einmal hat er sogar behauptet, selbst in der CDU würden dich Viele für unfähig halten. Im Gegensatz zu ihm, Püffkemeier, trauten sich CDU-Mitglieder das nur nicht öffentlich auszusprechen.

-Der soll aufpassen, dass wir ihn nicht absetzen, sagt Lahmeier sichtlich erbost. Dein Heimatstädtchen unter Kommunalaufsicht stellen. - Doch, das geht wirklich.

-Sieh's doch mal so, versucht Henke ihn zu trösten. Wer mit dem Namen Lahmeier Bundeskanzler wird, muss definitiv etwas auf dem Kasten haben. Die Hypothek eines solchen Namens kann nur mit entsprechender Mehrkompetenz ausgeglichen werden. Um mit so einen Namen gewählt zu werden, musst du ein besonderes Gen besitzen. Das Kanzlergen. Chapeau, Herr Bundeskanzler. Auf dass du uns noch möglichst lange erhalten bleibst.

Im Flur hören sie Schritte und aufgeregte Stimmen, die nach Lahmeier rufen.

-Ich glaube, ich muss dann mal, sagt dieser, indem er sich leicht schwankend erhebt. Nachher ist Staatsempfang. Immerhin haben sie mir ein Superessen versprochen heute Abend.

Denn schmecken tut es unserem Kanzler immer, und das sieht man ihm auch an. Besonders jetzt, wo er sich zu seiner vollen Größe von Einmeterzweiundsechzig vor Henke aufbaut. Schon als Kind hat es dem Kanzler immer gut geschmeckt. So gut, dass seine Mutter, die auch nicht gerade gertenschlank gewesen ist, ihm die Rationen kürzen musste, sonst hätte er gar nicht mehr aufgehört.

Leider hat er letztes Mal beim Festessen mit dem englischen Premierminister vor lauter Ungeduld, weil er so hungrig war, eine große Portion heller Sauce auf seine Anzughose gekleckert. Die Leibwächter kennen das Problem und haben immer Ersatzklamotten dabei, aber Lahmeier hat dadurch einen Teil des Essens versäumt und musste sich hinterher während der Handelsverhandlungen an den Keksen schadlos halten, die ein feinfühliger Lakai auf dem Konferenztisch direkt vor seiner Nase aufgebaut hatte. Die ganze Zeit hat der Kanzler so laut mit den Keksen geknirscht, dass sich seine Sherpas nicht richtig auf die Vertragsdetails konzentrieren konnten und sich dadurch ein schlimmer Fehler in das neue deutsch-britische Handelsabkommen eingeschlichen hat, der den deutschen Steuerzahler Millionen kosten wird. Denn natürlich wollen die schlauen Britannier nicht mehr runter von der für sie vorteilhaften Formulierung.

-Danke noch mal für den Cognac, sagt der Bundeskanzler schnell zu Henke. Es war spannend, mit dir zu plaudern. So einen Berater wünsche ich mir. Komm bald mal vorbei. Bist herzlich eingeladen. Morgen nach 11 hätte ich Zeit.

4.

Die Sicherheitsleute haben ihn relativ umstandslos hereingelassen, und nun steht Henke in der hohen, hellen Empfangshalle des Kanzleramtes und schaut sich neugierig um. Da Lahmeier im Moment noch keine Zeit für ihn hat, schlendert er ein bisschen orientierungslos durch die lichten Flure, als sein Smartphone plötzlich klingelt. Nach einem kurzen Blick auf das Display drückt er auf die grüne Taste, weil er weiß, wegdrücken würde nur zu Komplikationen führen.

-Wo bist du? fragt Anneliese. Wann kommst du?

-Nein, Anneliese, spricht Henke in sein Smartphone. Ich komme heute nicht nach Hause. Ich muss noch ein paar Tage hier bleiben, weil ich Termine habe.

-Was für Termine denn? fragt sie, und er hört das Misstrauen in ihr aufflackern wie ein sich schnell entzündendes Feuer.

-Ich kann dir das am Telefon schlecht erklären, sagt Henke. Ich habe den Bundeskanzler kennengelernt.

Er hört, wie Anneliese schnaubt.

-Doch, wirklich. Der Bundeskanzler braucht mich. Auch wenn du es dir nicht vorstellen kannst.

-Du spinnst, sagt Anneliese. Du hast sie ja nicht mehr alle. Und du bist mittags schon betrunken. Ich rate dir, schnell nach Hause zu kommen, sonst passiert was.

-Wenn ich es dir doch sage. Gestern habe ich Lahmeier persönlich kennengelernt. Und heute bin ich bei ihm im Kanzleramt.

-Dir werde ich was erzählen, wenn du nach Hause kommst, tobt Anneliese, und Henke ist froh, dass ein paar hundert Kilometer zwischen ihnen liegen.

-Außerdem habe ich vorhin in der Firma angerufen und um ein paar Tage Urlaub gebeten, ergänzt er, um seine Glaubwürdigkeit zu erhöhen.

Denn leider ist es wahr, dass er seine Anneliese schon ein paarmal gewissenlos angestrunzt hat, und seitdem glaubt sie ihm kein Wort mehr.

-Die haben sich gewundert. Weil ich ja sonst keinen Urlaub nehme und nie krank feiere.

-Das kann ich mir vorstellen, keift Anneliese. Dass die gestaunt haben. - Entlassen werden die dich. Und zwar zu recht. Ich dachte, du bist da unabkömmlich. Du tust doch immer so wichtig. Angeblich kann doch der Betrieb ohne dich gar nicht existieren. Der Herr Chefdisponent. Nur bezahlen tun sie dich wie einen kleinen Facharbeiter. Weil du dich nicht traust, deinen Vorgesetzten um eine Gehaltserhöhung zu bitten, damit wir mal in Urlaub fahren können. Aber dafür ist ja sowieso keine Zeit, weil du angeblich keinen Urlaub kriegst, weil du ja unabkömmlich bist. Und Geld ist auch keins da, weil sie dich so schlecht bezahlen. Alle unsere Nachbarn sind mindestens schon in der Karibik gewesen oder in Thailand und Australien. Meiers Irmgard ist letzten Sommer mit ihrem Mann sogar auf die Seychellen geflogen, und hat mir erzählt, wie traumhaft es dort ist. Warum können wir nicht mal einen traumhaften Urlaub machen, frage ich dich. - Ach, warum bin ich nur mit so einem Egoisten zusammen, der mich außerdem nicht einmal heiraten will.

-Jetzt beruhige dich mal. Du weißt genau: beim Thema Geld bleibt der Chef hart, so ist er nun einmal. Ein bisschen geizig eben. Jetzt hat er natürlich gestaunt, als ich ihm von meinem neuen Freund, dem Bundeskanzler, erzählt habe, wegen dem ich Urlaub brauche. Das hat er dann auch eingesehen, und nur gesagt, wenn ich zurück bin, muss ich unbedingt einen ausgeben.

-Das sagt er immer, brummt Anneliese. Damit er selbst nicht zahlen braucht.

Henke versucht es mit Vernunft.

-Hör zu, meine Liebe. Was glaubst du, was das für eine Chance für uns ist. Mensch, der Bundeskanzler! Stell dir vor, der macht mich zum Abgeordneten, oder zum Minister.

-Hör einfach auf zu spinnen, sagt sie, schon ein wenig besänftigt.

Henke sieht einen größeren Tross von Leuten auf sich zukommen und beendet schnell das Gespräch. Ist das nicht …? ja der Bundespräsident inmitten seiner Aktenträger und Leibwächter.

-Gut, dass sie ihn gegen Lahmeier und nicht gegen mich aufstellen, hört er gleich darauf die fernsehbekannte, sonore Stimme des Staatsoberhauptes im Vorübergehen lachend sagen. Da hätte ich einen schweren Stand.

Anscheinend macht der Herr sich Sorgen um seine Wiederwahl. Aber vorher muss Lahmeier wiedergewählt werden, soviel versteht Henke vom Parteienalphabet. Im Herbst sind Bundestagswahlen, und Lahmeiers Verbleib im Kanzleramt ist keineswegs gesichert.

Kluger Schachzug von der SPD, den Rüdiger ins Rennen zu schicken. Endlich fahren sie mal auf der Gewinnerstraße, wird auch Zeit nach all den verlorenen Wahlen. Rüdiger Rohrer wird Lahmeier die Show stehlen, soviel steht fest. Weil: der Rüdiger ist ein Siegertyp. Lahmeier wird sich warm anziehen müssen. Dem Rüdiger traut Henke sogar zu, dass er die Ökos unter 5 Prozent drückt. Der Rüdiger hat bisher in jeder Staffel einen aus seiner Jury weggebissen, wenn der ihm zu selbstbewusst wurde. Und er hat Zustimmungsraten, da können Politiker nur von träumen, und zwar in ALLEN Lagern.

Die SPD findet seit Jahren keine guten Führungskräfte. Auf kommunaler Ebene Püffkemeier und Konsorten. Da muss man doch die Krise kriegen, wie diese Kantonisten die Partei herunter gewirtschaftet haben, weil sie viel zu viel herumkungeln und die wenigen fähigen Leute im Lübbecker Stadtrat einfach nicht auf interessante Dienstreisen mitnehmen. Weiter oben im Parteivorstand sitzen Apparatschiks, die allenfalls in Kommissionen und Gremien eine gute Figur machen, aber nicht im Bierzelt oder vor der Fernsehkamera. Kein Vergleich mit Rüdiger Rohrer und seiner gewaltigen Medienpräsenz. Vor die Wahl gestellt, würde das Privatfernsehen eher Lahmeier fallen lassen als den Rüdiger. Was der für Einschaltquoten hat! Und wie er regelmäßig alle Generationen vor dem Fernseher vereint. Sogar Henke würde sich normalerweise überlegen, ob er nicht diesmal den Rüdiger wählt. Nun hat er Lahmeier persönlich kennengelernt, und das ist natürlich etwas anderes. Lahmeier hat ihn als Persönlichkeit direkt überzeugt. Und eins scheint klar: der Kanzler braucht jetzt Berater wie Henke, die ihn ein bisschen erden und verhindern, dass er zum Beispiel den Grünen dauernd auf den Leim geht. Denn diese Tendenz hat Lahmeier leider. Statt konservative Politik zu machen, mimt er den Landesvater. Statt wie versprochen die Atomkraftwerke wieder einzuschalten, hat er nach seiner Wahl die Energiepolitik seiner Vorgänger weiter fortgeführt, worüber sich Henke noch immer maßlos ärgert. Du kannst dir gar nicht vorstellen, was man als Wertkonservativer in Deutschland für Kröten schlucken muss, und das schon seit Jahrzehnten, sagt er des Öfteren zu Anneliese und bei Gelegenheit auch zu seinen besten Kumpels. Wehrdienst, Atomkraftwerke, Dieselautos. All die guten Dinge, die Deutschland hervorgebracht hat und wo wir technologisch führend sind, werden peu a peu von der Regierung erst preisgegeben, dann ganz abgeschafft. Und warum? Weil nach wie vor alle Parteien von der 1968er Ideologie infiziert seien. Die 68er haben damals die Bundesrepublik unterwandert und lassen sie seither nicht mehr aus ihren Klauen.

Weil er aufs Klo muss, stellt Henke den kleinen Träger ab, den er extra mitgebracht hat, damit der Bundeskanzler mal gutes Briegelbier zum Probieren kriegt. Bei seinen Empfängen säuft Lahmeier bestimmt immer nur labberige, dekadente Haute Couture Limonade, und da ist es gut, wenn Henke ihm etwas Bodenständiges aus seiner Heimat mitbringt, das sozusagen den regionalen Geist der ostwestfälischen CDU-Wählerschaft repräsentiert und das außerdem einfach besser schmeckt als die teure Designerplörre der Berliner Eventagenturen.

Hier ist aber was los, muss Henke unwillkürlich denken, als er die schrillen Stimmen hört, die ihm vor den Toiletten entgegenschallen, eine männliche und eine weibliche. Das ist ja fast wie bei mir und Anneliese.

Tatsächlich haben sich da zwei politische Würdenträger ordentlich in der Wolle. Sie beschimpfen sich in einer Art und Weise, wie man es in der Politik gar nicht mehr kennt und in Zeiten, in denen ARD und ZDF mit ihren verschnarchten äh ich meine ausgewogenen Programmen den Diskursstandard vorgeben, auch nie erwarten würde.

-Du tauchst ständig ohne Grund im Kanzleramt auf und konterkarierst meine Vorschläge, wirft die Frau dem Mann soeben vor.

-Deine Vorschläge, äfft der Mann sie nach. Wo sind denn deine Vorschläge? Ich habe von dir noch nie etwas kulturpolitisch Innovatives vernommen. Du bist und bleibst eine langweilige Ostzonenjuristin ohne jeglichen Esprit. Kein Wunder, dass Lahmeier einschläft, wenn er dich reden hört. Du regst dich doch nur deshalb so über mich auf, weil du unbedingt die neue Kulturstaatsministerin werden willst.

-Genau wie du, sagt die verhärmte Schickse, die Henke gleich unsympathisch ist mit ihrem mitteldeutschen Dialekt. Typ Ostquotenfrau. So eine hatten wir schon mal im Kanzleramt. Man weiß ja, wie das endet. Die regieren länger als Elisabeth von England.

-Weil ich Kulturstaatssekretär kann, sagt der Mann selbstbewusst. Weil ich mich seit Jahren tatkräftig in der praktischen Kulturarbeit engagiere und sozusagen ständig direkt an der Kunstfront stehe.

-Dass ich nicht lache, sagt die Schickse. Unser Herr Hirtl. Generaldirektor der Berliner Museen, ehemals Chefkurator in München, Professor für Digitale Kunst und natürlich Gastprofessor an der Humboldt Universität.

Mit jedem Wort wird ihre Stimme schriller.

-Nur die Blamage um dein angebliches Doktorat stört ein wenig, nicht wahr. In seinem Lebenslauf gibt der gute Mann über Jahre hinweg an, eine Dissertation verfasst zu haben, allerdings ohne klarzustellen, dass er sie nie bei einer Universität eingereicht hat. Nur Eugen Hirtl, ohne Zweifel einem der genialsten Männer der Welt, kann es gelingen, einen Doktorgrad zu erwerben, ohne dass irgendein Mensch außer ihm selbst seine Doktorarbeit jemals zu Gesicht bekommen hat. Hirtl allein entscheidet, ob er ein Doktor ist oder nicht; genauso wie er darüber entscheidet, was gute Kunst ist und was daher in seinem Museum ausgestellt werden darf, und was nicht.

-Das sei das gute Recht jedes Kurators und Museumsdirektors, stellt Hirtl klar. Und wenn du darauf anspielst, dass wir neuerdings keine politisch linke Kunst mehr ausstellen, lass dir mitteilen: die Leute haben kein Interesse daran. Im Museum wollen sie sich Kunstwerke anschauen und keine politischen Meinungen hören. Außerdem sage ich schon seit Jahren: Unpolitisches kann viel subversiver sein!

-Jaja, sagt die Frau. Als Student extrem links, aber dann hat sich der Herr für die CDU entschieden. Und jetzt schleimst du dich beim Kanzler ein. Mit ständig neuen Luftschlössern. Ich sehe doch schon wieder eine Postille unter deinem Arm. Ha, ruft sie, indem sie ihm die Zeitschrift entwindet. Du und Lahmeier auf dem Titelfoto, wie oft willst du das eigentlich noch bringen.

Sie wirft Hirtl die Zeitschrift vor die Füße, und Henke hat das Gefühl, dass er jetzt auch mal etwas sagen muss:

-Wer im Glashaus sitze, dürfe nicht mit Steinen werfen, meint er zu der Frau. Eure Ostabschlüsse, also naja, was ich darüber in der Presse gelesen habe. Die sind doch viel weniger wert als im Westen und meist noch bei den Russen abgeschrieben. Das wissenschaftliche Niveau bei euch ist doch allerhöchstens Fachhochschule.

-Was bist du denn für ein Vogel! donnert ihn die Frau an. Komplett von gestern bist du. Aber glaubt bloß nicht, dass ich mich auf so eine Diskussion einlasse.

Mit diesen Worten segelt sie davon, während Henke die Gelegenheit nutzt, sich bei Hirtl vorzustellen, und auch gleich einfließen lässt, dass er einen Termin beim Bundeskanzler hat.

-Das trifft sich gut, sagt Hirtl. Ich nämlich auch. Lass uns zusammen reingehen.

-Okay, sagt Henke, obwohl er ein bisschen Angst hat, Hirtl könne ihm beim Bundeskanzler die Show stehlen.

Hirtl hakt sich nonchalant bei Henke unter und dankt ihm für seinen Beistand in punkto der nervigen Kulturbürokratin. Danach klärt er ihn darüber auf, dass Lahmeier erst den wöchentlichen Jour fixe mit dem Bundespräsidenten absolvieren muss, bevor Freunde und Bekannte zu ihm dürfen.

Die Beiden setzen sich etwas abseits auf ein paar Besucherstühle, von wo sie einen schönen Blick auf die Museumsinsel haben, und lernen sich ein bisschen näher kennen. Sie mögen und verstehen sich auf Anhieb. Henke erzählt Hirtl haarklein und etwas ausgeschmückt die Geschichte, wie er Lahmeier kennengelernt hat.

-Das ist gut. Das ist sehr gut, ruft Hirtl mehrmals bewundernd dazwischen und klatscht in die Hände. Wie du den Kanzler aufgerichtet hast! Der von den mageren Resultaten seiner anstrengenden und nicht immer erfolgreichen Aktivitäten doch manchmal ziemlich deprimiert ist. Ich meine, wenn unser Bundeskanzler dem EU-Kommissionspräsidenten oder dem NATO-Generalsekretär etwas Wichtiges erklären will, aber denen sind die intellektuellen Fähigkeiten nun einmal nicht gegeben, weil sie vom amerikanischen beziehungsweise französischen Präsidenten auf ihre Posten gehoben wurden, also von Leuten, die bekanntlich ebenfalls nicht die Hellsten sind...

Danach gibt Hirtl Henke ungefragt ein paar ausführliche Hintergrundinformationen bezüglich who is who im Kanzleramt, angefangen bei Lahmeiers Vorzimmerdame, inzwischen Ministerialrätin und die ungekrönte Königin seines Hofstaates. Weil sie sein uneingeschränktes Vertrauen genieße, dürfe Ingeborg Lüders dem Bundeskanzler von Zeit zu Zeit sogar widersprechen. Leider habe sie Haare auf den Zähnen und sei sich ihres Einflusses nur allzu bewusst, was den Umgang mit ihr nicht eben erleichtere.

Dann der Kanzleramtsminister Sidowski. Seit der sich ein paar Schnitzer im Umgang mit den Medien erlaubt und auf unpassend saloppe Weise Dinge für unwichtig erklärt habe, die man heutzutage einfach nicht auf die leichte Schulter nehmen dürfe, also beispielsweise Gendertoiletten oder das Comeback der Homöopathie, sei er auf dem absteigenden Ast. Lahmeier überlege schon des längeren, wohin er ihn abschieben könne. Kulturstaatssekretär komme eher nicht in Frage, das sei ein sehr anspruchsvoller Posten und sowieso im Kanzleramt angesiedelt; aber Koordinator für den Ausbau der digitalen Infrastruktur oder Bahnchef seien im Moment vakant. Er, Hirtl, plädiere für Bahnchef. Als Bahnchef könne Sidowski nicht viel falsch machen. Maroder und unpünktlicher könne die Bahn kaum noch werden. Die Fahrgäste seien bekanntlich Einiges gewohnt und von daher hart im Nehmen. Da komme es nur selten vor, dass der Bahnchef von einem Fahrgast verprügelt werde, so wie neulich der Sparkassenchef von einem wild gewordenen Kleinanleger. Kleinanleger seien nach aller Erfahrung eine gefährlichere Spezies als Bahnfahrer. Insofern befänden sich Bahnchefs auf der sicheren Seite.

Neuerdings sei der Landwirtschaftsminister in Lahmeiers Klüngel stark im Kommen. Was zwischenmenschliche Kommunikation angehe, sei Piepenkötter ein Natur-, man möchte fast sagen, ein Ausnahmetalent, und werde es gewiss noch weit bringen. Der Kanzler hat erkannt, dass Piepenkötter ihn eines Tages beerben wird, und das Tolle ist, es macht ihm gar nichts aus. Weil er ihn als seinen Ziehsohn betrachtet. Dabei ist es in Wirklichkeit Piepenkötter, der schon jetzt insgeheim den Kanzler dirigiert. Zumindest teilweise. Beispiel: Lahmeiers Jagdfimmel. Wie der Bundeskanzler von Piepi zuerst umgarnt und am Ende selbst zu einem Waffennarren und passionierten Jäger gemacht worden ist, das war einmalig! Letztes Jahr hat Piepenkötter ständig nagelneue, blankgeputzte Waffen ins Kanzleramt geschleppt, Vorderlader, Karabiner, Sturmgewehre, was weiß ich nicht alles, und sie dem Bundeskanzler vor die Nase gehalten, bis dieser selber ganz verrückt nach Waffen geworden ist und infolge verschiedener Kurse, in denen er die Kunst des Schießens erlernt hat, nun sogar meint, auf seine Leibwächter verzichten zu können. Die Hirschjagd ist dem Kanzler inzwischen genauso wichtig wie die Martha, zu deren Spielen er mich gelegentlich mitnimmt, und wo wir alle in Humberts Loge Freibier genießen. Neulich hat Lahmeier sogar auf ein Martha-Abstiegsspiel verzichtet, das musst du dir mal vorstellen, nur weil irgendwo in der holsteinischen Schweiz eine Treibjagd stattgefunden hat. Wenn das Thema Jagen angeschnitten wird, ist der Bundeskanzler nicht zu bremsen und man kommt um einen stundenlangen Monolog über seine Erfolge als Waidmann nicht herum.

Franz Humbert ist ein ganz alter Spezi vom Kanzler, sagt Hirtl als nächstes. Ehemaliger Pharmamogul, Milliardär und inzwischen der Hauptsponsor von unserer Martha. Weil die dauernd verlieren und kein Geld mehr einnehmen, zahlt Humbert fast alle Spielergehälter. Dabei ist er seit Jahren Schweizer Staatsbürger, hauptsächlich wegen der angeblich exorbitanten Steuern, die die Pharmabranche in Deutschland abdrücken muss. Doch im Herzen ist Humbert ein Berliner geblieben, das kannst du mir glauben. Zu gern hätte er früher, also bevor er seine Anteile an der Gesundbrunnen AG verkauft hat, die Martha in FC Gesundbrunnen umbenannt, aber leider hat der DFB das nicht genehmigt. Ein weiterer Grund, warum Humbert ausgewandert ist. In der Schweiz kennen sie solche Verkrampfungen nicht, hat er damals gesagt und sich auf die Berge und St Moritz im Winter gefreut. Inzwischen hat sich seine Begeisterung allerdings etwas abgekühlt, unter anderem, weil man dort sogar als eingebürgerter Milliardär unter der Willkür einer ausufernden Bürokratie zu leiden hat.

Beim Thema Vorurteile gegen die Schweiz hätte Henke auch so einiges beizusteuern, aber er will Hirtls Redefluss nicht unterbrechen.

-Es gebe in der Schweiz so viele Milliardäre, dass die sich in St Moritz fast auf die Füße träten, hat Humbert mir erzählt. Daher werde der Phänotyp des Milliardärs von der Schweizer Politik nicht mehr ausreichend gewürdigt. Die Schweizer Politiker denken zuviel an Umweltschutz und zu wenig an den Schutz ihrer Milliardäre, sagt Humbert, und werden den deutschen Politikern immer ähnlicher, davon ist er mittlerweile überzeugt. Inzwischen sieht man ihn die meiste Zeit des Jahres wieder in Berlin, obwohl das leicht gefährlich werden kann. Wenn das Finanzamt spitz kriegt, wo sein Lebensmittelpunkt ist, könnte es eng für ihn werden.

Hirtl kneift die Augen zusammen. Er hat neuerdings öfter Zuckungen in seinem linken Auge. Die werden umso schlimmer, je öfter er sich mit der Manwolf herumstreitet.

-Humbert ist ja nicht mehr der Jüngste, fährt er fort, und momentan treibt ihn die Erbschaftssteuer um, die seine Töchter nach seinem Ableben berappen müssen. Er selbst ist Schweizer Staatsbürger, doch seine Töchter konnte er davon leider nicht überzeugen. Das Thema beschäftigt ihn dermaßen, dass er sogar schon beim Bundeskanzler vorstellig geworden ist. - Überhaupt ist der Franz erstaunlich fidel für sein Alter. Mit seinem riesigen Porsche brettert er nach wie vor durch die Gegend, dass ihm auf der Autobahn alle Platz machen müssen. Was Humbert von Tempolimits hält, kannst du dir leicht vorstellen.

-Freie Fahrt für freie Bürger, sagt Henke. Hier sei die CDU glücklicherweise standfest und hebe sich wohltuend von den linken Gängelungsparteien ab.

-Jaja, sagt Hirtl bloß.

Als Kulturmensch ist er kein Freund des schnellen Fahrens.

-Mit seinem Opel sei er auch ganz gut unterwegs, sagt Henke stolz. In seiner Jugend habe er ein paarmal an Autorennen teilgenommen.

-Die Manwolf hast du ja schon kennengelernt, lenkt ihn Hirtl von dem Thema ab. Mechthild Sophia Freifrau von Manwolf aus dem uralten Geschlecht der Manwölfe. Der Ahnherr ist angeblich bereits vor über 1000 Jahren geadelt worden, nachdem er irgendeinem in den Wäldern umherschweifenden Prinzen das Leben gerettet hat. Wahrscheinlich hatte der nur zu lange an Fliegenpilzen gelutscht und sich deswegen verlaufen. Ich habe das irgendwo im Internet gelesen. Paar Jahre später ist er sowieso mausetot gewesen, also der Prinz, meine ich. Bei irgendso'nem Scharmützel von einer Lanze getroffen. Zu der Zeit kamen ja viel mehr Leute durch Gewalt ums Leben als heute. Aber den Adelstitel konnte man den Manwölfen schlecht wieder wegnehmen - was zu DDR-Zeiten allerdings ein Nachteil gewesen ist, weil die Adligen wurden dort alle enteignet. Außer die rechtzeitig in die SED eingetreten sind, nehme ich an. All die schönen Ländereien und Burgen futsch - durch einen einzigen Pinselstrich des Sowjetkommandanten.

Hirtls Blick ist in die Ferne gerichtet, weit über die Dächer seiner Museen nach Osten, wo schwere, dunkle Wolken am Himmel dräuen.

-Seine eigenen Leute, sagt er und gewährt einen seltenen Einblick in die private Familiengeschichte, seien unter Katharina der Großen nach Russland ausgewandert und erst vor paar Jahren zurückgekehrt, nachdem es ihnen dort zu kalt und ungemütlich geworden sei. Für einen wie ihn sei es wichtig gewesen, schnell einen gut dotierten Beruf zu finden. Darum habe er sich nicht so intensiv um seine Doktorarbeit kümmern können wie die einheimischen Kunstgeschichtsstudenten, die dafür nun aber alle keine Anstellung hätten, während er, Hirtl, sich bis zum Bundeskanzler vorgearbeitet habe. Die einheimischen Akademiker, das sage er Henke im Vertrauen, die seit ihrer Kindheit in Fett und Wohlstand schwämmen, könnten sich auf dem Karriereparkett oftmals nicht so gut bewegen und seien daher dem Überlebenskampf in den geisteswissenschaftlichen Disziplinen einfach nicht gewachsen.

Dass einheimische Studenten nicht so auf Zack sind wie Russlanddeutsche, kann Henke vollauf bestätigen. Er denke da vor allem an Püffkemeier junior, dessen Philosophiestudium und anschließende Doktorarbeit ins Nirwana und am Ende in eine Alkoholabhängigkeit geführt hätten. Leider habe Püffkemeiers Detlev vorher das schönste und reichste Mädchen von ganz Lübbecke mehrfach geschwängert und damit den Genbestand unfähiger SPD-Bürgermeister und ihrer philosophierenden Sprösslinge bis auf Weiteres gesichert.

-Über solche Fälle darfst du nicht nachdenken, sagt Hirtl. Der junge Mann hat vielleicht seine Prüfungen bestanden, doch im Daseinskampf des Berufslebens hat er versagt. Den kannst du karrieremäßig vergessen. Du musst dich mehr nach oben orientieren. Schauen, wie die Oberen vorankommen und ihnen nacheifern. Die Manwölfe beispielsweise sind noch klüger als ich. Sie wurden in der DDR ein bisschen schikaniert, bevor sie dann relativ schnell in den Westen umgesiedelt sind. Dort hat man sie wie verlorene Söhne mit offenen Armen aufgenommen, während wir Russlanddeutschen uns in Auffanglagern und mit dem Sozialhilfesatz durchschlagen mussten. Nein, die Manwölfe durften beim Ausgleichsamt einen Ausgleich für die ihnen zugefügten Vermögensschäden beantragen. Mit dem Geld haben sie dann Firmen gegründet und alsbald auch im Westen zum Adel gehört, zum Geldadel. Obwohl sie 1000 Jahre als Ritter auf ihren Burgen gesessen haben, sind die Manwölfe unternehmerische Persönlichkeiten erster Güte, die ihre Leibeigenen früher immer ordentlich zur Arbeit angetrieben haben, damit die Weintrauben und andere landwirtschaftliche Erzeugnisse nicht an den Reben verfaulten, sondern rechtzeitig geerntet wurden und man einen anständigen Wein genießen konnte, wenn man von Fürsten, Kardinälen und Königen Besuch erhielt, oder auch nur von benachbarten Gutsbesitzern, um mit denen Pläne für die weitere Landnahme auszubaldowern. Um einen großen Laden zu führen, brauchst du gute Organisations- und Führungsqualitäten, und die hat nicht jeder, wie ich dir aus eigener Erfahrung bestätigen kann. Die meisten Menschen sind als Traubenpflücker bestens bedient und froh, wenn ihnen jemand die Richtung vorgibt.

Ganz kann Henke diese Argumente nicht nachvollziehen. Er weist auf die Bedeutung des Handwerks im Vergleich zur Akademikerschwemme hin. Leider werde das Handwerk in Deutschland zu wenig anerkannt und oftmals benachteiligt. Das sage er als gelernter Papiermacher. Dabei halte das handwerkliche Können unser Land zusammen, und auch viele der besten Köpfe seien gelernte Handwerker. Bei Gutenberg angefangen. Also er meine nicht den früheren Doktor der Verteidigung. Sondern gute Handwerker würden immer gebraucht.

-Wie dem auch sei, sagt Hirtl. Die Manwölfe wurden in der DDR unterdrückt und enteignet, sind aber seit 1989 fein raus, weil jetzt besitzen sie sowohl Westfabriken als auch Ostländereien. Warum die Mechthild mit ihrem Juristenverstand nicht in einer der vielen Firmen arbeitet, ist mir ein Rätsel. Wahrscheinlich möchte sie möglichst oft ins Fernsehen kommen. Es gibt ja solche Frauen. Wie damals die eine Blondine, die erst als Weinkönigin bekannt wurde, und dann hat Helmut Kohl sie zur Ministerin gemacht.

Dazu kann Henke nichts mehr sagen, denn sie werden jetzt endlich zu Lahmeier hereingerufen. Dieser ist gerade intensiv mit Twittern beschäftigt und freut sich diebisch über die vielen Likes und Retweets, die er von seinen

Followern bekommt. Also nicht so wie der Trampel aus Amerika, der weder hier im Kanzleramt noch in der gesamten deutschen Presse sonderlich beliebt ist und vom Ansehen her auf einer Stufe mit den schlimmsten Despoten steht, weil er es wiederholt gewagt hat, Lahmeier öffentlich zu kritisieren, dass sich sogar die Grünen verpflichtet fühlten, für den Bundeskanzler in die Bresche zu springen, allen voran die niedliche neue Parteisprecherin, deren Anblick Henke nur stört, wenn sie den Mund aufmacht, dann aber ganz gewaltig. Weil alles, was sie sagt, zeugt von soviel welt- und wirtschaftspolitischem Unverstand, dass einem Angst und Bange wird, wenn man sich vorstellt, dass diese Frau eines Tages Wirtschafts- oder Außenministerin werden könnte.

Sondern immer schön vorsichtig bei der Wortwahl zwitschert unser Bundeskanzler durch die Gegend, wie es eben seine Art ist, um die Bevölkerung nicht zu erschrecken. Immer im Rahmen des Grundgesetzes bleiben, welches wüste Beschimpfungen a la Trump von vornherein verbietet, weil es bekanntlich die Würde des Menschen für unantastbar erklärt. Jemanden als 'total überschätzten Clown' oder 'dumm wie Brot' zu bezeichnen, auf die Idee würde Lahmeier nie kommen. Weil er sich innerlich und von seinem ganzen Auftreten her als über dem Gezänk der Parteien stehend ansiedelt. Daher kann man ohne Übertreibung feststellen, dass Lahmeier, obwohl nur Bundeskanzler, insgeheim der eigentliche Präsident der Deutschen ist.

Endlich schaltet er den Bildschirm aus und nimmt sich Zeit für seine Freunde. Die Büroleitung ist so instruiert, dass sie offizielle Termine nur in der Kernzeit zwischen 11 und 12 und nachmittags von 15 bis 16 Uhr ausmacht. Also zumindest in dieser Hinsicht eifert Lahmeier dem amerikanischen Präsidenten nach, dem es ebenfalls wichtig ist, genügend Zeit für Golfen und die Vorbereitung auf abendliche Festbankette zu haben.

-Mensch du bist ja ganz schön früh auf, sagt der Bundeskanzler zu Hirtl, nachdem sie sich begrüßt haben. Also für deine Verhältnisse, meine ich.

Er zeigt auf die gemütliche Sofaecke, auf der die Gäste Platz nehmen sollen.

-Wer Künstlerkontakte pflegen will, darf nicht zu früh aufstehen, das weißt du doch, entgegnet Hirtl.

-11Uhr30 - das ist Mittagspause, mischt Henke sich ein. Bei uns in der Fabrik wird früh angefangen.

-Das glaube ich dir sofort, sagt der Bundeskanzler. Dass du ein Frühaufsteher bist.

Als einem neuen guten Freund klopft er Henke wohlwollend auf die Schulter.

-Anscheinend habt Ihr Beiden Euch schon kennengelernt?

-Ja, wir haben uns supergut unterhalten; daher sind wir zusammen bei dir rein, sagt Hirtl. Und mit einem Seitenblick auf Henke: dem Kanzler, als anerkanntem Kulturenthusiasten und Museumsliebhaber, wolle er die neueste Ausgabe der 'Zeitschrift für Museumsgrundlagen' hiermit persönlich vorbeibringen. Herausgegeben vom kürzlich gegründeten Institut für Museumsgrundlagen. Du bist der Schirmherr, wenn du dich erinnerst, und da haben sich die Mitarbeiter und der Institutsrat gedacht, sie widmen dir wegen deiner Bedeutung für die neueren deutschen Museumsgrundlagen die erste Ausgabe.

Auch Henke hat dem Kanzler etwas mitgebracht: ein kleines Sixpack Briegelbier, das er die ganze Zeit halb versteckt unter seiner Jacke hielt. Jetzt stellt er den Bierträger mit der lustigen Aufschrift 'Herrenhandtasche' demonstrativ auf Lahmeiers Couchtisch.

Unterdessen weist Hirtl auf das Titelbild der Zeitschrift und sagt:

-Sieh mal, Arnold, wie gut du hier zur Geltung kommst.

Höflichkeitshalber schaut sich Lahmeier sein Konterfei an.

-Der bunte Strauß deiner Zeitschriften, bemerkt er dann in durchaus freundlichem Ton. Manchmal habe ich das Gefühl, dass du sie hauptsächlich wegen mir herausgibst. Doch du musst dir keine Sorgen machen. Mein Presseamt dreht neuerdings kleine Filmchen mit mir als Hauptperson, die sie bei Youtube hochladen. Die werden teilweise millionenfach angeklickt. - Trotzdem, merci dir, klopft er Hirtl auf die Schulter. Der Gedanke zählt.

-Youtube Filme - das gehe in Ordnung, erwidert Hirtl. Mit seinen Zeitschriften erreiche er aber ein ganz anderes Publikum: die klassische Kulturelite, die normalerweise bei Youtube nicht angemeldet sei. Grundlagen der Museumskunde interessierten die Kulturelite enorm. Er denke da zum Beispiel an Walter Winkler, der nicht nur so berühmte Filme wie 'London/Mongolei', 'Die Angst der Feministin vor der Entbindung' und 'In der Nähe, so fern' erschaffen habe, sondern sich neuerdings den Grundlagen der Filmhistorie verschreibe und deswegen noch einmal zur Kamera greifen wolle, um einen seiner exorbitanten, oskarverdächtigen Filme zu drehen. Erst kürzlich habe er sich wegen Förderung aus dem Museumsetat mit Hirtl in Verbindung gesetzt und ihm bei der Gelegenheit versichert, für wie unverzichtbar er die neue 'Zeitschrift für Museumsgrundlagen' halte. Er, Hirtl, habe dann die Gelegenheit beim Schopfe gepackt, um Walter Winkler eines seiner raren Interviews abzutrotzen.

Voller Zustimmung und Verständnis nickt der Bundeskanzler.

-Jetzt sind wir ganz beieinander, sagt er mit Verve. Erst neulich habe ich auf einer Veranstaltung zum 50. Jahrestag von ich-weiß-nicht-mehr-was neben diesem Großregisseur - ja so darf, so muss man Walter Winkler nennen - gesessen und mich sehr gut mit ihm unterhalten. Was für ein offener vielseitiger Mensch das doch ist. Gar nicht, was man sich unter einem sensiblen Künstler vorstellt. Es finden ja ständig Jubiläen statt, dass mir die Ohren wackeln und ich manchmal durcheinander komme und gar nicht weiß, worum es geht, wenn ich ans Rednerpult trete. Glücklicherweise rüstet mich Ingeborg immer mit dem richtigen Redemanuskript aus, so dass ich bisher noch nie ins Schleudern gekommen bin. An das Zusammensein mit Walter Winkler während einer dieser Veranstaltungen kann ich mich aber sehr genau erinnern, weil es einen so prägenden Eindruck hinterlassen und mir so viel gegeben hat. Walter Winkler hat mich angerührt, extrem angerührt, und etwas hat sich in mir gelöst. Eine innere Spannung hat sich gelöst, jawohl, so möchte ich es beschreiben.

-Walter Winkler macht alles um sich herum zu Kunst, bestätigt Hirtl dem Bundeskanzler. Ich kenne das. Man hat nachgerade das Gefühl, ein Teil der Winklerkunst zu sein, wenn man mit ihm beisammen sitzt. Und sei es nur, um gemütlich einen Schoppen Wein zu trinken. Ein Schoppen Wein wird bei Walter Winkler ganz schnell ein Kunstrequisit, so wie ein Altreifenaschenbecher bei Josef Blech.

-Dazu trage der Walter äußerst wichtige Brillen, mit denen er seine intellektuelle Überlegenheit und künstlerisch-kulturelle Kapazität zum Ausdruck bringe, sagt Lahmeier. Selbst als Bundeskanzler fühle man sich Walter Winkler geistig kaum gewachsen und sogar ein bisschen minderwertig, wenn man von ihm durch seine wichtige Brille taxiert werde.

-Du solltest dir ebenfalls eine wichtige Brille zulegen, rät Hirtl. Statt immer mit Kassengestellen herumzulaufen.

-Da muss ich dich korrigieren, entgegnet der Kanzler. Laut Achenbach sind 90 Prozent der Bevölkerung mit meiner Brille zufrieden. Offensichtlich mögen die Leute keine intellektuellen Politiker. Guck dir Röttmann an. Mit dem war es ganz vorbei, als er sich diese seltsame Brille zugelegt hat.

-Nee, also. Röttmann werde auch eine noch so wichtige Brille nicht helfen, sagt Hirtl und lacht ergeben. Geschweige, dass sie bei ihm dieselbe Wirkung entfalten würde wie bei Walter Winkler. Dazu fehlten Röttmann einfach die Kapazitäten.

-Außerdem gehöre Walter Winkler zu der glücklichen Minderheit von Männern, die auch mit 50 noch schönes, volles und gewelltes Haar hätten, seufzt Lahmeier.

Über die schönen Haare von Walter Winkler hat der Bundeskanzler lange nachgedacht und das Achenbacher Umfrageinstitut angewiesen, die Möglich-

keit von Haarimplantaten zu prüfen. Leider hat sich herausgestellt, dass Haarimplantate bei weiten Teilen der Bevölkerung noch schlechter ankommen als
wichtige Brillen. Die Berater haben sogar die Gefahr politischer Verwerfun-
gen heraufbeschworen, falls das Thema bundeskanzlerischer Haarimplantate
plötzlich zu einem neuen heißen Talkshowtrend avancieren würde. Die Platt-
fußdebatte sei noch einmal gut ausgegangen, hat Achenbach junior, der den
legendären analytischen Verstand seines Vaters leider nicht geerbt hat, eindringlich zu Lahmeier gesagt. Man könne durchaus feststellen, Lahmeiers
Plattfüße hätten ihm mehr genutzt als geschadet. Dabei solle er es nun aber
bewenden lassen. Jetzt noch mit dem Thema mangelnder Kopfbehaarung
anzufangen, sei einfach des Guten zuviel.

Der Bundeskanzler reckt sein Schwabbelkinn vor, entschlossen, sich durch
die Verführungskraft von Haarimplantaten nicht erneut blenden zu lassen, und
sagt:

-Als wir uns während der Veranstaltung unterhielten, hat mich Walter Winkler über die Entstehungsgeschichte der 'Kloaken von Düsseldorf' aufgeklärt,
einem Film, der mich schon immer fasziniert hat, seit ich ihn als Student im
Arthouse Kino gesehen habe.

Gemeinsam mit seiner damaligen Freundin, könnte der Kanzler hinzufügen -
unterlässt es aber. Ein derart heißer Feger ist die gewesen, und ging ab wie
eine Rakete, dass sich auch heute noch in seiner Hose etwas rührt, sobald er
sich an sie und ihre schönen großen Brüste erinnert. Boah, die war wirklich
eine Granate im Bett. In punkto Abgehen konnte ihr keine das Wasser reichen. Allein von daher werden 'Die Kloaken von Düsseldorf' für immer einen
besonderen Platz im Gedächtnis unseres Bundeskanzlers behalten.

Leider stand sie auf Farbige und hat ihm bald darauf den Laufpass gegeben.
Lahmeier hat sich seither manches Mal gefragt, ob sie sich anders entschieden
hätte, wenn er damals bereits Bundeskanzler gewesen wäre. - Wahrscheinlich
nicht, denn sie zog große scharfe Hengste kleingewachsenen Politikern eindeutig vor. Aber träumen darf man doch wohl.

Der Bundeskanzler schließt die Augen, und die anderen verstehen, dass sie
ihn jetzt nicht stören dürfen. Vielleicht hat er wieder eine geniale Eingebung
bezüglich seiner Regierungsverantwortung.

Marietta. Ja, so hieß die Kleine, die immer sofort feucht gewesen ist. Und
willig. Unersättlich ist sie gewesen. Und laut.

Wenn ihr ein scharfer farbiger Hengst ins Auge falle, setze der Verstand aus,
das hat sie Lahmeier einmal beim Kondomüberstreifen gestanden. Sie könne
dann an nichts anderes denken, als sich dem scharfen Hengst vollkommen

hinzugeben. - Leider halte ihr Verlangen sowie der damit einhergehende Kontrollverlust meist nicht lange vor, so dass ihre Libido alsbald des nächsten scharfen Hengstes bedürfe.

Lahmeier kann sich vermutlich glücklich schätzen, überhaupt bei ihr gelandet zu sein und ist im Laufe der Jahre zu der realistischen Überzeugung gelangt, dass er für sie nur eine Verlegenheitsaffäre war. Einmal, als der leicht senile italienische Staatspräsident ihm bei einem Festessen mit Kennermiene von der Raketenhaftigkeit deutscher Frauen vorschwärmte und dabei trotz seines fortgeschrittenen Alters von 96 Jahren einen merkwürdigen Glanz in den Augen und womöglich obendrein noch einen Ständer bekam, drängte sich Lahmeier sofort der Gedanke auf, auch der italienische Staatspräsident müsse einst etwas mit einer Granate vom Schlage Mariettas gehabt haben.

Wieder zwingt sich der Bundeskanzler mit Gewalt, an etwas anderes zu denken, und sagt:

-Anscheinend spielt bei der Entstehungsgeschichte der 'Kloaken' ein Professor Grotendiek eine immense Rolle. Dieser soll sich aufgrund einer städtebaulichen Spezialausbildung im Abwassersystem der Stadt Düsseldorf extrem gut auskennen und hat die Filmcrew vor Drehbeginn dort unten herumgeführt, damit sich möglichst alle mit dem Sujet vertraut machen konnten. Als die Hauptdarstellerin ausgerutscht und in den Schlamm gefallen ist, hat Walter Winkler spontan das gleiche auch von allen Nebendarstellern verlangt. Er hat dieses filmhistorische Ereignis, so darf man es heute mit Fug und Recht nennen, heimlich aufgenommen und zu einer Schlüsselszene seines Films ausgebaut. Von daher ist es wohl verständlich, dass diejenigen Schauspieler, die sich seinem Ansinnen verweigert haben, aus den 'Kloaken' herausgeschnitten wurden und seither in Winklerfilmen nicht mehr mitspielen dürfen. Manch einer wird es inzwischen bitter bereuen, sich nicht im Düsseldorfer Klärschlamm gewälzt zu haben. Denn für eine erfolgreiche bundesweite Schauspielkarriere ist es extrem förderlich, wenn nicht sogar unabdingbar, wenigstens einmal im Leben in einem Winklerfilm mitzuwirken.

-Sogar viele bekannte Fernsehdarsteller, die man eher aus seichten Unterhaltungsfilmen kenne, hätten mit Winklerfilmen angefangen, ergänzt Hirtl.

-Oder mit Softpornos.

-Ja, Softpornos seien anscheinend ebenfalls ein guter Einstieg ins Filmgeschäft; doch Softpornos würden ja heute kaum noch gedreht.

-Walter Winkler habe ihm fest versprochen, bei der anstehenden Preisverleihung anwesend zu sein, sagt Hirtl, nur um von dem Pornothema wegzukommen.

Darüber ist der Bundeskanzler hoch erfreut.

-Ich habe so ein bisschen das Gefühl, Walter Winkler könnte unser übernächster Preisträger werden, sagt er nachdenklich.

-Absolut d'accord, sagt Hirtl.

Zu alldem schweigt Henke, hat er doch von dem ominösen Regisseur noch nie etwas gehört geschweige denn gesehen. Und wenn, hat er ihn wahrscheinlich weggezappt. Henke hat es nicht so mit der Hochkultur. Wenn im Radio Klassik zu hören ist oder im Fernsehen eine Theateraufführung übertragen wird, fragt er sich oft, wer für sowas überhaupt Geld hinblättert und sucht schnell einen anderen Sender. Manchmal ärgert es ihn schon, dass die Öffentlich-Rechtlichen seine Fernsehgebühren verplempern, ohne vorher zu fragen, was Henke gucken will. Um sich nicht zu viel zu ärgern, hat er die meisten sogenannten Kulturkanäle schon lange von seinen Favoritenlisten gelöscht. Rockmusik okay, aber wer will denn Klangkonserven hören, die irgendwann im vorletzten Jahrhundert zusammengeschustert worden sind.

Der Bundeskanzler hat gemerkt, wie hibbelig Henke drauf ist und ermuntert ihn, seine Bierflaschen zu öffnen. Daraufhin zieht Henke einen kleinen Flaschenöffner aus seiner Hosentasche. Die Kulturtechnik, Bierflaschen mit dem Gebiss zu öffnen, wendet er nicht mehr so häufig an, seit er älter ist und seine Zähne schlechter geworden sind.

-Im Abspann von 'Die Kloaken von Düsseldorf' wird Professor Grotendiek an vorderster Stelle erwähnt, sagt der Bundeskanzler indessen zu Hirtl. Walter Winkler meint, ich solle mir den Professor unbedingt einmal ansehen. Er halte Grotendiek für jedes Amt in der Bundesregierung geeignet.

Lahmeier greift nach einer Flasche Briegelbier und bestaunt das Etikett. Dann fällt ihm aber etwas anderes ein:

-Um des Professors Leistung zu würdigen und sich immer daran zu erinnern, habe er seinen Cockerspaniel auf den Namen 'Professor Grotendiek' getauft, hat Walter Winkler mir mit einem Augenzwinkern gestanden. Während Winklers Frau den Hund nur 'Grotti' nennt, ruft ihn Walter Winkler bei seinem vollen Namen, bevorzugt dann, wenn der Spaniel sich durch eine besondere Leistung, etwa beim Apportieren, hervortut.

-Ja, so ist er, unser Walter, sagt Hirtl schmunzelnd.

-Ich möchte nicht wissen, wie viele Hunde nach Walter Winkler benannt sind, fällt dem Bundeskanzler ein.

-Nicht mehr als nach dir, könnte Hirtl jetzt sagen, doch er hält sich vornehm zurück.

-Grotendiek, Grotendiek ... etwas klingelt da bei mir, kommt es plötzlich von Henke. Ein Professor Grotendiek ist einst in Lübbecke für unseren OKD Doktor Hochberg als Berater aktiv gewesen. Während der Zeit der Gebietsreform hat er den Kreistag beraten, und, soweit ich mich erinnere, damals exzellente Arbeit geleistet.

-Ich sag's ja, lauter gute Leute, die man sich vormerken muss, kommentiert Lahmeier launig.

Er hat schon immer ein Händchen für die richtigen Mitarbeiter und Vertrauten gehabt, früher noch mehr als heute, hat sie in hintersten Ecken des Hunsrück oder der Vogesen ausgegraben wie ein Trüffelschwein, sie gehegt, gefördert und im Notfall auch fallengelassen, so dass sie wieder in der Versenkung verschwunden sind. Einige sind heute Minister oder Staatssekretäre. Bei Henke befällt es ihn wieder, dieses untrügliche Gefühl, dass man sich auf den Anderen absolut verlassen kann, dass dieser auch die delikatesten Angelegenheiten und heikelsten Aufgaben ohne Gewissensängste und unangebrachte Verklemmtheiten zur Lösung bringen und daher möglicherweise sogar Teil des 'inneren Zirkels' werden könnte, wie die Truppe von Lahmeiers engsten Vertrauten gelegentlich in der Presse genannt wird. Momentan bestehend aus Ingeborg, Sidowski, Kurti Krombholz und Piepenkötter. Und Hirtl. Ja, Hirtl gehört definitiv dazu.

-Einmal, das ist aber schon Jahre her, habe ich Grotendiek auf dem Blasheimer Markt getroffen, sagt Henke. Der Professor war sich nicht zu schade, stundenlang mit mir im Festzelt zu politisieren und ausgiebig einen zu bechern. Daher kann ich euch Brief und Siegel geben, dass seine politische Grundhaltung mit der der CDU absolut kompatibel ist.

Mit leisem Aplomp öffnet Henke die erste Flasche Briegelbier.

-Der OKD, den der Professor auf den Blasheimer Markt begleitete, hatte sich bereits kurz nach der offiziellen Eröffnung aus dem Staub gemacht, während Grotendiek standfest geblieben ist. - Ich weiß nicht, was Ihr denkt, aber manchmal habe ich schon den Verdacht, dass der OKD insgeheim Anti-Alkoholiker ist.

-Anonymer Anti-Alkoholiker, hahaha, lacht Lahmeier. Er kenne den Typ. Solche Leute seien nach seiner Erfahrung zwar fleißige Aktenfresser, aber meist schwierige Kantonisten - weil sie nicht teamfähig seien.

-Schon richtig, sagt Henke. Den OKD könne man sich nicht als Teil eines Teams vorstellen. Weil er ein Mensch sei, der mit seiner aristokratischen Art immer und überall an der Spitze stehe. - Aber jetzt nimm erst mal 'n Schluck. Dass du auf andere Gedanken kommst.

Mit diesen Worten schiebt Henke dem Bundeskanzler die geöffnete Bierflasche hin. Als er auch für Hirtl eine aufmachen will, winkt dieser ab und sagt, er müsse jetzt gehen; er werde ein andermal ein Bierchen mit ihnen zischen.

-Nicht dass du noch unter die Abstinenzler gehst, witzelt der Bundeskanzler, während er sich einen ordentlichen Schluck Briegelpils schmecken lässt.

-Nikogda, sagt Hirtl würdevoll. Sondern ich lasse euch jetzt allein. Damit ihr euch ausgiebig beschnuppern könnt.

Henke nickt er aufmunternd zu, und dem Kanzler verhehlt er nicht, welch überaus günstigen Eindruck er von dem neuen Gefährten gewonnen hat.

Dann macht er sich schwungvoll vom Acker. Denn er hat noch eine Vorlesung an der Humboldt-Universität zu halten, wo man sich glücklich schätzt, einen Generaldirektor als Dozenten gewonnen zu haben, sei er nun promoviert oder nicht.

Zurückbleiben Henke und Lahmeier. Einträchtig sitzen sie beieinander und genießen ihr Briegelbier. Der Bundeskanzler räkelt sich auf seinem durchgesessenen Lieblingssofaplatz wie ein kleiner, dicker, hochzufriedener Kater.

Was für ein schönes Gefühl, Macht zu haben. - In aller Ruhe und von allen Seiten guckt er sich die Zigarre an, die er aus einem Spalt hinter dem Sofa vorgezogen hat, um sie sich zwischen die Lippen zu stecken, wie einst der dicke Ludwig Erhard. Auch Henke kriegt eine ab. Da mag Ingeborg später noch so die Nase rümpfen über den beißenden Qualm und die Asche auf dem teuren Perserteppich.

Henke findet es bei Lahmeier echt gemütlich und fängt langsam an sich zu entspannen, während er das zweite Briegel-Pärchen köpft.

-So wohl habe er sich lange in keiner Amtsstube mehr gefühlt, attestiert er dem Bundeskanzler. Außer vielleicht das eine Mal, als wir beim Diepholzer Bürgermeister eingeladen waren. - Diepholz, das ist Piepenkötters Wahlkreis. Weißt du wahrscheinlich. Und der Bürgermeister ist auch sehr in Ordnung. Beziehungsweise er WAR es. Denn seinen Posten ist er los.

-Abgewählt, meint Lahmeier, an seiner Zigarre schmatzend.

-Es hat einen Skandal gegeben, den er zuerst aussitzen wollte. Als ihm aber sogar der Diepholzer Anzeiger, der ausnahmslos von allen Diepholzer Bauern jeden Morgen nach dem Frühstück gelesen wird, den Rücktritt nahegelegt hat, ist ihm keine Wahl geblieben.

-Was denn für ein Skandal? will der Bundeskanzler wissen, während er einen weißvioletten Qualmkringel in die Luft steigen lässt. Piepenkötter habe ihm davon gar nichts erzählt.

-Ein Wachmann hat den Bürgermeister nachts im Rathaus beim Bumsen erwischt. Als das die Runde machte, war's aus mit der Gemütlichkeit, denn Sex und besonders außerehelicher Sex ist in Amtszimmern von Bürgermeistern anscheinend gesetzlich untersagt. Um so mehr, wenn die Gespielin keine Zugangsberechtigung für die Amtsräume vorweisen kann.

-Mmmmh, macht der Bundeskanzler nachdenklich.

-In Diepholz werden solche Vorschriften sehr ernst genommen. Der Bürgermeister hat die Dame in irgendeiner Kneipe aufgegabelt, und beide hatten spontan Lust auf Sex. Weil sie nicht wussten, wo sie sonst hin sollten, ist dem Bürgermeister sein Amtszimmer eingefallen. Ich weiß nicht, ob sie es auf dem Schreibtisch getrieben haben oder auf dem Teppich. Jedenfalls hat er am Ende seinen Job verloren, und was die Ehefrau dazu gesagt hat, kannst du dir wohl denken. Der Bürgermeister ist dann von zuhause ausgezogen - in Diepholz ein Skandal erster Güte - und soll jetzt sogar mit seiner neuen Flamme zusammenleben. Genaueres weiß ich nicht. Ich habe das alles nur gerüchteweise vernommen. Vielleicht ist sie ja gut im Bett. Allerdings kann ich mir trotzdem nicht vorstellen, dass der Mann sehr glücklich ist, denn einen so bombensicheren Posten wie den des Diepholzer CDU-Bürgermeisters, der obendrein ganz ordentlich vergütet wird, gibt niemand freiwillig auf.

Bei 'gut im Bett' muss der Bundeskanzler unwillkürlich wieder an seine Ex-Freundin denken. Ihm fällt bei dem Thema aber auch ein Witz ein, den ihm der französische Präsident neulich erzählt hat und den er jetzt an Henke weitergibt.

-Savoir vivre, das ist Frankreich, seufzt Henke nach einem kleinen Lachanfall und nimmt einen tiefen Zug von der Zigarre. In Frankreich sieht man Vieles gelassener. In Frankreich gibt es in jeder Betriebskantine vin rouge; nicht wie bei uns nur labberige Süßstofflimonade. Und der Staatspräsident fährt nachts mit dem Moped über die Champs-Elysees zu seiner Geliebten. In Deutschland wirst du gleich zurückgetreten, selbst wenn du ein fähiger Kopf und in der Bevölkerung äußerst beliebt bist. Übrig bleiben unfähige Leute wie Püffkemeier, der in Lübbecke schon viel zu lange auf seinem Sessel klebt und garantiert nie in Versuchung geführt wird, einfach weil er bei Frauen null Chancen hat und froh sein muss, schon vor Jahrzehnten seine Gisela gefunden zu haben, die zugegebenermaßen die besten Bratkartoffeln von ganz Ostwestfalen-Lippe macht.

-Entscheidend sei nicht der vollzogene Beischlaf, erklärt ihm der Kanzler. Also ich meine im Fall des Diepholzer Bürgermeisters. Entscheidend sei die unbedingte Gesetzestreue der Amtsträger. Gesetzestreue sei in einem Rechtsstaat unabdingbar, und wenn das Gesetz den Zutritt zu Amtsräumen für nicht zutrittsberechtigte Personen verbiete, müsse auch eine Konkubine eben drau-ßen bleiben. Leider gebe es genügend Fälle, auch von CDU-Leuten, die sich nicht an die Regeln hielten. Dann erzählt er Henke vertraulich von den inter-nen Untersuchungen gegen den Abgeordneten Strot-Otte wegen übermäßiger Inanspruchnahme einer Telefonsex-Hotline. Es sei ja verständlich, dass sich Abgeordnete aus der Provinz in Berlin einsam fühlten. Und wenn sie hier keine Freundin fänden, seien sie möglicherweise auf eine solche Hotline an-gewiesen. Aber das Budget des Deutschen Bundestages mit fast 50000 Euro für Telefonsex zu belasten, gehe eindeutig zu weit.

Hierauf weiß Henke einige Schoten beizusteuern, die Strot-Otte sich in Lüb-becke geleistet hat, angefangen bei der Beamtenbeleidigung, nachdem er mit über 100 in der Ortschaft erwischt worden ist und um seinen Führerschein bangen musste. Dass man die verantwortlichen Polizeibeamten, die den Ver-kehrssünder an der Ortsausfahrt abgepasst hätten, deshalb als 'Landstreicher' tituliere, meint Henke, sei schlicht und einfach unentschuldbar.

Listig blitzen seine kleine Augen den Bundeskanzler an.

-Außerdem neige Strot-Otte zu Handgreiflichkeiten, sagt er. In der Mindener CDU hätten einige Vorstandsmitglieder, die sich vor vier Jahren Strot-Ottes Nominierung widersetzten, regelrecht Angst vor ihm.

Am Ende ist sich Henke mit dem Kanzler einig, dass dieser Mann als Ab-geordneter nicht mehr tragbar ist und spätestens bei der anstehenden Bundes-tagswahl ein Ersatz gefunden sein muss.

Das Telefon klingelt.

Lahmeier tappt zu seinem Schreibtisch und führt ein längeres Gespräch auf Denglisch, während Henke sich an seinem eigenen Bier gütlich tut.

-Das war Orbogan, sagt der Bundeskanzler, nachdem er fertig ist. Ich hatte ihm meine Durchwahl gegeben, damit er mich in Krisensituationen sofort erreichen kann. Leider ruft er seitdem wegen jeder Lappalie an. Neulich hatte sein Hund irgendeine seltene Hautkrankheit, und Orbogan wollte von mir die Telefonnummer einer deutschen Tierklinik, die auf Hautkrankheiten von Hunden spezialisiert ist, weil er seinen eigenen Leibtierärzten nicht traut. Ich habe ihn an Ingeborg verwiesen, meine Spezialwaffe in solch diffizilen Fäl-len.

-Angeblich lassen sich Dutzende von ausländischen Regierungschefs nur von deutschen Ärzten und in deutschen Kliniken behandeln, sagt Henke mit einem gewissen Stolz in der Stimme.

-Nicht wenige davon seien Diktatoren, die Angst hätten, von Landsleuten 'versehentlich' umgebracht zu werden, wirft der Bundeskanzler ein. - Insgesamt sei der Orbogan aber ein Pfundskerl. So schlimm wie Gaddafi, Adolf oder Idi Amin sei Orbogan bestimmt nicht. Im Gegenteil. Menschlich sei der Mann voll in Ordnung. Ein Pfundskerl eben, auf den man sich im Notfall bei Abstimmungen im Europarat absolut verlassen könne. Wenn zum Beispiel Regierungen mit grünen Koalitionspartnern lebensfremde Vorschläge einbrächten, sei Orbogan ein wichtiger Verbündeter. Das dürfe man in der Öffentlichkeit leider nicht so sagen.

-Ich staune, sagt Henke. Wie weit ihr hier seid.

Er kann unserem Bundeskanzler nur zustimmen, besonders weil uns Orbogan bekanntlich die ganzen Flüchtlinge vom Hals hält. Dabei konnte Henke die Ungarken noch nie besonders gut leiden, seit er einmal beim Einkaufen auf einem Campingplatz am Vattensee mit dem Wechselgeld betrogen worden ist. Denn er ist sich heute noch sicher, dass er der Kassiererin einen größeren Schein hingelegt hatte, und Wechselgeldbetrug ist etwas, was Henke auf den Tod nicht ausstehen kann, auch im Ungarkei-Urlaub nicht, wo es sowieso die ganze Zeit geregnet hat und man sich fragte, warum man nicht nach Italien gefahren ist, wo die Preise zwar höher sind, aber dafür hat man eine Sonnengarantie und betrügen tun die Italiener auch nicht mehr so viel, seit es in Deutschland die ganzen Pizzerien gibt.

Er schließt die Augen und lehnt sich in den seidig fließenden Stoff des Sofas zurück.

Lahmeier nickt wissend.

-Die Journalisten in der Ungarkei seien auch viel vernünftiger als die bundesdeutschen. Bundesdeutsche Journalisten, das sage er Henke im Vertrauen, würden nur schwarz und weiß kennen. Dabei gebe es viele Graustufen.

-Und sie haben alle einen Linksdrall, wirft Henke ein.

-Das auch natürlich, sagt Lahmeier. - Was er meine: der Westen müsse einmal herunterkommen von seinem viel zu hohen Ross und von seiner Anspruchshaltung. In unterentwickelten Ländern sei die Alternative nun einmal nicht Demokratie oder Diktatur, sondern ein Diktator, der uns gewogen sei, gegenüber einem, der sich nicht kontrollieren lasse.

-Dass überall Demokraten darauf warteten, die Regierung zu übernehmen, sei ein linker Wunschtraum, der oft in einer Katastrophe ende, stimmt Henke bereitwillig zu.

-Was Orbogan noch für herrliche Wälder in seinem Land habe, schwärmt der Bundeskanzler plötzlich los. Wo man als Gast der Regierung quasi uneingeschränkt jagen dürfe. Allerdings würden auch dort die Wälder immer mehr schrumpfen, wie er gehört habe, weil es illegale Rodungen gebe, weil hochrangige Regierungsmitglieder ihre Hand aufhielten. Korruption sei leider ein generelles Problem in diesen Arschlochstaaten - um es einmal trumpmäßig auf den Punkt zu bringen.

Lahmeier verlässt für einen Moment das Zimmer, denn das Bier ist bereits leergeputzt und er will dem neuen Freund endlich seinen Edelcognac zum Beschmecken geben. Als er wiederkommt, kriegt Henke mit einem Mal ganz feuchte Augen. Stilaugen kriegt Henke. Er glaubt nicht richtig zu sehen. Courvoisier L'Esprit Decanter. Beim Anblick der berühmten mundgeblasenen Kristallflasche kann ein gestandener Mann schon in Verzückung geraten. Und der erste Schluck! Gi-Gan-Tisch! Jetzt erst versteht Henke so richtig, warum Alkohol der Sex der alten Männer genannt wird. So einen Cognac gibt es in ganz Lübbecke nicht, ach was sage ich, in ganz Ostwestfalen. Nicht mal bei Doktor Hochberg wird so ein Weinbrand eingeschenkt, und bei den Püffkemeiers sowieso nicht. Wobei, der Wahrheit die Ehre zu geben, ist Henke von den Hochbergs noch niemals eingeladen worden. Leider, muss man sagen. Den Hochbergs ist da Einiges entgangen. Dafür lädt ihn jetzt der Bundeskanzler ein, und das ist doch auch etwas wert.

Einige Zeit wird nicht geredet, während sie den Genuss des guten Tropfens gemeinsam zelebrieren. Ein Aroma, das von getrockneten Früchten und Zimtnoten dominiert wird, etwas süßlich nach Marmelade, Nuss und Zedernholz schmeckend und mit blumigen Unternoten.

Danach fängt der Kanzler wieder mit seinen Jagdrevieren an.

-Mit Potentaten auf die Jagd zu gehen, er müsse es leider eingestehen, sei sein heimliches Laster, seufzt er. Jagende Potentaten hätten einfach größere Jagdreviere als ein deutscher Regierungschef, weil ein Potentat könne im Notfall seine Bevölkerung einfach umsiedeln, wenn ihm das Jagdrevier zu klein werde. Ein Vorgehen, welches Bundeskanzlern rein rechtlich verwehrt sei. Da würden die Linken aber schreien, wenn ein CDU-Kanzler um ein größeres Jagdrevier einkäme. Ein bundeskanzlerisches Jagdrevier, am besten grundgesetzlich verankert und höchstrichterlich bestätigt, das wäre etwas! schwärmt Lahmeier. Doch leider sei der parlamentarische Rat nach dem Krieg nicht weitsichtig genug gewesen, da man irrigerweise angenommen habe, in Deutschland werde es für einen Bundeskanzler immer genügend Wälder zum Jagen geben.

Der Bundeskanzler reibt sich etwas Cognac auf die Stirn.

-Soll gesund sein, sagt er zu Henke. Auch weiter unten soll es angeblich helfen.

Er deutet auf seinen Hosenstall.

-Wenn es mit der Frau im Bett nicht mehr so gut läuft.

Dann kommt er doch wieder auf das ernste Thema 'Jagen' zurück:

-So sehr ihn seine jagenden Parteifreunde, die gern in einem regierungseigenen Jagdrevier mit ihm jagen würden, auch bedrängten, so klug beraten sei er, sich bei dem Thema politisch keine Blöße zu geben. Da verzichte er lieber, als den linken Demagogen, die sich inzwischen sogar in vormals konservativen Leitmedien breit gemacht hätten, in die Falle zu laufen. Was man in Deutschland bejagen könne, sei wirklich kaum der Rede wert, wenn man es mit den Möglichkeiten vergleiche, die ein Orbogan habe, in dessen Wäldern 16-Ender quasi auf Zuruf herumsprängen.

Henke überlegt gerade, den Bundeskanzler auf die Jagdreviere im Lübbecker Wiehengebirge aufmerksam zu machen, die diesem aber wahrscheinlich zu popelig sind - da fällt Lahmeier ein, dass er dem Freund unbedingt seine neue Waffenkammer zeigen muss.

Durch eine komfortable Einbauküche, die leider viel zu selten genutzt werde, wie der Bundeskanzler mit Bedauern in der Stimme feststellt, begeben sich die Beiden in eine Räumlichkeit, für die die Bezeichnung 'Waffenschrank' ein Understatement wäre. Junge, Junge was da für Gewehre herumstehen. Nur vom feinsten. Henke ist zwar kein Experte, aber soviel Ahnung hat er doch, dieweil in seiner Heimat auch sehr gern herumgeballert wird. Überall liegen kleine und große Donnerbüchsen herum, und auch ein veritables Maschinengewehr steht betriebsfertig aufgebaut in der einen Ecke. Großkalibriges ist dabei, mit dem man Grizzlybären, Elefanten und anderes Großwild erlegen kann, aber auch filigrane Pistolen, die in jede Handtasche passen würden. Voller Stolz zeigt der Bundeskanzler Henke einige Knarren, die ihm Piepenkötter mitgebracht und auch solche, die er selbst bei dem Waffenhändler seines Vertrauens erworben hat.

An der einen Wand prangen Geweihe und ein Ölgemälde mit einem klassischen Jagdmotiv, an der anderen üppige Ehrenteller mit geschwungenen Lasergravuren. Irgendwo dazwischen hängt ein großes rotes Herz, das von mehreren Kugeln durchsiebt ist. Unter dem Herz kann man in Kupferstich lesen: Deutsche Schießfreunde e.V. dankt seinem Bundeskanzler für das Waffenbesitz-ist-ein-Menschenrecht-Gesetz.

-Hier sei natürlich alles streng gesichert, sagt der Bundeskanzler vorsorglich. Er habe ein persönliches Führungszeugnis vorlegen müssen, bevor er die

Waffenkammer einrichten durfte. Wir sind ja nicht im Lande Orbogan, wo der Regierungschef für seine Waffen bestimmt keine Genehmigung braucht, weil er qua Amt ohnehin alle Terroristen totschießen darf, die ihm in seinem gigantomanischen Palast über den Weg laufen.

Der Bundeskanzler hat eine der Waffen in die Hand genommen und streichelt ihren glänzenden Lauf.

-Terroristen haben sie da unten bekanntlich wie Sand am Meer. Allein im Verlauf des letzten Jahres, hat Orbogan mir erzählt, musste er über 10000 Terroristen festsetzen lassen, die gegen ihn als legitimen Präsidenten gerichtete Bestrebungen unterstützt haben.

Der Bundeskanzler hebt die Knarre ans Kinn und zielt zum Spaß auf Henke. Dieser tritt irritiert einen Schritt zur Seite. Darauf grinst Lahmeier diabolisch, senkt den Lauf und sagt, leider vergesse er manchmal, seine Waffenkammer abzuschließen. Aber keine Angst, in diesen Teil des Kanzleramtes verirre sich kaum jemand, weil alle wüssten, dass es die Rückzugsräume des Bundeskanzlers seien. Außerdem komme er im Notfall schneller an seine Waffen und müsse sich die komplizierte Zahlenkombination nicht merken.

Henke findet es gut, dass die Deutschen von einem wehrhaften Bundeskanzler bewacht werden. Er stimmt mit Lahmeier überein, das einzige, was gegen einen bösen Mann mit einem Gewehr helfe, sei ein guter Mann mit einem Gewehr. Dass die neuseeländische Ministerpräsidentin nach dem verheerenden Terroranschlag die Waffengesetze verschärft hat, halten beide für einen schweren Fehler. Was können denn all die gesetztestreuen Waffennarren dafür, wenn sich ein Verbrecher im Internet ein paar halbautomatische Gewehre bestellt. Darf man deshalb der Bevölkerung den Zugang zu Waffen verweigern?

Henke erinnert sich noch gut daran, dass Lahmeier früher als saarländischer Innenminister jahrelang ziemlich scharf gegen Linksradikale geschossen hat, auch gegen solche, die im Gewande des Liberalismus daher kamen. Du, das konnte bis in die FDP reingehen. Es war ja allgemein bekannt, dass sich bei den Jungen Liberalen teilweise Kommunisten tummelten.

Unser Bundeskanzler ist eben ein Gemütsmensch, nicht wie die meisten Sesselfurzer und Paragrafenreiter, die sonst in der Politik vorherrschen. Nein, diese werden von Lahmeier beherrscht, und wenn sie konservativen Naturells sind, lassen sie es sich auch gern gefallen, muss man sagen. Weil Lahmeier zu allen Parteifreunden gleichbleibend freundlich ist. Nur die Linken aller Coleur hatte und hat er gefressen. Man sieht doch, was Lenin in Russland angerichtet hat, pflegt er zu sagen. Sozialisten können eben nicht mit Geld umgehen.

Seit seiner Zeit als Innenminister ist Lahmeier leider ein bisschen vom rechten Weg abgekommen, und Henke würde die damit einhergehenden aktuellen Verfehlungen der Bundesregierung gern noch einmal zur Sprache bringen. Nachdem bereits die halbe Cognackaraffe weggeputzt ist, mag aber der Bundeskanzler keine Kritik hören und fährt Henke in die Parade:

-Jetzt erkläre ich dir einmal etwas unter Männern, sagt er. - Wenn du Chef werden willst, darfst du keine Überzeugungen haben. Um Chef zu sein, musst du den Mann des Ausgleichs nicht nur spielen, sondern allen pro-aktiv vorleben. Und wie? Einfach, indem du zu keiner Seite hin tendierst. Helmut Kohl zum Beispiel war im Herzen ein knallharter Deutschnationaler. Er konnte aber auch den heimatliebenden Europäer mimen, und als er merkte, das kommt besser an, ist er kurzerhand in diese Rolle geschlüpft und hat mit Mitterand, der bekanntlich auch nicht eben ein Resistance-Kämpfer gewesen ist, in Verdun Händchen gehalten. - In erster Linie war Helmut Kohl Chef, und wenn du Chef sein willst, musst du vermitteln können. Du musst der Macher sein, bei dem alle Fäden zusammenlaufen. Du musst die Welle reiten, auch wenn dir die Richtung manchmal ein bisschen gegen die Hutschnur geht. Und das Wichtigste: du musst dafür sorgen, alle Schlüsselpositionen mit eigenen Leuten zu besetzen, denen du hundertprozentig vertrauen kannst.

Ohne anzuklopfen tritt eine Frau in die Waffenkammer und stöckelt auf die Männer zu, wobei sie aufpassen muss, nicht über die herumliegenden Gewehre zu stolpern. Ohne Henke im Mindesten zu beachten, richtet sie den Blick auf Lahmeier und sagt:

-Der Wirtschaftsminister hat angerufen. Er will mit dir und den Franzosen den Vertrag über Konzernzusammenschlüsse besprechen.

-Die systemrelevanten Champions? fragt der Bundeskanzler.

Die Frau nickt.

-Soll er machen, sagt Lahmeier. Er hat mein volles Einverständnis. Ich verlasse mich da ganz auf dich. Beziehungsweise auf ihn. Also auf euch beide.

Zu Henke gewandt fügt er hinzu, ein Chef müsse delegieren können. Für ihn, Lahmeier, gebe es heute Wichtigeres.

-Das kann man wohl sagen, bemerkt die Frau, indem sie dem Kanzler das Cognacglas aus der Hand nimmt. Du musst dich langsam fertigmachen für die Hannover-Messe.

5.

Henke läuft über die üppige giftgrüne Rasenfläche und fühlt sich wie King Lui. Das heißt, fast so wie früher der OKD, wenn er auf der Wiese vor dem Kreishaus seine Dezernenten und Kreistagsabgeordneten mit Sekt und Selters empfangen hat und wo Henke leider nie dabei sein durfte, aber jeder konnte durch die großen Glastüren sehen, dass da etwas Bedeutsames im Gange war.

Auch wenn er von Lahmeier nicht persönlich begrüßt worden ist, weil der gerade irgendwo anders herumeiert: Henke kennt sich bereits gut aus im Kanzleramt und hat sofort den großen Innenhof gefunden, wo die Preisverleihung stattfinden soll. Eine tolle Rasenfläche haben sie hier, das muss man sagen, nicht wie in Lübbecke, wo der Kreishausrasen leider total verschattet liegt und selbst das Neuansäen meist wenig bringt. - Hier kommt ebenso wenig Sonnenlicht rein. ... Mmh? ... wenn das man kein Kunstrasen ist. Es raschelt auch so komisch, wenn man mit den Schuhen darüberstreicht.

Das zweite, was Henke auffällt, als er sich ein wenig umsieht, sind die umher schweifenden Blicke dieser attraktiven Füchsin. Er kennt solche Frauen, oder meint sie zu kennen, wenngleich er sie nie live im Bett hat erleben dürfen. Appetitliche Erscheinungen im besten gebärfähigen Alter, die ihre Blicke suchend schweifen lassen. Heinz' Tochter zum Beispiel, die war auch einmal so drauf, bevor sie von Detlev Püffkemeier schwanger wurde.

Das wird doch nicht das Gespons unseres Landwirtschaftsministers sein?! Jetzt guckt Henke ganz genau hin. Berenike, oder wie die heißt. Man sieht ihr Foto öfter in der Zeitung, wenn sie mit ihrem Mann irgendwo eingeladen ist, und einmal - das ist schon drei vier Jahre her - hat Henke sie in persona kennengelernt. Da wirkte sie komischerweise gar nicht so hammermäßig, und hatte keinen Silberblick dabei.

Als von ihrer Seite kein Erkennen aufglimmt, wendet er sich ab und schiebt sich in Richtung auf die Tribüne vor, die an beiden Enden von Aufsehen erregenden Installationen des Preisträgers flankiert wird. Oben auf dem Podest stehen bereits etliche hochrangige Würdenträger in Bereitschaft, das Werk des Künstlers in den Himmel zu loben. Allerdings vermisst Henke Piepenkötter in der Runde. Ich meine, wo schon die Gattin zugegen ist, wird der Minister wohl auch bald auftauchen. Aber vielleicht ist sie mit ihrem Vater gekommen, der ebenfalls da oben steht und wahrscheinlich ein wichtiger Kunde des Künstlers ist. Hier laufen zwar noch andere Blondinen herum, die ebenfalls Humberts Töchter sein könnten, aber mit der Berenike kann es keine aufnehmen.

Hirtl und Lahmeier kennt Henke ja schon, und auch einige der anderen Gesichter kommen ihm bekannt vor. Man ist gerade dabei, sich unter gegenseitigem Lachen und Wohllauten zu beschnuppern und seiner Wichtigkeit zu versichern, als Henke mit gekonntem Aplomb in die Runde hineinstößt. - Ja, so musst du es machen! Der Bundeskanzler ist schon wieder ganz begeistert, und stellt den neuen Freund der Truppe vor. Wie selbstverständlich zieht er Henke währenddem den Flachmann aus der Sakkotasche und stopft ihn in seine eigene.

Die Leute haben hier einfach einen anderen sozialen Stoffwechsel im Vergleich zu Otto Normalverbraucher, muss Henke unwillkürlich denken, während er sich etwas zurücknimmt und das bunte Treiben beobachtet. Nicht so wie die tumben Lübbecker, denen man immer alles aus der Nase ziehen muss. Die hier sind ständig dabei, einander zu besingen und sich sozusagen informell gegenseitig Preismedaillen umzuhängen.

Ein veritabler Geruch, um nicht Gestank zu sagen, lässt Henke die ganze Zeit die Nase kräuseln. Nach angekohltem Gummi, um genau zu sein. Jetzt versteht er auch, warum diese Veranstaltung nicht anders als im Freien stattfinden kann. Denn natürlich, Josef Blech hat ihm vorgestern erzählt, als Künstler arbeite er mit nur einem einzigen Material. Nicht mit Blech, wie sein Name suggeriert, sondern mit Altreifen, die er zerschneidet und ankokelt, bevor er sie zu fantasievollen Figuren zusammenvulkanisiert - eine geniale Technik, die der Kunstprofessor selbst entwickelt und in die Kunstszene eingeführt hat.

Das Gummi stinkt entsetzlich, so dass normale Menschen sich erst nach Tagen in die Nähe seiner Werke trauen. Und auch Wochen später bleibt ein Restgeruch, der sich nur durch die gute Klimatisierung aus den Räumen des Kanzleramtes, wo seit Lahmeiers Einzug einige von Blechs Skulpturen eine Bleibe gefunden haben, hat vertreiben lassen. Die Dämpfe würden mich krank machen; kein Wunder, dass Josef so bleich und ausgemergelt aussieht, denkt Henke mit Blick auf den Künstler, der soeben hereinschneit.

Trotz sommerlicher Temperaturen trägt Josef Blech ein langärmeliges Oberhemd, erkennbar in dem Bemühen, seine vielen Tattoos zu überdecken, die ihm vielleicht in der Künstlerszene Respekt verschaffen, für sein Weiterkommen in gutbürgerlichen Kreisen jedoch eher hinderlich sind. Die starke bis über den Handrücken reichende Körperbehaarung kann er damit allerdings nicht vollständig verbergen, und die überlangen Arme kommen in dem noblen Outfit sehr unvorteilhaft zur Geltung. Der Josef ist nun mal eine hässliche Erscheinung. Das heißt, er ist eben ein Mensch, der durch seine Werke und nicht durch Äußerlichkeiten brilliert. Dies ist wohl auch der Grund, warum er trotz seines künstlerischen Erfolges in der Liebe auf Prostituierte angewiesen ist.

Wie man aus dem Fernsehen weiß, hat Blech Lahmeier sogar ein kostenloses 3D Porträt aus Altreifen zur Verfügung gestellt, das jetzt in einer Reihe mit den Porträts aller Altbundeskanzler im Kanzleramt aufgehängt ist. Im Ersten Programm und auch im Zweiten, wo man sich keine Gelegenheit entgehen lässt, Positives über unseren Bundeskanzler zu berichten, hat es extra eine Sondersendung zu dem Thema gegeben, und Blech, der eigentlich als Linksliberaler gilt, also einer aus der Berliner Kulturschickeria, die mit der CDU im allgemeinen wenig am Hut hat, wurde in diesem Zusammenhang für sein parteiübergreifendes Recyclingengagement gelobt. Denn nur wer der CDU und im Besonderen unserem Bundeskanzler etwas Gutes tut, findet im staatlichen Fernsehen wohlwollende Erwähnung. Da hätte auch Henke Chancen, der Lahmeier seit neuestem ja immerhin mit bestem Cognac versorgt. Dagegen Intellektuelle, die den Bundeskanzler kritisieren, deren Namen werden im Fernsehen eher selten erwähnt, und sie kriegen auch so schnell keine Drehbuchaufträge mehr.

Gehässige Neider wie der Lübbecker SPD-Bürgermeister sprechen in diesem Zusammenhang von CDU-Funk. Obwohl nur jeder fünfte Deutsche CDU wähle, pflegt Püffkemeier sich zu ereifern, seien fast 100 Prozent aller Fernsehmoderatoren auf CDU Kurs, und im Privatfernsehen sehe es kein Deut besser aus.

In Wirklichkeit liebäugelt Josef Blech schon seit Jahren mit wertkonservativen Positionen. Er mag es nur nicht offen zugeben, um sein urbanes Fanpublikum nicht zu verschrecken. Dabei muss er sich eigentlich keine Sorgen machen, sind doch die Bewohner vom Prenzlauer Berg längst bei den Grünen angekommen. Während auf der Schönhauser die Luft vor Lärm und Abgasen flirrt, scheint die Wörther Straße zu einer anderen Klimazone zu gehören. Hohe Fassaden und sattgrüne Linden spenden Schatten, und der Krach verebbt, je näher es Richtung Kollwitzplatz geht, von wo der Weg zur Berliner CDU-Zentrale nicht mehr allzu weit ist.

Von daher muss sich Blech wirklich keine Sorgen machen. Wer wie er enorme Summen Geldes eingenommen und auch ausgegeben hat, bekommt es automatisch mit Leuten zu tun, die (a) beim Finanzamt arbeiten oder (b) ebenfalls viel Geld besitzen. Dass die Letzteren mit der CDU sympathisieren, ist ja allgemein bekannt. Doch auch Finanzbeamte tendieren in den allermeisten Fällen zur CDU, und wenn nicht, werden sie von ihren Vorgesetzten schnell zurückgepfiffen, damit sie sich nicht allzu intensiv mit der Beschaffung und Auswertung illegaler Steuer-CDs beschäftigen.

Außerdem fühlt sich Blech von Lahmeiers Bewunderung für sein künstlerisches Oeuvre geschmeichelt und hat es sich daher abgewöhnt, dem Bundeskanzler bei ihren Begegnungen wegen seiner unsozialen Politik eins aufs Dach zu geben. In den Vereinigten Staaten, wo Blechs Altreifenkunstwerke ebenfalls gut laufen, stört sich ja auch keiner daran, wenn man ein paar Milliönchen mehr auf dem Konto hat. Schon gar nicht werden in Amerika die Steuern erhöht. Wer Geld hat wie Blech, ärgert sich schon ein bisschen, wenn von Seiten der Linksparteien ständig solche Forderungen erhoben werden. Da ist es ganz gut, wenn man sich in dieser Hinsicht auf den bürgerlichen Block verlassen kann, auch wenn man seine Sympathie nicht offen zur Schau stellen mag.

Wenn die CDU in den kommenden Jahrzehnten ihre Macht behalten will, muss sie zusehen, im Bewusstsein der Bürger an vorderster Stelle verankert zu bleiben, also mindestens so wie Klementine, Frau Antje und Herr Kaiser aus Mannheim. Das ist der Grund, warum jedesmal, wenn Lahmeier einen Puups von sich gibt, das Fernsehen zur Stelle ist, um in aller Ausführlichkeit über den Puups zu berichten. Meist gibt es eine Sondersendung, in welcher handverlesene Kommentatoren den Zuschauern die Bedeutung von Lahmeiers Puupsen in allen Einzelheiten nahebringen. Das betrifft nicht nur seine politischen Kernaussagen, in denen er immer wieder feststellt, dass wir in Zeiten epochaler Veränderungen leben, in denen große Aufgaben zu bewältigen sind und wir aber darauf achten müssen, dass Kontinuität und Verlässlichkeit für die Menschen im Lande ein wichtiges Signal bleibt. Es kann daher nicht oft genug betont werden, dass die Christlich Demokratische Union einen unverzichtbaren Anker der Stabilität in der deutschen Politik darstellt. Diese Sonderstellung können wir nur erhalten, wenn wir die Herausforderungen einer enger zusammenwachsenden Welt aktiv gestalten. Nur dann werden daraus neue wirtschaftliche Chancen entstehen. Unsere politischen Hausaufgaben gehen also weit über einen Herbst oder Winter der Entscheidungen hinaus. Wir arbeiten rund um die Uhr daran, dass die Menschen hier gut und gerne leben. Sehr geehrte Damen und Herren, denken Sie immer daran: Wir können stolz darauf sein, was wir geleistet haben. Unsere Arbeit wirkt für heute, für morgen, für die Zukunft und vor allen Dingen für die Menschen in diesem Lande. Das zeichnet uns aus. Herzlichen Dank für Ihre Aufmerksamkeit.

Nein, auch Privates wie das Charity Engagement seiner Gattin oder die dem Übergewicht und den vielen Stehpartys geschuldeten Plattfüße des Bundeskanzlers sind ein ergiebiges Fernsehthema. Wegen der Plattfüße wurden schon Orthopädieprofessoren namhafter Universitätskliniken interviewt, die in engagierter Rede Plattfüßigkeit zur Volkskrankheit Nummer 1 erklärten und mahnten, aufgrund des demographischen Wandels müsse mit einer weiteren Zunahme der Plattfüßigkeit gerechnet werden. Zusätzliche Forschungen im Bereich der Plattfüßigkeit seien unerlässlich, um die Menschen in Deutschland von dieser Geißel zu befreien.

Über solche Beiträge vornehmlich des Privatfernsehens ist Lahmeier verständlicherweise wenig erbaut, und hat sich schon bei der Witwe des Alleineigentümers aller privaten Fernsehsender beschwert, deren verstorbener Gatte es hauptsächlich der CDU zu verdanken hat, Alleineigentümer geworden zu sein. Die Witwe wiederum, die ihre Alleineigentümerschaft hauptsächlich dem gekonnten Umgang mit alten Männern zu verdanken hat und mit Lahmeiers Gattin übrigens bestens vernetzt ist, weil sie sich dauernd auf Charity Events treffen und diese teilweise auch gemeinsam organisieren, ist ihm mit der einigermaßen kaltschnäuzigen Erklärung in die Parade gefahren, dass Privatsender nun einmal auf Quoten angewiesen seien und nichts besser ziehe als Promi-News. Wer als erster über die Plattfüße oder das sonstige Straucheln eines Prominenten berichte, sei quotenmäßig fein raus. Auf das Thema Plattfüße zu verzichten und stattdessen eine Gewinnwarnung aussprechen zu müssen, könne Lahmeier wohl nicht im Ernst von ihr verlangen. Allein die Werbeeinnahmen für Schuheinlagen hätten sich im letzten Jahr auf einen zweistelligen Millionenbetrag vervielfacht, weil die Deutschen, seit sie auf die Plattfußproblematik aufmerksam geworden seien, wie verrückt Schuheinlagen kauften, und sich die Hersteller besonders im Segment der Luxusplattfußschuheinlagen einiges hätten einfallen lassen, um den Umsatz anzukurbeln. Ihr Chefmanager persönlich, ein Mann, der sonst Kultur und schönen Künsten zugeneigt sei, habe sie eines Tages angerufen, um sie mit sich überschlagener Stimme von der überwältigenden Resonanz und den positiven finanziellen Auswirkungen der Lahmeierschein Plattfüße auf das Privatfernsehgeschäft in Kenntnis zu setzen.

-Last not least, hat die Witwe zum Kanzler gesagt, profitierst du doch selbst von solchen Exklusivnachrichten. Denn deinen Wählern, besonders den Plattfüßigen unter ihnen, gibst du dich damit als ganz normaler Mensch zu erkennen.

Da hat sie nicht ganz unrecht. Lahmeier ist sehr wohl bewusst, dass er für seine Wiederwahl jede Stimme brauchen wird, besonders weil sich immer mehr abzeichnet, dass die SPD dieses Mal Rüdiger Rohrer gegen ihn ins Rennen schicken wird. - Obwohl die CDU von alters her quasi einen Anspruch erworben hat, permanent das Kanzleramt zu besetzen, ist der Ausgang eines Wahlkampfes gegen Rüdiger Rohrer völlig offen.

Einem Mann, der es geschafft hat, in seiner Jugend mit Hilfe einer reizlosen bis unsympathischen Kastratenstimme dutzende goldene Schallplatten einzuheimsen, in einem Fleischerladen an ein und demselben Tag zwei Fachverkäuferinnen zu schwängern, ohne dass die beiden voneinander wussten, und Jahre später als Moderator der beliebtesten Fernsehshow aller Zeiten zu reüssieren, ist alles zuzutrauen.

Henke ist inzwischen von der Tribüne wieder herabgestiegen, um sich die Statuen etwas genauer anzusehen. Dabei läuft ihm der Künstler über den Weg. Eben will Josef an Henke vorbeischleichen und so tun, als ob sie sich nicht kennen, doch gegen Henkes Spontaneität kommt selbst ein Blech nicht an. Gegen Henkes Spontaneität kommt niemand an.

-Mensch, kennst du mich nicht mehr, ruft Henke dem voll tätowierten Hänfling mit den langen Armen zu und haut ihm mächtig auf die schmalen Schultern.

Durch Henkes Rufen wird der Bundeskanzler aufmerksam, der sich in der großen Gruppe arrivierter Abstinenzler zunehmend langweilt. - Zwei Leute, in deren Gegenwart er sich ausnehmend wohl fühlt. Da muss er sofort hin.

-Ihr kennt euch? fragt er die beiden, als er schnaufend vor ihnen steht.

-Nicht wirklich, sagt Josef schnell.

Und das, wo sie diese eine Nacht gemeinsam durchgestanden haben!

Also stellt Lahmeier den Künstler erst mal vor:

-Einer der bedeutendsten Bildhauer der Gegenwart und übrigens der Preisträger, wegen dem wir heute hier sind. Für seine Skulpturen fast so berühmt wie für seine Skandale, hahaha. Nebenbei Chevalier des Arts et des Lettres und Professor an der Berliner Kunstakademie. Ja, so sehen Professoren aus, lacht Lahmeier offensichtlich gut gelaunt und haut Blech ebenfalls auf die Schimpansenschulterchen.

Jetzt fehlt Henke sein Flachmann aber doch. Er traut sich nur nicht, dem Bundeskanzler in die Tasche zu greifen. Was hier in kurzer Zeit auf ihn einstürmt, hat ihn durstig gemacht, und leider kann man heutzutage nicht mehr davon ausgehen, auf so einer Veranstaltung Hochprozentigeres als nur Schampus mit Orangensaft serviert zu bekommen.

Wahrscheinlich wegen der ganzen Weibsen darf hier nicht so viel getrunken werden. Meist ältere Semester, die normalerweise kein Mann mehr angucken würde und die Alkohol auch nicht gut vertragen, aber wenn sie aufgrund einer Quotenregelung zu Einfluss gekommen sind, muss man sich vor ihnen doch in Acht nehmen. Siehe die Freifrau von Manwolf, die hier auch irgendwo herumfleucht, aber den Josef anscheinend noch nicht entdeckt hat. Als Augenschmaus bleibt da nur Berenike, die weniger durch ihre Anpassungsfähigkeit als qua Geburt und Heirat in diese illustren Kreise aufgenommen wurde. Ihr Jurastudium soll sie ja nur mit Ach und Krach bestanden haben. Wahrscheinlich hatte dabei sogar noch ihr Vater die Finger im Spiel. Wie neulich in Amerika, wo sich herausgestellt hat, dass viele Reiche ihren Sprösslingen einen Eliteabschluss einfach gekauft haben. - Henke würde es nicht wundern. Auch in Deutschland ist mittlerweile alles möglich.

Ein stattlicher Bursche in korrektem Anzug hat sich Piepenkötters Gattin zugesellt, und Henke muss nicht lange raten, um festzustellen, dass es Kurti Krombholz ist, der leibhaftige Präsident der Martha, einer unserer ehedem talentiertesten, erfolgreichsten und vielbewundertsten Fußballspieler und noch immer athletisch durchtrainiert vom Scheitel bis zur Sohle. Die beiden tauschen lächelnd irgendwelche Belanglosigkeiten aus. Piepenkötters Gemahlin ist fürwahr eine fürstliche Erscheinung, das hat auch Kurti Krombholz anscheinend schon gemerkt.

Man kann förmlich sehen, wie er die Frau mit den Augen verschlingt und wie die Berenike ihrerseits den Fußballkönig anhimmelt, der in ihrer Jugend für Deutschland die tollsten Tore geschossen und damals einen Ehrenplatz im Herzen des jungen Mädchens erobert hat, die auch heute noch mit fast 30 immer gleich feucht wird, sobald sie Kurti Krombholz gegenüber steht.

Der Pharmamogul Humbert, Berenikes Vater und seines Zeichens ein ziemlich unscheinbarer Zeitgenosse, muss sich da mit einer äußerst ansehnlichen Blondine gepaart haben. Bei solchen Superschnecken, um es einmal offen auszusprechen, hatte Henke leider immer wenig Chancen. Für Leute wie ihn bleiben nur Frauen wie Anneliese. - Oder die grüne Fraktionsvorsitzende, d.h. wenn die an Männern überhaupt interessiert ist. Hingegen die Berenikes dieser Welt können unter Wirtschaftsbossen, Spitzenpolitikern, Sportlern, Rockmusikern und gut gebauten Sicherheitsleuten wählen und haben für mögliche Avancen eines Erwin Henke nur ein müdes Lächeln - wenn sie sich nicht gleich belästigt fühlen.

Wie üblich kommt der Bundeskanzler schnell auf sein Lieblingsthema zu sprechen: auf sich selbst.

-Dem Blechschen Porträt mit seinen runden Reifenformen, sagt er zu Henke, werde sogar eine gewisse objektive Ähnlichkeit mit seiner, Lahmeiers, Gesichts- und Körpergestalt zugesprochen. Von daher komme man nicht umhin, einen Künstler, der Derartiges aus einem derart widerspenstigen Material zu formen verstehe, in den höchsten Tönen zu loben. Zugestanden, manche seiner Werke seien reichlich abstrakt, und nicht jeder könne sich für Abstraktes begeistern. Doch der wahre Kenner freue sich über die Freiheit, eigene Ideen und Assoziationen in ein Kunstwerk hineinzuinterpretieren. Von daher lasse sich mit Fug und Recht feststellen, Josefs Werk enthalte die Essenz dessen, was moderne Kunst heute ausmache.

-Jetzt übertreibst du aber, sagt Blech bescheiden.

Um das Mittelschichtspublikum zu besänftigen, das sich seine Arbeiten schon lange nicht mehr leisten kann, hat er sich einen besonderen Kniff ausgedacht: er widmet alle Skulpturen, die er öffentlich ausstellt oder an Museen ausleiht, einem unterdrückten Volk oder dem Regenwald oder den beiden letzten frei lebenden Breitmaulnashörnern. Wobei es mit deren freiem Leben auch nicht mehr soweit her ist, seit die Serengeti eingezäunt wurde und nur noch ungefähr 10 Quadratkilometer umfasst. Indem man die neben einem Blechschen Altreifenwerk aufgestellte Schrifttafel liest, wird man bei der Betrachtung des Werkes automatisch an das Schicksal der Benachteiligten dieser Erde erinnert und braucht nicht mehr Franz Fanon zu lesen.

Zusammen mit seinem Manager hat Josef Blech eigens eine Stiftung für bedrohte Völker ins Leben gerufen. 1% vom Erlös jeder seiner Skulpturen fließen an diese Stiftung. Von daher kann man nur an jeden Milliardär appellieren, möglichst viele Blechsche Werke zu kaufen, einfach weil er damit automatisch etwas Gutes tut. Die restlichen 99% bringt der gute Josef mit Koksen durch, das weiß Henke immerhin bereits, aber die bürgerliche Fangemeinde weiß es hoffentlich nicht.

Um die Preisverleihung besonders authentisch zu gestalten, ist ein Mitarbeiter des Kanzleramtes auf die Idee gekommen, einen vom bedrohten Volk der Hamunami Indianer aus dem Regenwald einzuladen, der zufällig gerade durch Deutschland tingelt, um auf die Situation seines Volkes aufmerksam zu machen.

In seinem Originalregenwaldkostüm, das von seinem gut gebauten Körper einiges preisgibt, sieht er zum Anbeißen aus, wie Berenike Piepenkötter schon von weitem erkennen kann, und wenn sie nicht zufällig mit Kurti Krombholz verabredet wäre, würde sie jetzt zu dem armen bedrohten Indianer herüberschlendern, um ihm für seine bedeutsame Mission Mut zuzusprechen.

Ihrer Kernwählerschaft zuliebe will die CDU eigentlich nicht mehr so viele Leute des bedrohten Volkes in Deutschland aufnehmen, das sich seit einigen Jahren rasant vermehrt hat, während die letzten Aras und Kapuzineräffchen leider immer weniger werden, weil sie von dem bedrohten Volk als Bushmeat verspeist werden. Stattdessen haben sie sich im BMZ überlegt, die Entwicklungshilfe für die Hamunami Indianer massiv aufzustocken. Da kamen Humberts Firma und ihr Angebot gerade recht, Betonhäuser für das bedrohte Volk zu errichten. Seit Humberts Pillen wegen dem leidigen Hormonskandal in Brasilien nicht mehr verkauft werden dürfen, hat sich sein Firmengeflecht dort auf Beton spezialisiert. Schließlich will bei dem vielen Regen da unten niemand ständig nass werden. Auch bedrohte Völker würden allmählich gern in festen Häusern statt in feuchten Bambushütten leben. Auf diese Weise kann die Bundesregierung mit Hilfe der ausgeklügelten Humbertschen Betonmischmaschinen nicht nur die Ureinwohner froh machen, sondern gleich auch die lahmende deutsche Exportwirtschaft unterstützen.

Nachdem der viele Beton einmal da ist, lassen sich mit ihm noch jede Menge Windradtürme gießen. Auch in Amazonien pfeift der Wind mitunter recht ordentlich, und bekanntlich müssen angesichts des Klimawandels immer alle Möglichkeiten einer umweltschonenden Energiegewinnung genutzt werden. Zu dem Einwand, die Affen, Papageien, Schmetterlinge und so weiter würden sich von diesem Vorhaben gestört fühlen und ihm daher womöglich ablehnend gegenüber stehen, kann ich nur sagen, dass auch die wild lebende Fauna für den Umweltschutz gelegentlich gewisse Opfer bringen muss.

Außerdem finde ich, bedrohte Völker dürfen nicht vom Fortschritt ausgeschlossen werden, sondern sie haben wie jeder andere Mensch Anspruch auf Elektrizität, Klimaanlagen und Internet, und eventuell auch eine halbautomatische Waffe, mit der sie sich im Notfall gegen Krokodile und Jaguare zur

Wehr setzen können, oder gegen Großgrundbesitzer, die die Regenwälder einfach abfackeln wollen. In Deutschland muss ja auch keiner umziehen, nur weil er zufällig in einem neu eingerichteten Nationalpark wohnt. Nachher kommt noch der Ministerpräsident vorbei und bietet einem Ersatzwohnraum im Regierungsviertel an. Wenn wir gerufen werden, sind wir natürlich zur Stelle, hat der Pressesprecher von Humberts Betonmischunternehmen auf einer der Informationsveranstaltungen gesagt. Da die Leute nicht wussten, wem das Firmenkonglomerat gehört, hat der Mann tosenden Beifall geerntet.

Statt der Berenike steht jetzt die Wiebke bei dem bedrohten Indianer, FU-Professorin und Frau Ministerin Schnarrenbachs Doktormutter, die im Kanzleramt momentan etwas in Ungnade gefallen ist, aber trotzdem eine Einladung zu der Preisverleihung ergattert hat. Weil sich die Hamunami Indianer alle duzen und mit Vornamen ansprechen, hat sie sich gleich als die Wiebke vorgestellt. Obwohl der Indianer lieber mit einem der maßgeblichen männlichen Politiker reden würde, versucht sie unverdrossen, die in Zusammenarbeit mit ihrem Freund am Sonderforschungsbereich der FU ausgetüftelte Digitalstrategie an den Mann beziehungsweise an das bedrohte Volk zu bringen. Nachdem die ganzen kommunistischen 68er Professoren vom Otto-Suhr-Institut im Ruhestand sind, haben Wiebke und ihr Freund dafür gesorgt, dass dort etwas mehr praxisorientierte Politologie betrieben wird, das heißt, gegen allerlei Widerstände aus dem rot-grünen Senat eine Art von Politikberatung, die besonders auf die Bedürfnisse einer CDU-Bundesregierung zugeschnitten ist. Nebenbei betätigt sich die Wiebke als Thinktank für Forschungsministerinnen und andere künftige Spitzenpolitikerinnen. Ihr mag vielleicht das notwendige Knowhow in Raketentechnik fehlen, doch hat sie beträchtliche Kompetenzen im Bereich der inner- und außereuropäischen Integrations-, Governance- und Diffusionsforschung angesammelt.

Die an der Freien Universität ausgetüftelte Digitalstrategie, erklärt sie dem staunenden Indianer, basiere darauf, dass jeder Hamunami mit einem Laptop auszustatten sei. Die wichtigsten deutschen IT-Unternehmen habe sie ebenfalls mit ins Boot geholt. Alle seien ganz wild darauf, bedrohte Völker mit Spitzentechnologie zu versorgen. Wenn es nach ihnen gehe, solle bald jedes Hamunami Vorschulkind im Urwald mit einem Minicomputer ausgerüstet werden, mit dem es ins Internet komme. Natürlich müssten Software-Sicherungen eingebaut sein, damit sich die lieben Kleinen keine Gewalt- oder Pornovideos herunterladen könnten. Aber keine Sorge, hier sei eine bekannte Firma für Kindersicherungssoftware bereit, ihr Teil beizutragen.

Die Wiebke guckt ganz lieb mit ihren leicht strähnigen, blonden Haaren, das erkennt Lahmeier aus 15 Metern Abstand, so dass er fast nicht widerstehen kann, ihr den Schmu mit den fehlgeleiteten Mitteln und auch die gemogelte Doktorarbeit seiner Ministerin zu verzeihen. Er will sich jedoch nicht schon wieder einen Rüffel bei Spiegel Online einhandeln, denn leider hat der eine Redakteur die Wiebke total auf dem Kieker; und das nur, weil sie bei zwei oder drei Firmen, die sie für ihr Projekt gewonnen hat, bald danach in den Aufsichtsrat gewählt wurde. Was kann die arme Professorin denn dafür, dass sie im Gegensatz zu anderen Wissenschaftlern, die lieber in ihrem Elfenbeinturm versauern, mit Aufsichtsratsmitgliedern und generell mit den Entscheidern in der freien Wirtschaft gut kann? ließe sich fragen, aber leider ist es mit Spiegelredakteuren so eine Sache. Spiegelredakteure sind äußerst dünnhäutig und haben gleichzeitig ein Gedächtnis wie ein Elefant. Wen die einmal auf dem Kieker haben, den mögen sie den ganzen Tag nicht. Und wenn sie einmal Lunte gerochen haben, bleiben sie an der Fährte dran wie eine Meute Bluthunde.

Die Wiebke hatte sich bei Lahmeiers damaligem Vizekanzler eingeschleimt, der sie erst zur Schattenministerin im Wahlkampf und danach ehrenamtlich zur unabhängigen Internetbotschafterin seines Hauses bestellt hat. Dann kam heraus, sie ist gar nicht unabhängig, denn sie kassiert Provisionen von Minicomputerherstellern für ihre entwicklungspolitischen Engagements. Alles in allem gute Gründe für Lahmeier, sich trotz ihrer hinreißend lieb guckenden Augen und ihrer äußerst überzeugenden Selbstdarstellung ein wenig von ihr fernzuhalten.

Als sich Walter Winkler zu ihr und dem Indianer gesellt, ist die Wiebke fast wieder ganz die alte. Während der Blick des Bundeskanzlers, der jetzt in einem größeren Kreis mit Henke und anderen wichtigen Persönlichkeiten zusammensteht, auf der Wiebke verweilt, teilt ihm einer in der Runde mit, ja auch Walter Winkler setze sich für bedrohte Völker ein, seit er damals in der Mongolei während eines Drehs entführt worden sei und das Außenministerium ein paar Hunderttausend für seine Freilassung abdrücken musste. Walter Winkler habe aber aus der Not eine Tugend gemacht und sich mit seinen Entführern bestens verstanden, denn er sei ein Mann, der überall gut ankomme. Hinterher habe er den Film über das Bergvolk seiner Entführer sogar zu Ende gedreht, ein breit angelegtes Epos, das im darauf folgenden Jahr den Oscar für die beste ausländische Dokumentation gewonnen habe.

-Ein gutes Beispiel dafür, dass Entwicklungshilfe auch zur Filmförderung beitragen kann, bemerkt der Bundeskanzler reichlich altklug. So spart man Steuergelder.

-Walter Winkler sei jetzt auch UN-Familienbeauftragter, ergänzt der Vorsitzende des Verteidigungsausschusses, der sich die Verleihung des Preises an den umweltbewussten Ausnahmekünstler Josef Blech ebenfalls nicht entgehen lassen will. Während seine Kinder neulich gegen den Klimawandel demonstriert haben, hat er im Katalog von Airbus Defence Industry nach den Panzern mit den niedrigsten Dieselverbrauchswerten gesucht.

-Nachdem er mit mehreren Frauen etliche Kinder gezeugt hat und nun schon das vierte Mal verheiratet ist, kann man Walter Winkler mit Fug und Recht einen Familienexperten nennen, sagt der Präsident der Deutschen Forschungsgemeinschaft mit einigem Humor in der Stimme.

Der verteidigungspolitische Sprecher, den seine erste Frau bei der Scheidung ganz schön über den Tisch gezogen hat, lässt sich davon nicht beirren, sondern meint, in seiner Eigenschaft als Familienbotschafter habe sich Walter Winkler völlig zu recht dafür stark gemacht, dass geschiedene Familienväter ihre gesamten Familienausgaben von der Steuer absetzen können.

Der Bundeskanzler, der immer noch mit seiner ersten Frau verheiratet ist, sieht das kritisch.

-Was würde dann aus unseren Staatseinnahmen, fragt er die Umstehenden, von denen die meisten ganz gut von Steuergeldern leben. Nach der neuesten ihm vorliegenden Schätzung müsse im nächsten Jahr mit Mindereinnahmen von mindestens 10 Milliarden Euro gerechnet werden. Gerade geschiedene Familienväter seien oft gutverdienende Karrieremenschen, die wesentlich zum Steueraufkommen beitrügen.

Auch Humbert sieht das kritisch. Zwar hat er selber eine Reihe von Scheidungen hinter sich und eine ganze Menge Töchter gezeugt, die teilweise selbst schon wieder in Scheidung leben; aber wieso gewisse Leute davon steuerlich profitieren sollten, sieht er nicht ein. Otto Normalverdiener will doch keine x-beliebigen Karrieremenschen subventionieren, nur weil die sich andauernd scheiden lassen, um danach gleich mit der nächsten beziehungsunfähigen aber gebärfreudigen Trulla ins Ehebett zu steigen. Wenn sie weniger Steuern zahlen wollen, sollen sich solche Leute eben in der Schweiz ansiedeln.

Humbert kann sich vorstellen, dass Walter Winkler sehr gut in die Schweiz passen würde. In Lugano, wo Humberts jetzt meist verwaiste Villa stolz auf einem Berghang thront, gibt es eine rege deutsche Kolonie, die schon lange auf dem Sprung ist, zur Mehrheit in der Stadt zu werden. Wo sich bereits seit den Fünfzigerjahren Kunst- und Medienschaffende ansiedeln, weil sie das Geld, was sie mit goldenen Schallplatten verdient haben, nicht an den deutschen Fiskus verlieren wollen, ist für Walter Winkler bestimmt ein Plätzchen frei. Alternativ kommen auch England, Holland, Dänemark, Luxemburg, Österreich und Kanada infrage, die sich mittlerweile ebenfalls als Steueroasen anbieten, aber da ist das Wetter schlechter und es sieht längst nicht so geputzt aus wie im Tessin. Ein Ort mit außerordentlich inspirativer Kraft ist Lugano, und Humbert nimmt sich vor, Walter Winkler bei nächster Gelegenheit dorthin einladen. Er versteht sowieso nicht, warum der Walter nicht schon längst die Kurve gekratzt hat, nachdem er wegen der 'Kloaken' in Düsseldorf so angefeindet worden ist.

So sehr es ihn auch freut, dass sein Unternehmen als Unterstützerin der Hamunami Indianer in aller Munde ist, möchte Humbert an diesem Tag doch etwas anderes vom Bundeskanzler. Um Lahmeiers Stimmung aufzuhellen, die etwas getrübt scheint, weil sich die anmutige Professorin so intensiv mit dem Indianer beschäftigt, lädt Humbert ihn erst mal zum nächsten Martha Spiel in seine VIP-Loge ein. - So, das hat des Kanzlers Laune beträchtlich gebessert, denn dieser fängt ganz fröhlich an, über den letzten Bundesligaspieltag zu parlieren. Humbert kann es sich dann aber doch nicht verkneifen, gleich zur Sache zu kommen. Zu dem Zweck drängt er Lahmeier etwas beiseite, so dass er ihn für sich alleine hat.

-Die Kosten für neue Martha Spieler würden immer mehr überhand nehmen, sagt Humbert zum Bundeskanzler. Mittlerweile beliefen sie sich auf zig Millionen im Jahr, und der Kurti habe für die nächste Saison schon wieder drei neue teure Ballkünstler auf seiner Wunschliste. Daher sei es dringend geboten, die Erbschaftsangelegenheit rechtzeitig zu regeln. Ob Lahmeier sich darum schon gekümmert habe.

Lahmeier vermag keinen Zusammenhang zwischen Humberts Erbe und den Martha Spielern zu erkennen, die in letzter Zeit ohnehin hinter den Erwartungen zurückgeblieben sind. Seines Wissens hat er nie zugesagt, sich um die Humbertsche Erbschaft zu kümmern. Stattdessen erinnert er den Freund an die Geschichte mit dem angeblichen Wundermittel gegen Influenza, wo Humberts Gesundbrunnen AG gegenüber der Bundesregierung kein Deut nachgegeben und mehrere Milliarden eingesackt habe, die jetzt wahrscheinlich einen erklecklichen Teil des Erbes ausmachen und daher nach Lahmeiers Auffassung sehr zu recht der Erbschaftssteuer unterliegen.

-Ein ganz normales Geschäft sei das damals gewesen, murrt Humbert. Pacta servanda sunt. An Verträge müsse sich auch die Regierung halten.

-Ganz normales Geschäft? Ihr habt uns 30 Millionen Dosen von dem Zeugs angedreht und auch dann noch auf Erfüllung des Vertrages bestanden, als wir sie absehbar nicht brauchen würden. Dadurch wäre es fast zu einer Regierungskrise gekommen, und ich habe meinen Gesundheitsminister verloren, einen fähigen Mann, der sich in Gelddingen leider nicht so gut auskannte.

Humbert wird jetzt noch nachträglich von einem Gefühl der Befriedigung erfüllt, das einen Unternehmer automatisch erfasst, wenn er einen guten Profit unter Dach und Fach gebracht hat. Solche Gefühle darf man zwar nicht offen zur Schau stellen, wohl aber gelegentlich in der Erinnerung an jene schönen Tage schwelgen.

Wie da die Telefone gebrummt haben! Und wie auch Humbert selbst manchmal mittelefoniert hat! So fasziniert war er von den fantastischen Gewinnaussichten, obwohl er bereits gar nicht mehr in der Unternehmensverantwortung stand und es auch nicht nötig gewesen wäre, denn seine Truppen haben zu jedem Zeitpunkt äußerst professionell agiert. - Professioneller als die Beamten des Gesundheitsministeriums, muss man sagen.

Sein Freund, der Bundeskanzler, hatte schon immer Angst vor Grippeansteckungen. Ich meine, klar, wenn man tagaus tagein so viele Hände schütteln muss wie Lahmeier, steckt man sich leicht mit Schmierinfektionen an. Wenn wir die Deutschen vor der Grippe schützen, hat der Kanzler damals optimistisch zu seiner Sekretärin gesagt, werden sie uns bestimmt wiederwählen. Gleichzeitig schützen wir auch uns selbst. Ob sie schon einmal etwas von Herdenimmunität gehört habe.

-Ihr habt das Mittel nun einmal geordert, sagt Humbert zum Bundeskanzler. Was kann ich dafür, wenn bei deinen Wählern eine Panik ausbricht, weil sie Angst vor einer Massenepidemie haben. Was kann ich dafür, wenn selbst seriöse Medien solche Ängste schüren. Und was kann ich dafür, wenn ihr den Kopf verliert und 30 Millionen Stück horten wollt.

-Ja, weil die WHO das Mittel für unverzichtbar gegen Grippe erklärt hat. Weil scheinbar unabhängige Experten des dänischen Gesundheitsministeriums und des schwedischen Instituts für Infektionskrankheiten eine entsprechende Studie vorgelegt haben. Hinterher kam heraus, all diese Leute hatten Verbindungen zu deiner Firma. Und eine Werbeagentur war an den Formulierungen der Studie beteiligt. 5 Milliarden Euro Einnahmen allein im ersten Jahr, sage ich nur. Nein also, da kannst du in der Erbschaftsfrage kein Mitleid von mir erwarten.

Humbert sieht ein, dass er an dieser Baustelle im Moment nicht weiterkommt. Er muss warten, bis seine Spielereinkäufe endlich mal wieder ein Spiel gewonnen haben, damit der Bundeskanzler besser drauf ist.

Berenike ist ja verschwunden! fällt ihm plötzlich auf, und alle Alarmglocken fangen an zu schrillen. Wenn die man nicht mit dem Kurti zugange ist. Fußballer mit ihrem erhöhten Testosteronspiegel, und auch Ex-Fußballer, besonders wenn sie früher in der Nationalelf gespielt haben, sind als extrem sexualaktiv bekannt. Er hat den verheirateten Kerl, mit dem er sich sonst eigentlich bestens versteht, schon die ganze Zeit im Fokus, und auch seiner Tochter ist in dieser Hinsicht Einiges zuzutrauen. Die steht auf dem Standpunkt, sie hat alles außer genügend Sex.

Ihr Gatte und Landwirtschaftsminister Piepenkötter ist als Mann bestimmt nicht zu verachten, jedoch meistens mit wichtigen Staatsangelegenheiten beschäftigt. Für Piepenkötter sind Sex und Geschlechtsverkehr Nebendinge, die neben den politischen Hauptdingen normalerweise zurückstehen müssen.

Auch andere Leute haben mitgekriegt, dass Berenike verschwunden ist und sind nicht weniger beunruhigt. Sogar Henke ist es aufgefallen, und mit leisem Bedauern denkt er sich sein Teil.

Eben will sich Humbert auf die Suche nach seiner Tochter machen, da fängt die Preisverleihung an. Hirtl, als der erste Laudator, ist ans Mikrofon getreten und bimmelt mit einer Glocke, um sich Aufmerksamkeit zu verschaffen. Nachdem etwas Ruhe eingekehrt ist, geht er sogleich in medias res.

-Eine Hauptstadt braucht Museen, ruft er den Zuhörern zu, während seine Hände mit dem weichen Stoff seines nagelneuen Seidensakkos spielen. Sie braucht moderne, großzügige und einladende Museen, in denen Kunst fachmännisch und attraktiv ausgestellt werden kann. Wie lange versuche ich das dem Bürgermeister und dem Senat und auch der Bundesregierung beizubringen! Was habe ich nicht alles unternommen ... und mir den Mund fusselig geredet. Ihnen das beizubringen, ist sozusagen der Glaubenskern meiner Existenz.

Eine Hauptstadt braucht unermüdliche Menschen mit kultureller Zivilcourage. Sie braucht Kulturmenschen mit Enthusiasmus, gepaart mit Kunstverstand und dem Bewusstsein, dass Kunst nicht auf Dauer versteckt, sondern der Öffentlichkeit gezeigt und nahe gebracht werden muss.

Wir brauchen die Beteiligung der ganzen Gesellschaft!

Vor allem braucht eine Hauptstadt hochkarätige Künstler, mit deren Werken die Museen und Galerien bestückt werden können. Berlin muss etwas für seine Künstler tun! Künstler können überall heimisch werden und lassen sich gewöhnlich dort nieder, wo die Bedingungen für sie am günstigsten sind. Als Heimstatt ihrer Künstler steht unsere Hauptstadt in einem heftigen internationalen Wettbewerb. Mit Paris, Rom, München und New York steht sie im immerwährenden Konkurrenzkampf um die besten Köpfe, aber auch um die internationalen Touristenströme. Wer will schon in eine Stadt reisen, wenn ihm dort nichts geboten wird. Gut, es gibt das Brandenburger Tor, die Sehenswürdigkeiten und Amüsiermeilen, die Clubs und den Straßenstrich - das alles haben Rom und Paris allerdings auch vorzuweisen.

Doch ich will nicht abschweifen. - Was unserer Hauptstadt besonders fehlt, sind die zeitgenössischen Kunstwerke. Moderne Kunst ist über die Jahre stiefmütterlich vernachlässigt worden. Im Bereich der modernen Kunst gibt es einen enormen Nachholbedarf.

-Blablabla, murmelt Henke. Wann kommst du endlich zum Ende.

Doch es geht weiter und immer weiter mit Hirtls Ansprache. Von empfindsamen Künstlerseelen ist die Rede, und von konservativen Politikern, die sich neuerdings der modernen Kunst geöffnet haben. Von dem Lebensentwurf und der erstaunlichen Vielseitigkeit eines Künstlers namens Josef Blech kommt Hirtl zu den Herausforderungen, die eine Retrospektive Blechscher Werke an einen engagierten Museumsmann stellen. Manch einem Zuhörer schlafen schon die Beine ein, und Lahmeier wirft Henke mehrere verzweifelte, Hilfe heischende Blicke zu.

Da fackelt Henke nicht lange. Er zieht Lahmeier fort aus der Menge. Einfach so. Unerhört ist das eigentlich für einen Bundeskanzler, sich einer solchen Veranstaltung in dieser Weise zu entziehen. Obwohl die Umstehenden komisch gucken, muss Lahmeier leise kichern und folgt dem ihn mitziehenden Henke.

-Er halte es nicht mehr aus, erklärt Henke dem Bundeskanzler. Seine schwache Blase mache ihm zu schaffen.

Ungefragt zieht er Lahmeier weiter in Richtung auf ein paar original japanische Lorbeerbüsche, hinter denen sich die hohe, mehrfach versetzte Sandsteinwand des Kanzleramtes fast so eindrucksvoll erhebt wie die Mauer einer Kathedrale. Denn Henke hat schon vorher die Lage gepeilt und glaubt, dass sich hier unauffällig pinkeln lässt. Henke liebt es, auf öffentlichen Veranstaltungen, und auch auf privaten Feiern, heimlich in die Büsche zu pissen; er ist da wie ein alter Rüde, der nicht anders kann als überall sein Revier zu markieren. Henke pinkelt auf Richtfesten von Heinz genauso gern wie auf der Jubiläumsveranstaltung des Landschaftsverbandes Westfalen-Lippe, und selbst auf den Gartenpartys des OKD würde er sich in dieser Hinsicht wohl keinen Zwang antun.

Lahmeier denkt, dass er eigentlich gar nicht muss, aber Henke, der sein Wasser am liebsten in einer größeren Männergruppe ablässt, stupst den Bundeskanzler an und sagt, das werde ihm bestimmt nicht schaden. So pinkeln sie einträchtig hinter den Lorbeer, während sie über einen von Henkes sexistischen Witzen lachen und sich ihre Strahlen übermütig genau an einem Punkte treffen.

-So, das hast du erledigt, sagt Henke hinterher. Jetzt kannst du viel freier auftreten.

Wie zur Bestätigung stößt Lahmeier ein befreites Grunzen aus. Nachdem er den Hosenlatz ordentlich zugemacht hat, erzählt er Henke von seiner Idee, in Zukunft noch viel mehr Orden und Preise zu verleihen. Mit Orden und Preisen finde man nicht nur im Fernsehen Erwähnung, sondern mache sich auch die Preisträger gewogen. Mit Orden und Preisen könne man eine ganze Herde von Influencern um sich scharen, welche auf viele Jahre zu einem stehe.

Das hat Henke auch schon gehört. Lahmeier ist bekannt dafür, dass er Verdienstkreuze raushaut wie nix. Durchaus sinnvoll ist das, um die eigenen Leute bei Laune zu halten, während die Oppositionsparteien meistens leer ausgehen. Jeder Politikneuling, der seine Karriere eines Tages mit einem anständigen Verdienstkreuz gekrönt sehen möchte, wird sich daher wie von selbst der Lahmeierschen CDU anschließen.

-Fast alle Preisverleihungen ließen sich zur Werbung in eigener Sache nutzen, sagt der Bundeskanzler. Nur beim Kulturpreis des Kanzleramtes gehe er in diesem Jahr vollkommen uneigennützig zuwerke. Einen Josef Blech politisch für sich zu gewinnen, sei ein Ding der absoluten Unmöglichkeit, das müsse jedem, der Preise zu vergeben habe, von vornherein klar sein. Josef Blech werde immer ein unabhängiger Kopf bleiben, mehr noch als Walter Winkler oder auch Kurti Krombholz. Als Regisseurgenie beziehungsweise Spitzenfußballkünstler kämen die Beiden übrigens ebenfalls für den Preis in Frage.

Im Falle von Kurti Krombholz sieht Henke das genauso. Er findet schon lange, dass der Profifußball in der deutschen Kulturpolitik eine viel größere Rolle einnehmen sollte. Nachdem in den Bestsellerlisten seriöser Zeitungen nur noch Grabbeltischkrimis auftauchen und sich Kritiker heutzutage nicht mehr zu schade sind, diesen oder jenen Grabbeltischkrimi mit Kafka oder James Joyce zu vergleichen, wird es höchste Zeit, auch die Fußballkunst zu einem Kulturgut ersten Ranges zu erklären.

Dabei weiß Henke bisher nicht einmal, dass Kurti Krombholz ein weiterer jener Männer ist, denen der Bundeskanzler blind vertraut und die daher zu dessen informellem Beraterstab zählen. Dass der Kurti früher, also lange vor seiner Zeit als Martha-Präsident, wegen Steuerhinterziehung im Knast gesessen hat: geschenkt. Er kam dann sowieso schnell wieder frei, weil die Nation es nicht akzeptieren wollte, dass ein Mann mit derartigen Verdiensten wegen profaner Steuervergehen hinter schwedischen Gardinen landet, während zum

Beispiel die ganzen Dieselautomanagerverbrecher immer noch frei herumlaufen.

Ich meine, da will unsere Nation mal ein paar Euro Steuern sparen, kauft wie verrückt Dieselautos, und gleich kommt der VW-Konzern mit seiner Schummelsoftware um die Ecke. Deswegen fährt ja auch kein deutscher Automanager mehr nach Amerika, weil er Angst hat, drüben sofort verhaftet zu werden, während er es sich hier in seiner Villa am Starnberger See unbehelligt gemütlich machen kann.

Lahmeier hat die berühmten Dribblings von Kurti Krombholz nicht vergessen. Seit Kurti Martha-Präsident ist, sind die beiden sich auch privat nähergekommen - ich sage nur: geteiltes Leid ist halbes Leid, wenn man so viele Niederlagen gemeinsam durchstehen muss. Martha schafft es einfach nicht, Meister zu werden oder wenigstens in die vorderen Ränge der Liga vorzustoßen. Und das, obwohl der Bundeskanzler bei fast jedem Spiel die Daumen drückt und Humbert Unsummen für neue Spieler locker macht. Humbert, der fast durchdreht, wenn er einen Steuerbescheid bekommt und da steht nichts von Erstattung, sondern von ein paar Euro Nachzahlung drin, und der in solchen Fällen gewöhnlich sofort seine Steuerberatungsfirma wechselt, macht es nichts aus, für neue Martha-Spieler, die irgendein überbezahlter Scout im kongolesischen Urwald aufgelesen hat, eine Million in bar als Vorschuss hinzublättern.

Kurti Krombholz kommt als Martha-Präsident ebenfalls nicht zu kurz. Und das ist wahrscheinlich der Grund, warum er Lahmeiers Vorschlag, Kanzleramtsminister zu werden, glatt abgelehnt hat. Kanzleramtsminister verdienen einfach zu wenig, besonders im Vergleich zu Bundesligamanagern. Trotzdem kann sich der Kanzler bei Bedarf jederzeit auf den Kurti verlassen und ihn telefonisch um Rat angehen. Sogar nachts. Fußballer sind ausgeschlafene Typen und klären einen nicht nur darüber auf, was gerade bei der Martha los ist. Unter vier Augen ist Kurti Krombholz jederzeit bereit, Lahmeier kostenlose Tipps zu Problemen der Weltpolitik zu verabreichen, wenn dieser mal wieder nicht weiter weiß, weil der amerikanische Präsident ihm beim G7-Gipfel als letztem die Hand gegeben hat.

Als sie zurückkommen, ist Hirtl endlich fertig mit seiner Rede, doch es gibt noch einen Nachschlag von dem Geschäftsführer des größten deutschen Bankenverbandes. Der Bankenverband hat es sich nicht nehmen lassen, Josefs Preisgeld zu stiften; nicht nur, um den deutschen Steuerzahler zu entlasten, sondern weil sich der Bankenverband schon lange der modernen Kunst verpflichtet fühlt und es ihm schon immer ein Anliegen gewesen ist, progressive junge Künstler zu fördern. Man muss sich nur anschauen, was für hochkarätige, super niveauvolle Kunstwerke im Foyer des Verbandsgebäudes ausgestellt sind.

Der Geschäftsführer, der übrigens nicht nur ein bekennender Kunstsammler sondern auch Miteigentümer einer kleinen feinen Privatbank ist, fängt mit der außerordentlichen Bedeutung dieses überragenden Künstlers an, seines Werkes, seiner kraftvollen, für unser heutiges Leben so aussagekräftigen Skulpturen. Wenn er, als Besitzer einer Privatbank, über die Blechschen Werke nachdenke, bekomme er eine Gänsehaut und ein tiefes Gefühl dafür, wozu Kunst auch heute noch in der Lage sei. Selbst in kritischen Kreditvergabegesprächen würden ihn solche Gefühle zuweilen übermannen. Josef Blech sei ein Leuchtfeuer der Humanität und der Genialität, das angesichts der Beständigkeit von Altreifen auch in 1000 Jahren noch lichterloh brennen werde.

Man nehme etwa die über 100 Einzelwerke umfassende Sequenz betreffs Goethe und Christiane Vulpius. Goethesex in allen Stellungen, aus allen Perspektiven und in Altreifenoptik. Vielleicht das Unentdeckteste unter Blechs Werken, und eines, bei dessen Betrachtung manches Goethe-Zitat in anderem Lichte erscheine. In Berlin begonnen und dann während eines New York Stipendiums gewissermaßen im Exil vollendet.

Wer einmal Blech sieht, möchte alles von ihm sehen! ruft der Bankenmensch enthusiastisch aus.

Oder, um ein anderes Beispiel aus dem riesigen Fundus Blechschen Schaffens herauszugreifen, ein Beispiel, das für viele steht: die Homer-Reihe. Eine verrückte Idee unseres Preisträgers, die bekannteste Geschichte der Welt anhand von Altreifenskulpturen noch einmal neu zu erzählen. Günter Grass hat es schon einmal versucht, in einem monumentalen, später von Walter Winkler verfilmten Literaturwälzer. Hier wird es angereichert mit etwas, das nur die darstellende Kunst einer solchen Geschichte hinzuzufügen vermag. Und als wäre das Werk nicht schon riesig genug, hat nun ein bekannter Kunstverlag alle Plastiken abgebildet und mit Kommentaren und Hintergrundinformationen versehen, die die Geschichte des trojanischen Krieges visuell ganz neu heraufbeschwören. Über 1000 Seiten hat allein die Buchveröffentlichung, die Fotos in ultrafeiner Auflösung. Replikatoren stehen Schlange, wie man hört, um das Werk in kleinerem Maßstab nachzubilden, damit jeder, der es für richtig hält, den homerischen Blech in seinem Wohnzimmer aufstellen kann.

Da ihm solche Reden wenig sagen und er die meisten Leute hier leider nicht kennt, tigert Henke unruhig auf dem hinteren Teil der Rasenfläche umher. Alles neu und piekfein hier, das muss man sagen. Ein bisschen so, wie das neue Mindener Kreishaus. Die Mindener haben sich ganz schön was gegönnt, nachdem sie sich Lübbecke einverleibt hatten.

Eine Blondine, die ein bisschen aussieht wie Piepenkötters Ehefrau, nur etwas draller gebaut und mit stumpfen Gesichtszügen, macht sich an Henke heran. Sie steht schon die ganze Zeit weiter hinten, und ihr hat es imponiert, wie Henke mit dem Bundeskanzler pinkeln gegangen ist. Henke sieht gleich, dass es eine Tochter von Humbert sein könnte.

-Ob sie eine Schwester Berenike Piepenkötters sei, fragt er sie direkt.

-Nicht nur Schwester, sondern sogar Zwillingsschwester, lacht sie ihn an und zeigt ihre strahlend weißen Zähne. Ich bin die Drusilla.

Drusilla und Berenike, diese Namen habe sich die Mutter der Zwillinge ausgedacht. Humbert hätten eher klassische deutsche Namen vorgeschwebt wie Berta oder Tusnelda. Er habe sich aber nicht durchsetzen können.

-Seine Tante heiße Tusnelda, sagt Henke zu Drusilla, und damit ist das Eis zwischen ihnen gebrochen.

Henke und Drusilla stecken die Köpfe zusammen, ein bisschen so, wie vorhin die Berenike mit Kurti Krombholz, während der Bankenpräsident beziehungsweise Geschäftsführer die Biografie von Josef Blech herunterleiert. Dann stellt sich noch heraus, die Drusilla ist ein totaler Fußballfan und damit unter Frauen eine Seltenheit.

-Ich sage dir gleich, Martha gewinnt am Wochenende, behauptet sie keck.

Henke widerspricht ihr energisch.

-Du kannst es dir live angucken, wenn du mit in unsere Promibox kommst; bist herzlich eingeladen, sagt Drusilla weich.

-Viele, viele Preise und Ehrungen hat unser Josef bereits gewonnen, ruft inzwischen der Geschäftsführer. Den Exxon&Shell Kulturpreis hat er abgelehnt, nicht jedoch den Preis der Stadt Rheda-Wiedenbrück für Bildende Kunst, das Große Ehrenzeichen für Verdienste um die Berliner Bevölkerung, die Ehrendoktorwürde der University of Art and Design Helsinki noch auch die Verdienstmedaille des Landes Baden-Württemberg. Josef Blech ist Mitglied der Nordrhein-Westfälischen sowie der Bayerischen Akademie der Künste und Knight Bachelor of the British Empire. Er hat den Ehrenpreis der Europäischen Kulturstiftung, den Oskar-Kokoschka-Preis für sein künstlerisches Gesamtwerk, den Turner Prize London, den Kütenbrink Preis für Exorbitalskulpturen, das Praemium Continentale, das Goldene Nilpferd von Hagenbecks Tierpark, das Bundesverdienstkreuz 1. Klasse, den Großen Preis der Stadtsparkassen-Kulturstiftung und den Deutschen Kritikerpreis für den Bereich Skulpturen erhalten. Wenn es einen Nobelpreis für bildende Künstler gäbe, Josef Blech hätte ihn sicher - das hat mir ein Mitglied des Nobelkomitees nach einigen Gläsern Rotwein beim traditionellen Stockholmer Reichstagsdiner ausdrücklich bestätigt.

-Überall hat unser Josef ausgestellt. In allen maßgeblichen Museen der Welt ist er zuhause, und hat mit seinem Schaffen einen nachhaltigen Eindruck hinterlassen. Im Frankfurter Städelgarten genauso wie in der Hamburger Kunsthalle, der Nationalgalerie Berlin, im Hirshhorn Museum Washington, der Saatchi Gallery, im Kurhaus Kleve, der John Berggruen Gallery in San Francisco, der Kunsthalle Bern, im Brooklyn Museum, in der Tate Gallery, im Ernst-Barlach-Haus und last not least mit Mimi Mükälö in der Galerie Dum-Dum zu Kassel.

Der Geschäftsführer ist jetzt etwas außer Atem und muss ein paar Sekunden verschnaufen.

-Nun also der erst vor 3 Jahren geschaffene Kulturpreis des Kanzleramtes, kurz K-Ka, fährt er etwas leiser fort. Hier verweise er auf den Preisträger vom Vorjahr: ein bekannter Schauspieler, Schriftsteller und Liedermacher, ein Tausendsassa der Nachkriegskultur, den es im Alter zu Malerei und bildender Kunst getrieben habe. Diese sei der Schriftstellerei in mancher Hinsicht durchaus überlegen. Wenn man sich allein die Unsummen ansehe, die in diesem Bereich umgesetzt würden, könne man ermessen, welch hohe Bedeutung die bildende Kunst für viele Menschen im Lande habe. Das sei wohl auch dem Schriftsteller bewusst geworden, der es satt gehabt habe, seine hoch anspruchsvollen Kriminalromane als Taschenbücher in Billigbuchläden verramscht zu sehen.

Jeder unter den Zuhörern weiß, dass es sich bei den Pinseleien des Schriftstellers um wenig anspruchsvolle Landschaftsmalerei handelt, die aber wegen seines Promistatus hoch gehandelt werden. Weil er so tatterig war, konnte er letztes Jahr schon nicht zur Preisverleihung erscheinen. Dann hat sich herausgestellt, eine seiner Nichten hat dem Schriftsteller viele Bilder zum Signieren nur untergeschoben, weil dieser kaum noch den Pinsel zu halten vermag. Das alles nur, damit sie mit den Nachdrucken in limitierter Ausgabe ein paar hunderttausend Euro extra einstreichen konnte. Dabei hat der Mann schon als nebenbei Liedermacher und Hollywood-Drehbuchautor nicht schlecht verdient und seinen Erben sicher einiges hinterlassen.

Natürlich weiß auch jeder, dass sich mit den Blechschen Werken noch ganz andere Umsätze erzielen lassen. Besonders der Banker weiß es, hat doch seine Privatbank dem Künstler in den letzten Monaten viele Millionen für dessen schwunghaften Kunsthandel zur Verfügung gestellt. Was nicht jeder weiß - und auch der Bankier weiß es im Moment noch nicht, sonst hätte er auf seinen glühenden Vortrag vielleicht verzichtet - dass Josef Blech kurz vor der Pleite und mit einem Fuß im Gefängnis steht, weil die von ihm gehandelten Bilder großteils Imitate und Fälschungen sind.

Nun bittet man den Künstler nach oben, um ihm den Pokal zu überreichen, eine Miniaturausgabe des Kanzleramtes, über welcher die 9 Musen anmutig schweben. Langsam schiebt Blech sich auf die Bühne, wobei er mit seinen langen Armen seltsam hektisch herumwedelt. Und dann, noch bevor er den Preis entgegennehmen kann, bricht er dort oben bewusstlos zusammen.

Im Publikum macht sich Entsetzen breit. Sanitäter eilen herbei, um sich des Künstlers anzunehmen. Während sie ihn mit Sauerstoff versorgen, wird unten eifrig getuschelt. Einige meinen, das kann nur von den giftigen Gummiabgasen kommen. Die ihn näher kennen, denken natürlich, das wird wohl am vielen Koksen liegen. Wahrscheinlich hat er außerdem seit Tagen nichts gegessen, und ihm ist deswegen schlecht geworden. Jemand, der nur für seine Kunst lebt, vernachlässigt oft seinen Körper, das weiß doch jeder Kunstliebhaber. Weil kreative Leute nun einmal weniger auf sich achten als normale Sterbliche.

-Wie neulich Noltenstihl, muss der Kanzler unwillkürlich denken.

Der Leiter der Werbeagentur, der die CDU aus ihrem Umfragetief herausholen soll, ist auch so eine sensible Persönlichkeit, die jeden Moment das Hyperventilieren anfangen kann. Ein Menschenschlag, den man in der Politik, wo zum Überleben eine robuste Pferdenatur unerlässlich ist, nur selten antrifft. Das einzige, was Noltenstihl mit einem Pferd gemeinsam hat, ist sein langer Pferdeschwanz. Ansonsten, wie gesagt, eine äußerst filigrane Libellenpersönlichkeit.

Tatsächlich werden sie im Krankenhaus, wohin Josef Blech auf dem schnellsten Weg verbracht wird, feststellen, dass er relativ drogenfrei ist, dass es sich demnach wohl um eine Belastungsstörung handelt, die ihn umgeworfen hat, und, wie er dem Chefarzt gesteht, schlicht und ergreifend um Geld- und Zukunftssorgen.

Kurz nachdem die Sanitäter ihren Patienten auf der vorbereiteten Trage nach draußen bugsiert haben und mit dem Notarztwagen davongefahren sind und sich die Leute gerade ein bisschen beruhigt haben, erschallt ein lauter Knall aus dem Inneren des Kanzleramtes, und dann noch einer. Und noch einer. Eine ganze Salve wird abgefeuert, wie von einem Automatikgewehr.

Ein angstvolles Raunen geht durch die Menge. Was ist das jetzt wieder? Ein terroristischer Angriff? Niemand verschwendet jetzt noch einen Gedanken an Josef Blech. Alle sind damit beschäftigt, ihr eigenes Leben zu retten. Einige verkriechen sich unter Tischen und Stühlen, andere versuchen, sich hinter dem Podium in Sicherheit zu bringen. Die Meisten drängen Richtung Ausgang. Der Bundeskanzler ist handlungsunfähig, weniger vor Schreck, sondern weil er ganz von Leibwächtern mit entsicherten Waffen umzingelt ist. Als eine weitere Salve ertönt, bringen ihn seine Leibwächter zu Fall und werfen sich über ihn, um ihn mit ihren Körpern zu schützen.

Nur Einer behält in dem Tohuwabohu aus umgestürzten Stühlen und herunterhängenden Festtagswimpeln die Nerven. Das wird wohl an dem Cognac liegen, auf dessen Rückgabe dieser Eine gegenüber dem Bundeskanzler dann doch bestanden hat. Mit Nerven wie Stahl spaziert Henke spornstreichs in die Richtung, aus welcher die Schüsse gekommen sind. Bestimmt hat der Bundeskanzler seinen Waffenschrank offen gelassen, und Henke hat auch so eine Ahnung, wer sich daraus bedient haben könnte.

Unterwegs begegnen ihm die Berenike und ihr Kurti. Klar, auch ein noch so guter Kopfballkicker zieht den Kopf ein, wenn ihm Bleikugeln um die Ohren pfeifen. Und wo sie sich eben noch wunderbar hart angefühlt haben müssen, sind Berenikes Nippel unter ihrem dünnen T-Shirt jetzt kaum noch wahrzunehmen.

Irgendwo in den persönlichen Zimmerfluchten des Kanzlers findet Henke schließlich Piepenkötter, verstört, in sich zusammengesunken, mit einer schweren Kriegswaffe auf den Knien. Piepenkötter war so wütend auf seine Frau, dass er direkt in die Waffenkammer gestürmt ist und sich des AKS-74X Sturmgewehrs bemächtigt hat. Bis er die treulose Tomate mit ihrem Lover aufgespürt hat, ist ihm allerdings klargeworden, dass er gerade den schwersten Fehler seines Lebens begeht. Er hat dann gar nicht erst auf das eng umschlungene Pärchen angelegt, sondern seiner Wut dadurch Ausdruck verliehen, dass er ein paarmal volles Rohr gegen die Betonwände geballert hat. Jetzt sitzt er als ein Häufchen Elend auf dem Kanzlersofa und weiß nicht, wie er aus dem Schlamassel wieder herauskommt.

Henke geht direkt auf Piepenkötter zu, entwindet ihm die Knarre und versteckt sie nicht ganz mühelos unter Lahmeiers Lieblingssofaplatz, wo sie die Putzfrau morgen finden wird. Dann setzt er sich zu dem verzweifelten Minister und redet ihm gut zu, nicht anders als er den Besoffenen beim Blasheimer Markt zuredet, wenn die eine Wirtshausschlägerei anfangen wollen oder wegen irgendwelcher Finanz- oder Frauenprobleme in Depressionen versinken.

Nachdem er Piepenkötter etwas beruhigt und ihn unter anderem an gemeinsame Bekannte aus Minden erinnert hat, vorrangig an den OKD, dessen vornehme Art immer verhindert habe, dass er in Krisensituationen jemals die Nerven verliere - zum Beispiel damals, als die Lübbecker Sparkasse wegen Heinz' Rohstoffspekulationen in den Konkurs geschliddert sei - und der sich immer daran orientiere, eine einmal erreichte Position zu halten und auszubauen, kommt heraus, dass auch Piepenkötter Frau Doktor Helma Guklucks kennt.

-Selbstverständlich auch den Doktor Hochberg, sagt Piepenkötter stockend, den er für die Nummer 1 von ganz Lübbecke, jetzt Minden-Lübbecke halte. Natürliche Führungspersönlichkeit, da komme selbst der Bundeskanzler nur schwer mit und Holzbrink schon gar nicht. Wie anders hätte sich Doktor Hochberg bei der Mindener SPD, diesem Lotterhaufen, jemals soviel Respekt verschaffen können, dass sie ihn mitgewählt haben? Mich wundert, sagt Piepenkötter, dass Hochberg es nicht nach Berlin, oder wenigstens nach Düsseldorf geschafft hat. Aber das sei eben das Problem der Parteilosen, die sich nicht binden wollten und lieber in fremden Gärten herumstreunten, um das jeweils Beste für ihren Landkreis herauszuholen.

Der Landwirtschaftsminister legt die Hände auf seine Backen und stöhnt verzweifelt auf.

-Wenn ich doch in Diepholz geblieben wäre! bricht es aus ihm hervor. Wenn ich mit Wilfried Peterhänsel tauschen könnte! Landrat in Diepholz. Ein Job, der ihm inzwischen als das wahre Ideal erscheine. Jedenfalls um Längen einfacher als das, was er hier in Berlin auszustehen habe. Sowohl privat als auch die politischen Ränkespiele.

-Landräte, erklärt er Henke, das waren früher in alten Zeiten, also als es noch keine Oberkreisdirektoren gab, die Grafen. Der Graf eines Bezirks war der natürliche Anwärter auf den Landratsposten. In der Kreis-Grafschaft Diepholz als Landrat das Zepter schwingen, eine treusorgende Diepholzer Großbauerntochter ehelichen, ein Dutzend Kinder zeugen, die in der Diepholzer Landluft aufwachsen und gedeihen würden, anstatt sich im Berliner Intrigantenstadel zu verschleißen und gegen internationale Fußballerschwergewichte behaupten zu müssen. - Denn nicht wahr, Kurti Krombholz habe ganz schön zugelegt, seit er den Fußball an den Nagel gehängt, und es sei schwer zu verstehen, was die Berenike eigentlich an ihm finde.

Henke sagt darauf vorsichtshalber nichts. Piepenkötter muss ja nicht wissen, was für einen schweren Stand er, Henke, bei Doktor Hochberg hat - obschon er diesem immer uneingeschränkten Respekt und jede Art von Loyalität zollt.

Piepenkötter lobt auch Doktor Helma Guklucks. Er kommt richtig ins Schwärmen und scheint seine Gattin und alle mörderischen und selbstmörderischen Absichten momentan vollkommen vergessen zu haben. Wen interessiert schon eine betrügerische Ehefrau, wenn man sich in Gedanken an Tante Helma wärmen kann.

-Ja, sie sei seine Patentante. Zuweilen etwas verschroben mit ihren biodynamischen Anwandlungen, so dass man sie der Diepholz'schen Landjugend gewiss nicht präsentieren könne. Die Diepholzer Landjugend halte Round-Up Glyphosat noch immer für absolut unbedenklich, weil der Bauernverband dies einmal vor Urzeiten in seinem Verbandsmagazin eindeutig bewiesen und bisher nicht zurückgenommen habe. Alle Leute, die über den Bauernverband meckerten, könnten doch wenigstens froh sein, dass heutzutage viel weniger Insekten auf ihrer Windschutzscheibe kleben blieben als früher. Und das CO_2 Problem erledige sich sowieso von selbst, weil man in Zukunft wegen der Erderwärmung viel weniger heizen müsse.

Piepenkötters Augen bekommen einen ganz warmen Glanz.

-Dafür sei die Helma eine so lebendige Persönlichkeit, die man einfach gern haben müsse.

-Oha, denkt Henke. Dass ich nichts Falsches sage. Nachher kennt der noch Püffkemeier.

Henke weiß, die Püffkemeiers planen mit der Doktorin eine Ferienreise. Eine Bildungsreise, um genau zu sein. Gut, das geht Henke ziemlich am Arsch vorbei. Zu Bildungsreisen hat er keinerlei Beziehung. Er hat mal mit Anneliese eine Bildungsreise durch Russland machen müssen, wo sie tagsüber eine orthodoxe Kirche nach der anderen abgeklappert haben und nachts, um Hotelkosten zu sparen, wie die Sardinen in kleine Schubladen unter dem Bus zusammengefaltet worden sind. Weil dadurch weniger Gepäckraum zur Verfügung stand, durfte jeder nur eine kleine Reisetasche mit nach Russland nehmen. Nicht noch einmal, kann Henke nur sagen. Sowas mag für die vielen Witwen von Interesse sein, die dabeigewesen sind und alle mindestens schon 3 Ehemänner verschlissen und damit ihre Nehmerqualitäten bewiesen hatten, aber nicht für einen wie ihn, der sich am liebsten zuhause auf dem Sofa mit zwei, drei Gläschen Cognac in den Schlaf wiegt, bevor es wagt, bei Anneliese im Schlafzimmer aufzukreuzen. Nein, diese Witwen sind unzerstörbare Fregatten, die es ohne weiteres auch zum Nordpol oder zum Mond schaffen würden, und wahrscheinlich den entsprechenden Flug bei SpaceX schon gebucht haben, das heißt, falls der Ehemann genug Geld hinterlassen hat. Auf der Russlandreise haben die Witwen jedenfalls keine Anstrengung ausgelassen. Keine Ruine war verfallen genug, keine Höhle zu finster, um die Witwen nicht zu einer Besichtigungstour zu reizen, während es selbst Anneliese dann doch zuviel wurde und sie auf weitere Reisen dieser Art fürderhin verzichtet hat. In voller Übereinstimmung mit Henke, muss man sagen.

Nicht zum ersten Mal wird Henke klar, wie gut er es mit seiner Anneliese getroffen hat und auf welch dünnem Eis man sich andererseits in einer Politikerstadt wie Berlin bewegt. Das ist hier schlimmer als mit den Hochbergs zu verkehren, wo man auch immer mächtig aufpassen muss, was man von sich gibt. Als Mann der direkten Ansprache, der sich nicht scheut, mit drastischen Worten darauf hinzuweisen, wenn ihm zum Beispiel ein Cognac nicht schmeckt, hat sich Henke beim OKD und auch bei Bürgermeister Püffkemeier wiederholt und nachhaltig unbeliebt gemacht.

Obwohl er plötzlich eine gewissermaßen verwandtschaftliche Verbindung zu dem Minister verspürt, der ja aus derselben norddeutschen Tiefebene stammt wie er, will Henke den Namen Grotendiek jetzt um keinen Preis fallen lassen. Er lässt ihn dann aber doch fallen, weil er ihm allzu sehr auf die Lippen drängt, denn man kann eine Persönlichkeit wie den Professor nun einmal nicht einfach so weglassen. Doch dann stellt sich heraus, von Professor Grotendiek hat Piepenkötter noch nie gehört und von dessen Raumordnungsgutachten glücklicherweise auch nicht. Klar eigentlich, weil Grotendiek orientiert sich mehr nach Düsseldorf statt nach Berlin oder Hannover.

Grotendiek ist auch nicht wie Piepenkötter führendes Mitglied im Allgemeinen Deutschen Jagdhundeverein oder im Bauernverband. Das Thema Landwirtschaft interessiert Professor Grotendiek bestenfalls aus raumordnungspolitischer oder kanalwissenschaftlicher Perspektive.

Plötzlich stürzt Lahmeier, der sich endlich von den Leibwächtern hat freimachen können, in sein Büro. Nachdem er kurz die Lage gepeilt hat, befiehlt er den Leibwächtern, die Türen zu sichern. Ihm ist auf einen Blick klar geworden, dass es hier in erster Linie darum geht, den Ball flach zu halten, damit die heranbrausenden Wellen des Enthüllungsjournalismus ihn nicht verschlingen werden.

Gleichzeitig tritt eine ziemlich vornehme Erscheinung aus dem Abstellraum hinter der Einbauküche, wo sie sich während der Schießerei zwischen Wildbret und Trophäen versteckt gehalten hat, und streicht ihre Röcke glatt. Es ist Lahmeiers Büroleiterin. Sie hat die Stimme ihres Herrn gehört.

Flottes Kostüm, findet Henke. Betont dezent den Allerwertesten. Anscheinend hat es nichts abbekommen und sieht tip-top gepflegt aus. Junge, was hat die Dame sich in Schale geschmissen. Ansonsten ist sie leider auch schon ein etwas älteres Semester. Schwer zu verstehen, warum sich der Bundeskanzler keine Jüngere ins Vorzimmer holt. Das Gesicht zu herbe für Henkes Geschmack. Ü40 eben. Bei vielen Frauen geht es ja schon mit 35 los, dass die Züge ein bisschen entgleisen und man nicht mehr so auf sie anspringt.

Alle haben sich nach dem Schreck erstaunlich schnell gefangen, und auch Piepenkötter guckt nicht mehr ganz so giftig aus der Wäsche. Das sind eben die besonderen Qualitäten, die du als Teil einer Regierungsmannschaft brauchst. Du musst sofort aufstehen können, wenn du hingefallen bist, und gleich wieder den Minister mimen. Das ist wie beim Fußball. Wenn du nicht sofort richtig reagierst, fängst du dir gleich noch ein zweites Tor ein. Oder sogar 7, wie damals die Brasilianer, als sie gegen den Jogi verloren haben.

Hingefallen ist Lahmeier definitiv, im wörtlichen Sinne, als die Leibwächter ihn vor den Kugeln in Sicherheit bringen wollten, und hat jetzt ein weh tuendes Knie. Wenigstens ist nichts aufgeschürft, und auch der Hose sieht man den Notfalleinsatz kaum an.

Piepenkötter ist zwar nicht hingefallen, sondern hat sich mit der Ballerei psychisch etwas Luft verschafft, wird aber am Verhalten seiner Frau sicherlich noch zu knabbern haben. Die soll er einfach mal übers Knie legen, denkt Henke und beschließt, dem Landwirtschaftsminister bei Gelegenheit einen Tipp zu geben. Nachdem Frau Piepenkötter nicht halb so schwer wie Anneliese ist, sollte das kein Problem sein, und ist vielleicht die einzige Methode, mit verzogenen, sexhungrigen Millionärstöchtern fertig zu werden. Weil sowas sind die nicht gewohnt, dass die mal eine starke Hand zu spüren kriegen.

Plötzlich wird Henke bewusst, dass auch er die Berenike gern mal übers Knie legen würde, und er lächelt Piepenkötter an. Dieser lächelt dankbar zurück.

-Er gehe davon aus, die ganze heutige pannenreiche Veranstaltung könne der Presse als Kette von Unfällen verkauft werden, verkündet Lahmeier optimistisch. Oder als fehlgeleitete Schießsportübung. Einzelheiten habe ja sonst niemand mitgekriegt.

Im Gegensatz zu seinen Vorgängern verfügt der Bundeskanzler über das beste Verhältnis zu allen Presseorganen, auch zu solchen, die der CDU vormals kritisch, um nicht zu sagen feindlich, gegenüber standen. - Die werden nichts bringen, was dem Ansehen des Kanzleramtes schaden könnte, davon ist er überzeugt.

-Jetzt machen wir erst mal eine Besprechung; damit bekommt unsere kleine Zusammenkunft einen offiziellen Anstrich. Wir müssen ohnehin noch ein paar strittige Punkte klären, sagt er zu Piepenkötter, ganz so, als wäre gar nichts gewesen.

Piepenkötter drückt das Kreuz gerade. Er weiß sofort, es geht wieder um Lahmeiers Lieblingsanliegen.

Henke solle sich dazu setzen, bedeutet ihm der Bundeskanzler und stellt ihn gleich als seine neue Beratungskraft vor.

-Aber erst mal schön still sein, noch bist du in der Einarbeitungs- und Bewährungsphase, sagt er zu Henke.

Gut, Stillsein ist etwas, was Henke so gar nicht kann. Schon in der Schule hat er seine Lehrer nicht ausreden lassen, sondern lieber selbst geschwatzt. Zum Dank haben sie ihn nicht auf das Lübbecker Wittekind-Gymnasium gelassen, obwohl er es von der reinen Intelligenz her sicher gepackt hätte. Ich meine, Wittekind ist vermutlich auch nicht eben eine Leuchte gewesen, sonst hätte er sich nicht mit Karl dem Großen angelegt. Die eine Lehrerin hat allerdings damals in der Sprechstunde boshaft zu Henkes Vater gesagt, sein Sohn verstecke die angeblich ererbte hohe Intelligenz erstaunlich gut.

Nachdem ihn Lahmeier vorgestellt hat, wird Henke von Ingeborg neugierig beäugt. Sie sieht ein bisschen überrascht aus. Dabei müsste sie Lahmeier eigentlich kennen, hat sie doch selbst als nur Sekretärin angefangen und ist inzwischen Abteilungsleiterin im Range einer Ministerialdirigentin und als solche bei allen spontanen Sitzungen des Lahmeierschen Küchenkabinetts anwesend.

Im Berufsleben ist es ja allenthalben so, dass ein guter Berufsabschluss nicht einmal die halbe Miete ausmacht, sondern auf die Leistung kommt es an, wie die FDP wiederholt schon festgestellt hat. Besonders der eine frühere FDP-Minister, der bei Fachreferaten immer mit offenen Augen eingeschlafen ist und vom Bundeskanzler dafür noch heute schwärmerisch bewundert wird, hat darauf vor jeder wichtigen Wahl herumgeritten.

Wegen der Leistungen, die sie seit Jahren für Lahmeier erbringt, findet Ingeborg, dass bei ihr karrieremäßig durchaus noch Luft nach oben ist. Der Kanzler vertraut ihr blind. Teilweise ist es fast so, als könne sie im Voraus seine Gedanken lesen.

Vorgestern hat sie Henke für einen von Lahmeiers niederen Parteifreunden gehalten, den sie nie wiedersehen wird. Nun fragt sie sich natürlich, was für eine Art Berater Henke wohl ist. Sie will sich aber keine Blöße geben. - Was sollte Lahmeier ihr auch antworten? Typberater? Wahlkampfberater? Cognacberater?

-Sehr erfreut, sagt Henke zu der Sekretärin.

Und dann kommt es, wie es kommen muss; er kann den Impuls einfach nicht unterdrücken:

-Du bist also die Inge-BORG. Inge-BORG aus Lüne-BORG, setzt er singend hinzu.

Sie nimmt es gelassen. Gelassenheit ist ihr Geheimnis. Von Lahmeiers Kumpels ist sie einige Schoten gewohnt, und weiß schon, der Bundeskanzler fühlt sich unter dieser Art Menschen am wohlsten. Ein bisschen sauigeln unter Freunden, das scheint ihn zu entspannen, nachdem er in der Öffentlichkeit immer den honorigen Generalkonsul vorkehren muss.

Darum ist Lahmeier auch ein Freund des Karnevals und schon zweimal mit dem nationalen Jeckenorden ausgezeichnet worden. Auf Fastnachtsitzungen oder in feuchtfröhlicher Runde am Schifferklavier fühlt sich unser Bundeskanzler am wohlsten, fast so wohl, wie wenn er auf Parteitagen mit 98% als Parteivorsitzender wiedergewählt wird. Besonders, wenn die Leute schwofen, grölen, auf die Tische steigen. Weil er im Grunde seines Wesens eine Frohnatur ist und die täglichen Schlechtigkeiten der Weltpolitik nie sehr nahe an sich herankommen lässt.

Leider hat er viel zu wenig Zeit für solche Art der Entspannung. Selbst das Waidmannsheil wird ihm neuerdings immer schwerer gemacht. Trübsinnig blickt Lahmeier aus dem Panoramafenster auf die Spree, und die andern lassen ihn erstmal zufrieden.

-Was denn mit der Trossbach sei, sagt er dann. Die müsse endlich die Genehmigung verlängern. 40 Jahre sei dort erfolgreich gejagt worden, und jetzt solle alles anders sein?

-Die Trossbach ist nicht das Problem, sagt Piepenkötter sofort. Die ist kooperativ, sonst ist sie die längste Zeit Vorstand der Bundesforstverwaltung gewesen. Das weiß die auch. - Formaljuristisch haben wir ebenfalls gute Karten. Schließlich gehört der Forst nicht zum Nationalpark, sondern ist als staatseigene land- und forstwirtschaftliche Immobilie ausgewiesen. Also darfst du dort auch alles jagen. Wenn nicht du als Bundeskanzler, wer dann?

-Was denn also das Problem sei, fragt der Bundeskanzler hoffnungsvoll.

Hier weiß Ingeborg Bescheid:

-Greenwatch sagt, das Land grenzt unmittelbar an den Nationalpark und soll endlich dazugeschlagen werden. - Ich lese euch mal vor, was die in der Verbandszeitschrift schreiben.

Sie hat diese Unterlagen immer griffbereit und kennt sich in der Causa offenkundig sehr gut aus. Wahrscheinlich würde sie einen ebenso guten Landwirtschaftsminister abgeben, falls Piepi wegen seiner aktuellen Entgleisung demnächst zurücktreten muss. Fragt sich nur, was der Bauernverband zu einem weiblichen Bauernminister sagen würde. Lahmeier glaubt ehrlich gesagt nicht, dass der Bauernverband schon so weit ist, mit einem weiblichen Minister kungeln zu wollen.

-Also nein, hör auf, sagt er zu seiner Ingeborg. Ich dachte, mit Greenwatch hätten wir Frieden geschlossen. - Hast du nicht gute Kontakte zu Aussath? wendet er sich an Piepenkötter. Ruf ihn mal an.

-Grundsätzlich ja, sagt der Minister. Wir haben ihn extra zum Professor h.c. gemacht. Die renommierteste Landwirtschaftliche Hochschule der Welt. Die waren sofort begeistert, als ich das vorschlug. Wahrscheinlich hatten sie das selbst schon überlegt, weil eine Landwirtschaftliche Hochschule an den Naturschützern heutzutage nicht mehr vorbeikommt. Wo früher ausprobiert wurde, welche Pestizide am schlagkräftigsten sind, geht es heute mehr um weiche Faktoren wie die richtige Pressearbeit und so was.

-Weiche Faktoren sind mir egal, sagt Lahmeier ungeduldig. Ruf ihn einfach an.

Piepenkötter windet sich. Er weiß, der Nationalpark ist für Greenwatch ein ganz sensibles Thema, und er möchte sich in dieser Frage ungern aus dem Fenster lehnen.

-Okay, ICH rufe ihn an, sagt der Bundeskanzler energisch. Wir laden ihn zu einem Spitzengespräch über Elektroautos ein, und die Tagesthemen dürfen exklusiv berichten. Das wird ihm schmeicheln und für uns einnehmen.

-Der wird trotzdem hart bleiben, meint Ingeborg. Hier, in der Zeitschrift steht, der Park sei eine weltweit einzigartige Drehscheibe des Vogelzugs.

-Ja, darum kann man sie dort so gut schießen, sagt der Bundeskanzler mit bemerkenswert praktischem Hausverstand. Soll ich etwa da jagen, wo es gar keine Vögel gibt?

-Sie schreiben, es werden nicht nur Hunderte von Zugvögeln geschossen, sondern auch tausende beunruhigt und vertrieben, sagt Piepenkötter.

Er hat sich der Zeitschrift bemächtigt und sieht ebenfalls ziemlich beunruhigt aus.

-Daher müssten die Staatsflächen dringend der Parkverwaltung unterstellt werden. - Steht alles in der Zeitschrift, fügt er hinzu, als der Bundeskanzler ihn komisch anguckt. - Ich überlege halt, welche Optionen wir haben, wenn durch die Hauptstadtpresse geht, dass du da weiterhin jagen willst.

Der Bundeskanzler guckt immer noch ganz komisch.

-Es ist zum Verrücktwerden mit den Umweltschützern, bricht es dann aus ihm heraus. Was soll ich denn machen. Ich bin ein vielbeschäftigter Mann. Soll ich von Sylt aus jedesmal nach Polen fliegen, nur um ein paar Schnepfen zu schießen.

Ganz bedrückt guckt unser Bundeskanzler. Wenn Henke mit ihm allein wäre, würde er ihn nun ein bisschen knuddeln und ihm zur Beruhigung einen ordentlichen Schluck Cognac kredenzen.

Es ist Ingeborg, die den Knoten schließlich löst. Sie habe heute Mittag mit den Bundesforsten telefoniert, sagt sie ganz gelassen. Gemeinsam hätten sie eine Verteidigungslinie entwickelt. Demnach werde die Trossbach noch diese Woche unterschreiben und danach behaupten, sie habe den Jagdvertrag mehr oder weniger irrtümlich noch einmal um 10 Jahre verlängert. Die Trossbach, die übrigens Wert darauf lege, als Doktor Trossbach-Zehner angeredet zu werden, sei in dieser Hinsicht ziemlich kreativ, das habe ich früher schon gemerkt. Du kannst als Bundeskanzler also ruhig sagen, dass du für Vogelschutz bist und das Land auch gern dem Nationalpark zuschlagen würdest. Nur wegen der irrtümlich geleisteten Unterschrift wird das eben erst in 10 Jahren möglich sein. Damit ersparst du dir auch das Spitzengespräch mit Aussath.

-Warum sagst du das nicht gleich? - Ingeborg, du bist die Größte; du - bist - ge - ni - al, deklamiert Lahmeier und drückt ihr das Knie.

Ihm fällt ein Stein vom Herzen. Was glaubt ihr, was ihn das Thema beschäftigt hat! Mehr als ein Treffen mit dem amerikanischen Präsidenten, behaupte ich mal. Obwohl dieser den Bundeskanzler nicht leiden kann, nach allem, was man so hört, und Deutschland ständig Knüppel zwischen die Beine wirft. Bei Zöllen angefangen, um nur ein Stichwort zu geben. Weil er neidisch auf die deutschen Exporterfolge ist. Aber nichts regt Lahmeier mehr auf, als wenn sein liebster Zeitvertreib auf dem Spiel steht.

Henke, der Frauen in der Politik sonst sehr kritisch gegenübersteht, weil er bei dem Thema immer an Hillary Clinton oder Angela Merkel denken muss, nickt voller Anerkennung. Ja, so wird man mit den Umweltschützern fertig. Das hätte sich in Lübbecke niemand besser ausdenken können, der OKD nicht, der mit seiner vornehmen Art die Grünen jahrelang für sich eingenommen hat, dass die ihn immer mitgewählt haben, und auch Heinz nicht, der es mit Hilfe des OKD immer wieder geschafft hat, Auflagen zu umgehen, wenn er einen Neubau im Naturschutzgebiet hochziehen wollte.

Piepenkötter findet, dass sich die Trossbach mit ihrem Schachzug für Höheres empfiehlt. Vorausgesetzt, sie hält die zu erwartende grüne Kritik wegen ihrer Unterschrift aus. Auch für Piepenkötter wäre es ein herber Verlust, wenn er nicht mehr neben dem Nationalpark jagen dürfte, denn er ist ein begeisterter Vogeljäger und hat dort bisher jedes Jahr geschätzt die halbe Vogelpopulation ausgerottet. Mit einer Ladung Schrot in einen Vogelschwarm reinhalten, das ist fast so gut wie ein Cumshot mit Berenike. Oder noch besser, dieweil

Berenike nach dem Sex ganz schön anstrengend sein kann. Neuerdings läuft bei ihnen im Bett sowieso nicht mehr viel; aber auch sonst hatte Piepenkötter schon öfter das Gefühl, dass seine Gattin unter einer Hormonstörung leidet. Zuviel Östrogen, wenn ihr versteht, was ich meine. Vielleicht wird er die Trossbach zur Staatssekretärin machen. Es gibt ja so wenig kompetente Frauen in der Landwirtschaftspolitik. Sicher, die Vogeljagd in Skandinavien hat eine Jahrhunderte lange Tradition, und er wäre andernfalls in das Jagdrevier seines schwedischen Bekannten ausgewichen, wo man noch richtig aus dem Vollen schöpfen kann. Das Revier des Freundes liegt direkt am Ufer des Siljasees. Insgesamt umfasst das Areal etwa 20000 Hektar. Wer wie Piepenkötter die Jagd auf Rauhfußhühner liebt, ist in Schwedens Wäldern bestens aufgehoben.

Als nächstes reden sie über Hirtl. Genauer gesagt geht es um die Frage, wer neuer Kulturstaatssekretär werden soll, und dass Hirtl hier mächtig Druck aufgebaut habe, genau wie übrigens seine schärfste Konkurrentin.

-Der kleine Fixnietl, sagt Lahmeier zärtlich. Soll ja gar kein Doktor sein, habe ich mir sagen lassen. Will aber trotzdem eine von Manwolf ausstechen.

-Wie soll das gehen? fragt Ingeborg. Wir haben feste Quotenvereinbarungen.

Auch der Bundeskanzler schüttelt den Kopf.

-Der kleine dicke Ritter, an den erinnert er mich, sagt Piepenkötter.

Jetzt muss der Bundeskanzler lachen. Bevor aber Schlimmeres passiert, entschließt sich Henke, doch mal den Mund aufzumachen.

-Er kenne Hirtl erst ein paar Tage und wisse nicht viel über ihn. Aber eins sei absolut sicher: Hirtls Loyalität zur CDU und besonders zu Lahmeier. Er, Henke, sei persönlich dabei gewesen, als Hirtl den Bundeskanzler gegenüber Leuten aus der Berliner Kulturszene vehement in Schutz genommen habe.

-Hier sei Hirtl tatsächlich ein Leuchtturm, ein verlässlicher Stützpunkt in Feindesland, der die Kulturpolitik der Regierung entschieden verteidige, muss auch Ingeborg zugeben und spricht damit Lahmeiers eigene Gedanken aus.

-Hirtl sei die bessere Wahl, findet nun auch Piepenkötter. Wir wissen doch alle, was auf uns zukommt, wenn die linke Presse spitzkriegt, dass Karnevalssitzungen vom Etat des Kulturstaatssekretärs bezuschusst werden. Hirtl ist einer, der das absorbieren kann, weil er in der modernen Kunstszene glaubwürdig verankert ist. Und ich meine nicht nur Josef Blech, sondern viele andere heute einflussreiche Kulturleute hat er damals in seinem Moderne-Kunst-Labor gefördert, oder wie der Schuppen hieß, den wir jahrelang subventioniert haben.

Lahmeier blickt wieder aus seiner Fensterfront, und die anderen wissen, sie dürfen ihn dabei nicht stören.

-Gut also, sagt er endlich. Dann ist das entschieden. Aber was machen wir mit der Manwolf? Die wird sich bei der Fraktion beschweren, weil endlich mal wieder eine Ostdeutsche etwas werden soll. Mmh. Die EU-Kommission ist eindeutig eine Nummer zu groß für sie. Außerdem wird da nur das Kommissariat für Abfallwirtschaft frei, nicht für Kultur.

-Abfall, das wäre das richtige für Röttmann, juxt Piepenkötter.

Schallendes Gelächter vom Bundeskanzler.

-Mach sie einfach zur Verfassungsrichterin, rät Ingeborg auf ihre ruhige, aber bestimmte Art. Beim zweiten Senat wird doch demnächst ein Posten frei.

-Das ginge, findet auch Piepenkötter. Immerhin ist sie Einserjuristin; wenngleich sie sich seit Jahren nicht mehr als solche betätigt hat.

-Kulturelle Themen kommen beim Verfassungsgericht immer mal wieder hoch. Und da ist sie Spezialistin, sagt Ingeborg. Für den Bereich Kultur gibt es am Verfassungsgericht sonst niemand. Die ganzen ehemaligen Ministerpräsidenten, die da sitzen, weil sie den Sprung ins Kanzleramt nicht geschafft haben, kennen sich höchstens in Kneipenkultur aus - oder in Fußballkultur, fügt sie abschätzig hinzu.

Zufall oder nicht, jedenfalls hat Henke gerade den Flachmann aus der Tasche gezogen, um ihn unter seinen neuen Freunden herumgehen zu lassen. Aber Ingeborg ist schneller und kassiert die Flasche sofort ein.

-Du weißt, was die Ärzte gesagt haben, bemerkt sie zu Lahmeier.

Henke guckt ein bisschen empört. Daraufhin legt Lahmeier spontan die Hand auf Henkes Arm, blickt ihn warmherzig an, und es fällt ihm wie Schuppen von den Augen, dass hier der nächste Abgeordnete des Wahlkreises Minden-Lübbecke neben ihm sitzt.

-Nichts Hochprozentiges heute, sagt er zu Henke. - Mir fällt aber trotzdem etwas ein, um euch eine Freude zu machen. Wartet mal eben.

Damit verschwindet der Bundeskanzler in Richtung seiner Luxusküche. Mit einem Ächzen wuchtet er kurz darauf eine ganze Kiste Briegelbier in sein Arbeitszimmer und reicht jedem eine Flasche.

-Ein bisschen Spaß muss sein, sagt er mit einem Seitenblick auf Ingeborg. Die Kiste habe ich mir extra kommen lassen.

Henke ist begeistert. Ingeborg guckt ein bisschen verkniffen und weigert sich, das Bier zu probieren, während Piepenkötter bereits an seiner Flasche saugt.

Wenn Lahmeier ganz genau hinschaut, sitzt da sogar jemand, der ministrabel sein könnte. Verwendung hätte man auf jeden Fall für ihn. Im Verteidigungsressort werden ständig neue Minister gesucht. Die meisten halten sich nicht lange, weil das ein derartiges Gestrüpp dort ist. Der gegenwärtige Amtsinhaber hat angekündigt, in die Rüstungsindustrie wechseln zu wollen, weil er dort mehr verdient einerseits und weil er es leid ist, von der Presse wegen der dummen Fehler seiner Generäle und Beschaffungsbeamten angefeindet zu werden. Der Rüstungsindustrie scheint es jedenfalls egal zu sein, dass der Mann weder von Raketentechnik noch von Haushaltsplanung eine Ahnung hat.

Das Problem der Bundeswehr - so Lahmeiers private Meinung, die er freilich nie aussprechen würde, weil er will ja keinen Militärputsch riskieren - besteht darin, dass das Verteidigungsministerium zuviel Geld zum Ausgeben hat, und eigentlich sonst nichts zum Tun. Diese Problematik hat sich noch verstärkt, seit die Amerikaner massive Erhöhungen des Bundeswehretats fordern, weil sie meinen, die Deutschen würden dann mal wieder beim Kriegführen mitspielen. Denn das Warten seit über 50 Jahren auf den Ernstfall, der aber nicht eintritt, und in der Zwischenzeit Milliarden verbraten, kann einen Obersoldaten auf die Dauer nicht ausfüllen. Ein Obersoldat will auch nicht ständig zuviel Alkohol trinken. Und hinterher noch angemeckert werden, weil er es nicht schafft, den kompletten Jahresetat punktgenau bis zum 30. Dezember auszugeben.

Einer wie Henke würde das Problem vermutlich ganz anders angehen. Einen wie Henke kannst du nicht aus der Ruhe bringen. Als Verteidigungsminister hätte der das Geld schon Ende Januar verpulvert und würde dann Nachschlag verlangen, zur Freude der Yankees. Er hätte damit alle Sollbedingungen dieses Amtes hundertprozentig erfüllt. Henke kennt sich mit Raketen zwar auch nicht aus, sondern würde einfach die kaufen, die am meisten Krach machen und viel Rauch und Feuer spucken. Diese würde er dann im Beisein des amerikanischen Präsidenten, der ebenfalls gern Blasmusik hört und Generalskäppies trägt, in der Lüneburger Heide oder auf irgendwelchen anderen Truppenübungsplätzen tonnenweise in die Landschaft feuern und aufpassen müssen, dass nur ja kein Schwelbrand ausbricht wie neulich, als die truppeneigene Feuerwehr leider schon Feierabend hatte. Aber wie gesagt, einen wie Henke kannst du nicht aus der Ruhe bringen. Der würde einfach die 112 anrufen, und schon wäre das Problem Moorbrand gelöst.

-Wie zur Bestätigung dieser Gedanken fängt Henke mit seinen Erfahrungen betreffend des kongolesischen Außenministers an. Wie er den beim Blasheimer Markt eingeführt und dann mit Briegelbier abgefüllt habe. Und wie dadurch die Freundschaft zwischen Lübbecke und dem Kongo gestärkt worden sei. - Zum Dank habe ihn Püffkemeier in puncto 'Dienstreise nach Afrika' übergangen, setzt Henke verdrießlich hinzu.

Schon wieder Püffkemeier, denkt der Bundeskanzler. Das Thema hatten wir doch bereits. Unter dem vernichtenden Blick seiner Sekretärin zieht er sich erst mal die Schuhe aus, und dann auch noch die Socken. Denn seine Plattfüße machen ihm zu schaffen, und wenn man im eigenen Büro seine nackten Füße nicht auf das Sofa legen darf, wo dann?

-Der schlechteste Bürgermeister, den wir je hatten, lässt sich Henke derweil über Püffkemeier aus. SPD natürlich. Püffkemeier kriege nichts gebacken, weil er viel zu viel Rücksicht auf Bedenkenträger nehme, also auf Frauen-, Umwelt- und Datenschutzbeauftragte. Die biologische Kläranlage, die Püffkemeier der Stadt Lübbecke verpasst habe, funktioniere seit Jahren nicht richtig, so dass die ganze Stadt nach Jauche stinke, und die vom kongolesischen Finanzminister avisierten Millionen seien nie in Lübbecke angekommen, um nur mal ein paar Beispiele zu nennen.

Piepenkötter kann Henkes fundierte Analyse nur bestätigen. Mit Püffkemeier sei kein Land zu gewinnen, sagt er. Das Wort 'Kompromiss' kenne der nicht, und die Berliner Politik habe er einmal öffentlich als 'große Scheiße' bezeichnet. Alles hoffe darauf, dass er bei der anstehenden Kommunalwahl abgewählt werde.

-In gewissen Lübbecker Kreisen, ergänzt Henke, sei Püffkemeier allerdings erstaunlich beliebt, trotz seiner Unverschämtheiten, die ihn früher schon einmal seinen Arbeitsplatz bei der landwirtschaftlichen Versorgungskammer gekostet hätten, weil er die konventionelle Landwirtschaft als 'Umweltfaschismus' geschmäht habe. Soweit er, Henke, wisse, laufe in der SPD sogar ein Parteiordnungsverfahren gegen Püffkemeier.

-Gut, dass wir uns hier mit Provinzbürgermeistern nicht abgeben müssen, sagt Lahmeier hochnäsig. Außer am Tag der offenen Tür, da laden wir immer ein paar von denen ein. Die sind meist so schüchtern, dass sie kein Wort von sich geben.

-Dann ladet doch mal Püffkemeier ein, hahaha, sagt Henke. Ihr werdet euer blaues Wunder erleben. Ganz schön frech könne Püffkemeier werden, wenn es um angebliche Fehler anderer Leute gehe, besonders der CDU, und sehe seine eigenen Fehler aber nicht ein.

-Nein danke, uns reicht schon EIN Dummschwätzer aus Lübegge, denkt Ingeborg. Oder wie das Nest heißt.

Eben will sie den Kanzler an seine Rede morgen in Warschau erinnern, da schallt eine laute, wütende Frauenstimme aus dem Vorraum zu ihnen herüber. Eine Stimme, die sich mit den Leibwächtern streitet und Henke seltsam vertraut vorkommt. Und dann steht sie plötzlich im Arbeitszimmer des Bundeskanzlers. Seine Anneliese. Etwas derangiert zwar, aber äußerst zufrieden, ihren Erwin endlich gefunden zu haben.

6.

Ja, so war das in Berlin. Eine schöne, eine aufregende Zeit mit vielen interessanten Erlebnissen und neuen Kontakten. Jetzt sind die Henkes wieder in Lübbecke. Zurück im Alltagstrott. - Das heißt, nicht ganz. Heute Abend ist Delegiertenversammlung der CDU, wo der Kandidat für die Bundestagswahl bestimmt werden soll, und Holzbrink macht sich mit Henke zusammen auf den Weg nach Minden.

Jetzt kommen wir zu spät, denkt Holzbrink, als sie kurz hinter Nettelstedt in einer langen, engen Kurve von einem Polizeifahrzeug angehalten werden. Er ist ein bisschen nervös, schließlich muss er nachher seiner Basis Erwin Henke als den perfekten CDU-Kandidaten verkaufen. Normalerweise kein Problem, die Basis frisst Holzbrink aus der Hand. Doch kürzlich hat Püffkemeier in der Ostwestfälischen ordentlich über Henke abgelästert, hat ihn als Wendehals und komplett unfähigen Schwätzer und Quartalssäufer hingestellt, der im Parlament nichts auf die Reihe kriegen, sondern dort höchstens die Büsche vollpinkeln werde. Ein Mann, der lange Sitzungen schwänzen und seine Zelte hauptsächlich an der Bundestagsbar aufschlagen werde. Als Krönung hat er Henke in Anspielung auf dessen Arbeit in der Kartonfabrik einen Pappkameraden genannt.

Zweitens befürchtet Holzbrink, ehrlich gesagt, Strot-Otte könne auf der Versammlung aufkreuzen, um ein bisschen Stunk zu machen. - Unfrieden und Zwietracht säen, so dass womöglich die ganze Wahlterminplanung aus den Fugen gerät, das sähe Strot-Otte ähnlich.

Die Konferenz findet im EBK statt, dem 'Ersten Bölhorster Kegelrestaurant', weil die Mindener CDU-Mitglieder fast ausnahmslos begeisterte Kegelbrüder sind, und Holzbrink hofft insgeheim, dass die Versammlung früh zu Ende ist und nicht zu viele Fragen gestellt werden. Immerhin soll ab 10 auf dem großen Flachbildschirm die Kegelweltmeisterschaft übertragen werden.

-Bin ich zu schnell gefahren? fragt er vorsichtig den Polizisten, der ihn beiseite gewunken hat.

Holzbrink erfährt, dass er die Kurve nicht hätte schneiden dürfen und daher ein Ordnungsgeld fällig wird.

Für solche Kinkerlitzchen hat er vor einer so wichtigen Veranstaltung gar keinen Nerv. Er klärt den Polizisten mit großer Gelassenheit darüber auf, dass er der Vorsitzende der Minden-Lübbecker CDU, Fraktionsvorsitzender im Kreistag und überdies ehemaliger Landrat ist und dass sie zu einer wichtigen Versammlung müssen.

Der Polizist sagt dazu: nichts.

Das mag damit zusammenhängen, dass der Kreis Minden-Lübbecke nicht die DDR ist und auch nicht mehr von der CDU alleinregiert wird. - Oder der Polizist ist SPD-Sympathisant, was allerdings nicht allzu häufig vorkommt. Wie auch immer. Wäre Holzbrink Strot-Otte, er würde jetzt vermutlich mit einer Schimpfkanonade auf den Ordnungshüter losgehen, um ihn zur Rücknahme des Strafmandates zu bewegen. Aber Holzbrink ist nicht Strot-Otte. Schweigend, mit zusammengebissenen Zähnen nimmt er das kleine Zettelchen entgegen, steigt grüßend in sein Auto und braust mit Henke davon.

Ein bisschen verschnupft ist er schon, von der Minden-Lübbecker Polizei nicht die gebotene Ehrerbietung zu erfahren. Zu gern hätte er vor Henke ein bisschen damit angegeben.

Henke hat sich zur Feier des Tages in sein Lieblings-Cordsakko geschmissen. Obwohl Anneliese ihm ziemlich energisch von dem kackbraunen Teil abgeraten hat, weil sie es total unpassend und altmodisch findet, hat sich Henke nicht davon abbringen lassen, teilweise auch, weil ihm das Kleidungsstück schon mehrmals Glück gebracht hat - und ein bisschen Glück kann man in Wahlkampfzeiten durchaus brauchen.

Zugegeben, das Teil sieht etwas aufgetragen aus. Sparfuchs, der er ist, hat sich Henke ein Ersatzcordsakko bisher verkniffen, obwohl er im Innersten schon länger überlegt, sich eines anzuschaffen, vielleicht in einem etwas helleren Braun. Sobald er Bundestagsabgeordneter ist, kann er sich sicherlich mehrere Cordsakkos auf einmal leisten, womöglich sogar von einer Edelmarke, das heißt, wenn diese Cordsakkos überhaupt anbietet. Mit Cordsakkos und mit der Mode überhaupt ist das nämlich so eine Sache. Manchmal gibt es jahrelang keine Cordsakkos zu kaufen, und sie gelten als gnadenlos uncool, in anderen Jahren werden aber plötzlich selbst von angesehenen Warenhausketten wie C&A, Woolworth oder Takko massenhaft Cordsakkos auf den Markt geworfen. Derjenige, der wie Henke seit frühester Jugend gern Cordsakkos trägt, am besten die mit den schön aufgenähten Ellbogenschonern, ist daher eigentlich gezwungen, sich in guten Zeiten einen ordentlichen Vorrat an Cordsakkos zuzulegen.

Dazu muss man wissen, dass im Lübbecker Land und zum Beispiel auch bei aufstrebenden Dezernenten unserer Stadtverwaltung Cordsakkos weit verbreitet sind. Zwar widerwillig, doch nicht ganz uneigennützig haben daher alle renommierten Lübbecker Bekleidungsfachgeschäfte einen geheimen Vorrat an Cordsakkos angelegt, um ihre Kundschaft in Notfällen mit Glück bringenden braunen Cordsakkos zu versorgen. Allerdings hat sich diese Tatsache inzwischen bis nach Diepholz und sogar nach Herford und den Kreis Gütersloh herumgesprochen, wo die Bauernschaft auch recht gerne Cordsakkos trägt. Irgendwann ist daher der schöne Lübbecker Cordsakkovorrat aufgebraucht, und dann beginnt sowohl für Henke als auch für die Rathaus-Dezernenten eine wahrhaft saure Gurkenzeit.

Bevor sie das Restaurant betreten, das auch schon bessere Tage gesehen hat und vom Aroma und der Duftintensität her locker mit Josef Blechs Altreifenskulpturen mithalten kann, streicht sich Henke sorgsam nicht nur sein Cordsakko, sondern auch den gegelten Haarkranz glatt.

Die Versammlung findet weiter hinten in einem dunkel getäfelten, hallenartigen Vorraum zur Kegelbahn statt, wo sonst Silberhochzeiten gefeiert werden und die Drückervorträge von Kaffeefahrten stattfinden. Henke und Holzbrink stören sich nicht an dem ungelüfteten Gammelcharme, den weder Lahmeiers Vorzimmerdame noch Frau Doktor Helma Guklucks jemals goutieren würden, und die blaublütige Freifrau von Manwolf erst recht nicht. Im Gegenteil, die beiden Herren sind hier voll in ihrem Element. Sie ignorieren die Spinnenweben in den Hirschgeweihen, und es macht ihnen überhaupt nichts aus, wenn ihre faltenfreien Hosen durch die speckigen Sitze Fettflecken kriegen, weil sie wissen (a) ihre Lebensgefährtinnen werden das Fett schon wieder herausbügeln und (b) auf einer ostwestfälischen CDU-Versammlung lässt es sich gar nicht vermeiden, dass die Kleidung in irgendeiner Form Blessuren davonträgt.

Das schmuddelige Wartehallenambiente des Kegelrestaurants löst bei Holzbrink einen Pawlowscher Reflex aus, in dessen Folge er zu einer Art Wiedergänger seines großen Vorbildes und Bulldozers Franz Josef Strauß mutiert, der ja auch jederzeit bereit gewesen ist, auf Parteiveranstaltungen Gegner wie Alois Hundhammer oder den Ochsensepp niederzuwalzen. Da Holzbrink es heute höchstens mit Strot-Otte und ein paar wenigen Verirrten zu tun hat, die statt des Ostwestfalenblattes noch immer die Ostwestfälische, also das Kampfblatt des Lübbecker SPD-Bürgermeisters, abonniert haben, hält er Henkes Ernennung für eine lösbare Aufgabe.

Auch Henke ist es seit Jahrzehnten gewohnt, Bierchen und Cognac in solch vermieften Kaschemmen zu genießen - außer wenn gerade Blasheimer Markt ist und er in den dortigen Bierzelten Hof hält. Um der Wahrheit die Ehre zu geben, würde Henke es vorziehen, das ganze Jahr im Bierzelt zu sitzen statt nur die üblichen 3 Tage im September. Mindestens aber 3 Wochen, das heißt so lange wie das Oktoberfest in München dauert.

Das Oktoberfest ist seit seiner Gründung mehrmals verlängert worden, nicht nur weil es Zeit braucht, die ganzen Italiener mit Bier nach dem deutschen Reinheitsgebot abzufüllen, sondern auch aufgrund der stark gestiegenen innerdeutschen Nachfrage in der Form von überfüllten Sonderzügen, die aus dem Norden anrauschen, um die übereinander gestapelten Besoffenen am nächsten Tag wieder nach Hause zu karren.

Henke, der übrigens ein großer Fan des Oktoberfestes ist, findet, dem Blasheimer Markt als dem führenden Jahrmarkt der Region, also wenn man mal vom Wagenfelder Pferdemarkt absieht, stehen dieselben Rechte auf Nachschlag und Verlängerung zu. Auf dem Blasheimer Markt triffst du einfach mehr Leute als im EBK, auch solche, die Kegeln nicht so schätzen und das Kegelrestaurant normalerweise nie betreten würden, allein schon weil sie Angst haben, in dem schummrigen Licht über die morschen Holzdielen zu stolpern und sich dabei die Beine zu brechen. Im Umkehrschluss bedeutet das allerdings nicht, und ich will das auch keineswegs behaupten, Frau Doktor Helma Guklucks sei jemals auf dem Blasheimer Markt gesichtet worden. In Lübbecke kann sich, glaube ich, niemand vorstellen, eine Doktor Guklucks könne sich eines Tages auf den Blasheimer Markt verirren.

Nur wenn der Lübbecker Bürger zufällig zum Delegierten einer CDU-Aufstellungsversammlung gewählt worden ist, wird er in den sauren Apfel beißen, das Bölhorster Kegelrestaurant zu betreten, und man muss ja auch zugeben, dass es dort immer leicht säuerlich muffelt. Kein Vergleich zur Bundestagsbar, die Henke inzwischen kennengelernt hat und echt gediegen findet. Dabei bleibt unbezweifelt, dass im Kegelrestaurant an einem einzigen Abend mehr Hochprozentiges ausgeschenkt wird als in der Bundestagsbar im ganzen Monat, vor allem auf Hochzeiten, die in der Bundestagsbar eher selten gefeiert werden. Im EBK müssen die Schnapsleichen frühmorgens vom Bedienungspersonal aufgesammelt und in die kleinen, ebenfalls muffenden Pensionszimmer des angeschlossenen Vereinshotels transportiert werden.

Über all dies macht sich Henke heute keine Gedanken. Heute geht es für ihn ums Ganze. Da kann er sich sowieso nicht mehr als höchstens 3 oder 4 Gläschen Cognac leisten.

Strot-Otte ist zum Glück nirgends zu sehen, wahrscheinlich weil er sich die Vorwürfe der Basis wegen seiner ausgeuferten Sexualtelefonie nicht anhören will und sich im direkten Duell gegen Holzbrink und Henke sowieso keine Chance ausrechnet. Dafür ist die CDU-Bezirksvorsitzende da, ein paar Jahre jünger als Holzbrink und mit dem Selbstbewusstsein einer aufstrebenden, in Teilen bereits sehr erfolgreichen Jungpolitikerin ausgestattet. Nachdem sie vor Beginn der eigentlichen Veranstaltung mehrmals inquisitorische Fragen bezüglich der Kandidatenvorschläge an ihn gerichtet hat, die der erfahrene Kommunalpolitiker Holzbrink eher amüsiert beantwortet, keimt bei ihm der Verdacht, die Alte wolle ihn womöglich kontrollieren. Na, gegen Henke wird sie schwerlich etwas einwenden können, nachdem dieser vom Bundeskanzler persönlich in den Ring gehoben wurde.

Die Frau ist insgesamt eine Heimsuchung. Wie kann man in dem Alter bloß so schusselig sein. Gleich nachdem sich Holzbrink neben sie gesetzt hat, beginnt sie, in den von ihm mitgebrachten Unterlagen zu wühlen und deren penible Ordnung durcheinander zu bringen. Die geordnete Reihenfolge von Holzbrinks Unterlagen entspricht exakt dem einzuhaltenden Ablauf und ist essentiell für das Gelingen der Kandidatenkür, das sollte sie eigentlich wissen. Ein einziger Ablauffehler, und das Ergebnis kann angefochten und gerichtlich für ungültig erklärt werden. Dann steht die CDU aber da. Alles schon vorgekommen im Staate Dänemark. Deutsche Verwaltungsgerichte können noch pingeliger als Holzbrink sein.

Die Bezirksvorsitzende scheint das nicht zu jucken, sondern sie wühlt munter weiter. Holzbrink weiß gar nicht, was sie überhaupt sucht. Wahrscheinlich weiß sie es selber nicht. Eine Plage ist die Frau, eine echte Plage. Gut, durch ihre enorme Ausstrahlung, man kann es auch Charisma nennen, macht sie

Einiges wett. Es ist ja bekannt, dass völlig unfähige Menschen, wenn sie sympathisch genug rüberkommen, sehr erfolgreich sein können. Wirklich, was die für eine Ausstrahlung hat! Und das, ohne im eigentlichen Sinne sexuell attraktiv zu sein.

Wenn eine Frau beruflich erfolgreich sein will, darf sie keine sexuellen Signale aussenden, diese Erkenntnis hat Holzbrink aus langen Jahren intensiver Beobachtung mit nach Hause genommen. Eine Frau, die Sex ausstrahlt, kann es vielleicht zur Sekretärin bringen, wie die Empfangsdame bei Holzbrinks Zahnarzt. Sehr sexy, aber offenkundig hat es nicht einmal zur Arzthelferin gereicht. Chefsekretärin oder gar Büroleiterin wie Lahmeiers Ingeborg kann sich ein solches Vollweib mit Sicherheit abschminken.

Immerhin gleicht die Empfangsdame dieses Manko durch ihren Sex-Appeal wieder aus. Doppelt und dreifach muss man sagen, denn inzwischen hat der Zahnarzt sich scheiden lassen und ist mit seiner Telefonistin zusammengezogen. Das hätte mir auch passieren sollen, hat Holzbrink gedacht, als er zum ersten Mal davon hörte. Wenig später musste er seine Meinung aber revidieren, denn leider hat der Herr Doktor die Rachsucht seiner Ehefrau außer Acht gelassen. In Kenntnis seiner krummen Steuertouren hat diese ihn spontan beim Finanzamt verpfiffen, so dass zwischenzeitlich sein ganzes Vermögen gepfändet wurde und er mit ziemlich leeren Händen dastand und sogar seine Praxis dichtmachen musste. Seit die Telefonistin sich über das Ausmaß der zahnärztlichen Steuerschulden klar geworden ist, steht der arme Mann nicht nur ohne Vermögen, sondern zudem ohne weibliche Ergänzung da.

Anzumerken bleibt, die Karriereaussichten hübscher, Sex ausstrahlender Akademikerinnen sind kaum besser als die rattenscharfer Telefonistinnen. Eine Sex ausstrahlende Jungakademikerin wird ihren Abteilungsleiter normalerweise derart beunruhigen, dass er permanent vergisst, sie zu befördern. Stattdessen unterstützt er lieber die Kollegin mit den strähnigen Haaren und dem unfruchtbaren Becken, vorausgesetzt, sie weiß in jeder Situation sofort, wie sie sich am besten bei ihm einschleimen kann. So ist einmal das Leben. Das nennt man Chancengleichheit. Auch wenn es zuerst wie ein Widerspruch klingt. Ich meine, Leonardo DiCaprio und die Obamas jetten ja auch kurz mal an den Comer See, um mit den Clooneys zu dinieren, und nehmen nachmittags noch einen Termin bei Bono in London wahr. Trotzdem sind sie strikt gegen den Klimawandel. Und selbst Bono wurde inflagranti mit Panamapapieren erwischt, obwohl er angeblich seit Jahren nur Mineralwasser trinkt.

Normalerweise wird eine sexuell aktive Volljuristin vom Schlage Berenike Piepenkötters nie über die unterste Stufe der akademischen Hierarchie hinauskommen, da ist sich Holzbrink ziemlich sicher. Es sei denn sie ist mit einem Minister verheiratet. Statt jahrelang vergeblich auf den Karrieresprung zu hoffen, ist es für eine sexuell leicht stimulierbare Frau eindeutig vorteilhafter, sich als Groupie dem Tross eines Film- oder Rockstars anzuschließen, Sting zum Beispiel oder wie der heißt, der das ganze Jahr mit Kind und Kegel von einem seiner vielen Schlösser zum anderen tourt wie damals die Kaiser zwischen ihren Pfalzen. Nachdem er die Musik an den Nagel gehängt hat, ist er Umweltbotschafter der Vereinten Nationen geworden. Klar, dass solche Leute viel unterwegs sein müssen.

Trotzdem werden nach Holzbrinks unmaßgeblicher Meinung sowohl hübsche Telefonistinnen als auch sexuell aktive Karrierefrauen in Zukunft der Vergangenheit angehören, weil sie sich wegen der Pille nicht genügend fortpflanzen. Es ist ja allgemein bekannt, dass die Deutschen demnächst aussterben, und daran haben besonders die Telefonistinnen einen großen Anteil. Weil sie es nicht schaffen, einen Zahnarzt dauerhaft an sich zu binden, verpassen sie das Zeitfenster fürs Kinderkriegen oder müssen sich mit einem einzigen Sprössling zufrieden geben, den sie dann alleine großziehen. Da sagt einem allein schon die Arithmetik, das kann auf die Dauer nicht gut gehen. China ist mit seiner Ein-Kind-Politik ja auch gescheitert.

Die Bezirksvorsitzende stellt in dieser Hinsicht allerdings eine Ausnahme dar, weil sie 7 Kinder geboren hat, bevor sie in die Politik gegangen ist. Wenn die man nicht demnächst im Bundesvorstand landet, muss Holzbrink unwillkürlich denken, als er sie so zufrieden und charismatisch da sitzen sieht. Von der Figur her ist sie zwar ein ganz anderer Typ als die ehemalige Verteidigungsministerin, die unter ihrer Betonfrisur immer so hungrig ausgesehen hat, dass man ihr am liebsten ein Stück Knäckebrot hingelegt hätte; aber die Kinderzahl stimmt.

Bundestagsabgeordnete ist die Bezirksvorsitzende bereits seit längerem. Vorher hat sie mit ihrem 20 Jahre älteren Mann eine Tanzschule geleitet, und bei dem, was sie so von sich gibt, fragt man sich wirklich manchmal, ob sie überhaupt einen Schulabschluss besitzt. Nachdem der Mann sich zur Ruhe gesetzt hat und die Kinder aus dem Gröbsten raus waren, hat Madam beschlossen, Politikerin zu werden. Obwohl es in der Union keine offizielle Quote gibt, greift man dort begierig nach jedem weiblichen Wesen, das sich auf eine CDU-Versammlung verirrt. Auf CDU-Versammlungen besonders im ländlichen Raum fühlen sich die meisten Frauen von jeher nicht richtig wohl, weil die anwesenden Männer schon vor dem ersten Bier immer etwas nach Gülle riechen und Frauen gegenüber gehemmt sind und nicht wissen, worüber sie sich unterhalten sollen. Das sind Bedingungen, unter denen die absolute

Mehrheit der Frauen ein jäher Fluchtreflex überkommt. Daher wird man sie normalerweise kein zweites Mal auf einer CDU-Versammlung antreffen. Nur die ganz Hartgesottenen, wie unsere Bezirksvorsitzende Erika Pfefferkorn, lassen sich vom Güllegeruch nicht abschrecken, weil sie in ihrer Tanzschule mit solchen Typen schon viel enger konfrontiert gewesen sind.

Selbst die Ortsvorsitzenden wissen meist nicht, wie sie mit einer Frau umgehen sollen, die den Wunsch hat, Karrierepolitikerin zu werden, und machen sie daher erst mal zur Kassenprüferin oder zur Internetbeauftragten, bevor sie sie zu einer Kreis- oder Bezirksversammlung mitschleppen, wo sie als Unikum beäugt, von dem jeweiligen Bezirksfürsten aber bald darauf als politisches Naturtalent und potenzielle Nachfolgerin entdeckt wird.

Bevor es losgeht, bringt Holzbrink seine Unterlagen vor der Erika in Sicherheit, indem er sie demonstrativ auf die andere Seite schiebt, was ihm einen bösen Blick der Dame einträgt. So. Ab jetzt sind die Unterlagen vor fremden Zugriffen gefeit; denn auf Holzbrinks anderer Seite sitzt Henke. Henke wird sich bestimmt nicht unbefugt an Holzbrinks Unterlagen vergreifen, einfach weil der Kandidat in spe das gesprochene Wort dem gedruckten vorzieht und sowieso keiner weiß, ob und wann Henke zuletzt etwas anderes gelesen hat als seine Disponentenzettelchen in der Papierfabrik.

Holzbrink hält ein ausuferndes Referat über die letzte Legislaturperiode, damit die Leute etwas ruhiger werden und hinterher bei der Vorstellung des neuen Bundestagskandidaten nicht so viel herummeckern. Er erklärt seinen Parteifreunden en detail, was die Bundes-CDU in dieser Legislatur alles erreicht hat, und was Lahmeier in den nächsten Monaten noch zu erreichen gedenkt. Es ist ja kaum zu glauben, was für ein Arbeitspensum unser Bundeskanzler hat, der dank ARD und ZDF zudem ständig im Blickpunkt der Öffentlichkeit steht. Die Privatsender drücken sich bekanntermaßen davor, Lahmeiers Bedeutung genügend herauszustreichen, obwohl sie der CDU so einiges zu verdanken haben, und ergötzen das Publikum lieber mit grottigen Spieleshows und prolligen Serien.

Aus den kleinen Ortsverbänden sind viele ältere Delegierte angereist, und Holzbrink weiß, diese wollen ein bisschen in den Schlaf gesungen werden. Andere halten die Augen vor allem deswegen geschlossen, weil sie nachher bei der Live-Übertragung der Kegelweltmeisterschaft voll wach sein wollen.

-Wenn unser Kanzler diesmal die absolute Mehrheit knackt, stehen uns Türen und Tore offen, sagt Holzbrink.

Wie Lahmeier das bei seinen schlechten Umfragewerten jemals erreichen will, bleibt Henke allerdings schleierhaft, und auch die Bezirksvorsitzende scheint Holzbrink nicht überzeugt zu haben, wenn man sich ihre vor der Brust verschränkten Arme und die verkniffenen Lippen so anschaut. Wenn's drauf steht, wählen sogar einige von den anwesenden älteren Delegierten diesmal SPD, so beliebt ist Rüdiger Rohrer beim Durchschnitt der Bevölkerung.

Holzbrink lässt sich seine 'Regierungserklärung', die von Lahmeier übrigens nicht besser abgegeben werden könnte, von den zusammengepressten Lippen einer ehemaligen Tanzlehrerin jedoch nicht vermiesen.

-Wir leben in schwierigen Zeiten, ruft er den Delegierten zu. Wer bei der letzten Aufstellungsversammlung dabei war, wird sich erinnern, dass ich dies bereits damals gesagt habe. Und bei der vorletzten auch. Selbst Konrad Adenauer soll sich in seinem Politikerleben verschiedentlich in dieser Richtung geäußert haben. Ich glaube, jeder wird mir zustimmen, dass die Zeiten seither nicht einfacher geworden sind. Deshalb ist auch heute, genau wie damals, Orientierung gefragt - Orientierung für unser Land, für unsere Partei und insbesondere Orientierung für all jene Grünschnäbel, die schon mittags, nachdem sie sich endlich aus der Koje gequält haben, orientierungslos durch die Mindener Innenstadt stolpern und abends gelangweilt in den hiesigen Tanzschuppen abhängen, wo sie Drogen kaufen und mit dürren, halbwüchsigen Mädchen anbändeln.

Gemurmel im Publikum.

Meine Antwort: diese jungen Menschen werden da Orientierung finden, wo sie sich fragen, was die Christlich Demokratische Union für sie bedeuten kann. Auf diese Frage Antworten zu geben, ist unser ständiger Auftrag, und deshalb ist es auch Auftrag der heutigen Versammlung, jemanden zu finden, der uns in Berlin würdig vertritt.

Kein Mucks kommt von den Delegierten, und so fährt Holzbrink fort:

-Erst neulich ist in Diepholz der Landrat neu gewählt worden. Wilfried Peterhänsl hat gegen alle rot-grünen Blütenträume gekämpft und die Wahl mit der Unterstützung unseres ortsansässigen Bundesministers Karl-Hermann Piepenkötter gewonnen. Und wie! Das war ein echter Knaller, ein Knaller mit Signalwirkung. Lieber Wilfried, rufe ich von dieser Stelle aus, obwohl du heute leider verhindert bist, wir alle sind stolz auf deinen Wahlsieg. - Darum geht es jetzt bei euch in Niedersachsen weiter voran, sturmfest und erdverwachsen.

Das Protokoll verzeichnet heftigen Beifall und vereinzelte Peterhänsl-Peterhänsl Rufe.

-Einen solchen Sieg wünschen wir Minden-Lübbecker uns auch bei der anstehenden Bundestagswahl. Nachdem wir leider den Landrat verloren haben und sich Püffkemeiers Lübbecker Bastion bis dato auch nicht schleifen ließ, soll die Union wenigstens im Bundestag wieder stärkste Kraft werden und den Kanzler stellen. Eine rot-grüne Regierung darf es nicht geben. Dafür kämpfen wir. Denn wir sind die Partei Kohls und Erhards und Norbert Blümchens, die Partei der Sozialen Marktwirtschaft, die keine links-grünen Experimente duldet. Wir werden immer dafür sorgen, dass zunächst einmal das erwirtschaftet wird, was anschließend sauber aufgegessen werden muss. Wir wollen keine neuen Schulden, keine Steuererhöhungen und aber gleichzeitig Rekordinvestitionen auf den großen Zukunftsfeldern. So geht Politik, die nicht nur an uns, sondern auch an unsere Kinder und Enkel denkt.

Hier brandet großer Beifall auf, und Holzbrink legt eine kurze, bedeutungsschwere Pause ein.

-An dieser Stelle möchte ich dem bisherigen Abgeordneten Strot-Otte, der heute leider nicht hier sein kann, ein persönliches Wort des Dankes sagen. Vier Jahre lang war er unser Abgeordneter. Er hat das Amt vollinhaltlich ausgefüllt, und das in nicht immer einfachen Zeiten. Es stimmt, dass er manche Kritik einstecken musste. Er hat dabei aber eine Haltung bewahrt, die nicht nur mir Respekt abnötigt. - Im Namen der CDU Minden-Lübbecke möchte ich ihm für seinen Dienst danken.

Nur vereinzeltes Händeklatschen ist zu hören.

-Wir Minden-Lübbecker ... und natürlich Rahdener, Espelkamper und Porta Westfalesen, wollte ich sagen ... begrüßen hier besonders unseren fähigen Oeynhauser Bürgermeister Maximilian Muckenthaler, ein von mir gefördertes Nachwuchstalent, das es bereits in jungen Jahren in dieses hohe Wahlamt geschafft hat.

Heftiger Applaus auf den Rängen und Mucki-Mucki Rufe. Holzbrink setzt kurz seine Lesebrille ab, um sie gleich danach wieder aufzusetzen.

-Wir von der CDU haben viele Infrastruktur-Projekte auf der Agenda, mit der wir den politischen Gegner auf Trab halten wollen. Dazu gehören, um nur ein paar Beispiele zu nennen, das Gewerbegebiet in Hille, die Nordumgehung Rahden und der ÖPNV für Petershagen, das Bahnhofsumfeld in Minden sowie, last not least, Planungen für eine Umgehungsstraße durch das Lübbecker Feld. Und zwar ohne Rücksicht auf rot-grüne Empfindlichkeiten oder irgendwelche Eulen, die sich da nachts angeblich herumtreiben und die Kühe erschrecken.

Holzbrink ist mit seiner Rede noch lange nicht durch - da merkt er, die Aufmerksamkeit der Delegierten lässt nach. Zuerst denkt er, dass die Leute sich heutzutage ja bekanntlich nicht so lange konzentrieren können, weil sie von Kindesbeinen an ständig durch ihr Handy abgelenkt werden. Dann fällt ihm auf, alle starren gebannt auf die große seitliche Fernsehleinwand. Auf den leicht verwackelten Aufnahmen sieht man, wie autonome Demonstranten während des laufenden G7-Gipfels erst bengalische Feuer und dann sogar Autos anzünden. Eben haut ein Vermummter mit einem gezielten Schlag die Fensterscheibe eines silberglänzenden BMW ein. Er wirft etwas in das Auto, und im nächsten Moment schießt eine Stichflamme aus dem Innern, so dass sich der Demonstrant verletzt hätte, wenn er nicht im selben Moment beherzt beiseite gesprungen wäre.

Total professionell, wie der das macht, findet Henke. Wo lernt man sowas?

Doch die CDU ist in Deutschland traditionell die Partei des Privateigentums, und ihre Mitglieder können es natürlich nicht goutieren, wie hier hemmungslos privates Hab und Gut zerstört wird. Nicht auszudenken, wenn das Schule machen, das heißt, wenn dem eigenen Auto, für das man jahrelang gespart hat, so etwas widerfahren würde. All die Extras - von der Rückfahrkamera über die Halogenscheinwerfer bis zur Standheizung - in einer Sekunde perdu. Die anwesenden Delegierten sind geschockt, aber auch irgendwie erleichtert, dass sie nicht in einer Großstadt leben, wo so etwas bekanntlich alle Tage vorkommt. Sie fühlen sich wie in einem spannenden Horrorfilm, in welchem der Zuschauer so richtig im Blut und der eigenen Sofakissensicherheit suhlen kann. Oder wie in einer Fernsehreportage über ein besonders elendiges und schmutziges Flüchtlingslager in Jordanien. Die Delegierten wollen keinen Schmutz. Selbst vor schmutzigem Sex würden die meisten von ihnen zurückschrecken, und das nicht nur aus Altersgründen, sondern aus tiefster innerer Überzeugung, die ihnen schmutzigen Sex bereits während ihrer Jugendzeit unmöglich gemacht hat. Allein deshalb hätte Strot-Otte, der seit neuestem mit schmutzigem Sex in Verbindung gebracht wird, wenn er heute Abend noch einmal anträte, ganz schlechte Karten. Dass es bei schmutzigem Telefonsex nicht zu Körperkontakten kommt und auch keine ekligen Sekrete ausgetauscht werden, würde den Unhold in den Augen der Delegierten keineswegs entlasten. Schmutz bleibt Schmutz, auch wenn er nur in euren Gedanken stattfindet, das hat früher schon immer der Pfarrer gepredigt.

Stell dir vor, du hast gerade schmutzigen Sex, womöglich noch mit einem rot-grünen Blumenmädchen im Auto deines Vaters, und plötzlich fallen dir all die Lebensorientierungen ein, die sie dir bei der Jungen Union eingebläut haben. Das geht gar nicht. Du brauchst dann nicht mal das Handtuch, um die Leder-sitze sauberzumachen, weil du dich nämlich zusammenreißen kannst im Ge-gensatz zu dem Hippiemädchen, das sich mit dem wöchentlichen Blümchen-sex nicht mehr zufrieden geben möchte und weiter desorientiert durchs Leben stolpern wird, weil es nicht im Traum daran denkt, CDU-Mitglied zu werden.

Ja, so sind sie, unsere standhaften Delegierten, von denen die wenigsten wäh-rend eines Rüdiger Rohrer Konzertes eine Tüte geraucht haben und die erst recht nicht wissen, was ein Creampie ist.

Auf der Fernsehleinwand werden noch immer linksradikale Gewaltchaoten gezeigt. Anscheinend hofft der Sender, damit seine Quote zu steigern. Man könnte fast meinen, die Gewalttäter seien in seinem Auftrag unterwegs, und tatsächlich soll es solche Fälle ja schon gegeben haben, wo man den Hooli-gans ein paar Euro zugesteckt hat, damit sie eine besonders publikumswirk-same Show abliefern.

-Bestimmt Ausländer, die hier gar nicht einreisen dürften, echauffiert sich einer der Delegierten und führt ein schönes kühles Blondes, von dem außen die Wassertropfen herunterperlen, genüsslich an den Mund.

-Da nützt auch noch so viel Polizei nichts, wenn die nicht richtig durchgreifen darf, ruft ein Anderer.

Von weiter hinten erschallen Kopf-ab-Rufe. Die Menge schaukelt sich lang-sam hoch in ihrer Wut, und wenn hier einer der Vermummten im Saal auftau-chen würde, könnte für seine körperliche Unversehrtheit nicht garantiert wer-den.

-Immer diese friedlichen Umweltaktivisten, sagt der Vertreter des Evangeli-schen CDU-Arbeitskreises mit seinem erwiesenermaßen schrägen Humor.

In der Bildbande wird eingeblendet, dass Rüdiger Rohrer gefordert hat, man solle solche Gipfel nicht in Großstädten stattfinden lassen, und dass er dafür viel Zustimmung erfährt.

-Was will dieser Schnulzensänger, fragt Holzbrink aufgebracht, eigentlich in der Politik? Kann jetzt jeder einfach so Politiker werden?

-Politiker ist kein Lehrberuf, sagt eine Frau in der ersten Reihe.

Sie sitzt auf CDU-Versammlungen immer in der ersten Reihe, und Holzbrink weiß genau, sie hat bisher den Vorschlägen des Kreisvorstandes immer zugestimmt. Jetzt scheint sie irgendwie verschnupft zu sein.

-Stell mal kurz lauter, fordert die Bezirksvorsitzende. Nicht umsonst hat sie in ihren Tanzkursen jahrelang nur Rüdiger-Rohrer-Songs aufgelegt.

Leider bringt der Sender keinen Rohrer Song, obwohl als Untermalung dieser Gewaltorgie wäre das vielleicht ganz passend. Stattdessen werden ein paar Jungs aus dem Schanzenviertel interviewt, mit Bierflaschen in der Hand, die dem Aufruhr offensichtlich etwas Positives abgewinnen können. Einer von ihnen sorgt sich allerdings, das Bier könne knapp oder mindestens teurer werden, weil die Autonomen so viele Flaschen kaufen, mit denen sie dann die Polizei bewerfen.

Der Reporter scheint das lustig zu finden. Manche Leute haben einen Humor, aber wirklich. Wenn der man keine Schwierigkeiten mit der staatlichen Senderaufsicht kriegt.

Das einzige, was Holzbrink an diesen Bildern gut findet, ist, dass sie dem Kanzler helfen könnten, sich beim Gipfel gleichzeitig als Staatsmann und als Verfechter von Law-and-Order zu präsentieren.

-Das Treiben von linksautonomen Kräften, ihr seht es hier, sagt Holzbrink zu seinen Delegierten, nachdem diese sich halbwegs beruhigt haben, werde seit Jahren deutlich unterschätzt. Wegschauen und Wegducken, falsche Liberalität gegenüber Rechtsbrechern, das sei erkennbar nicht der richtige Weg. Er, Holzbrink, frage sich, wo eigentlich der Aufschrei der versammelten Linken in diesem Land, von den Mauerschützen-Kommunisten bis zu den Grünen, und die Empörung gegen dieses Ausmaß an linksextremistischer Gewalt bleibe, der sonst sofort erschalle, wenn rechte Täter am Werk seien. Er stelle immer wieder fest, dass Teile von Rotgrün auf dem linken Auge blind seien. Die CDU Minden-Lübbecke plädiere schon seit Jahren für eine Schließung von Autonomen-Zentren wie der Roten Flora in Hamburg und in der Rigaer Straße in Berlin. Sie fordere eine europäische Extremistendatei für Linksradikale. Mehr Polizei, mehr Grenzschutz, mehr Datenaustausch zwischen Bund, Ländern und EU - all das sei nötig, um die linken Gewalttäter zu stoppen. Nur ein starker Staat gebe den Bürgern Sicherheit.

-Schalt doch mal um. Vielleicht bringen sie auf Eurosport schon was zur Kegelweltmeisterschaft, ruft jemand.

Gut dass es nicht die Fußballweltmeisterschaft ist, denkt Holzbrink. Sonst hätte die Versammlung heute gar nicht stattfinden können. Mit einer leicht resignierten Handbewegung wischt er den Vorschlag beiseite und bittet darum, den Großbildschirm endlich abzuschalten.

-In ihrem Einflussbereich werde die CDU so etwas wie auf diesen Bildern niemals zulassen, fasst Holzbrink seine Rede zusammen. Hamburg werde seit zich Jahren von den Sozen regiert. Die Union könne die Hamburger Polizei nicht auf Trab bringen, dafür sei der dortige Innensenator zuständig.

Er nestelt in seinen Papieren.

-Hier, sagt er. 15000 neue Bundespolizisten habe Lahmeier eingestellt und einen 'Pakt für den Rechtsstaat' mit 2000 neuen Stellen für die Justiz auf den Weg gebracht - das sei ganz praktisch Politik für die innere Sicherheit. Made by CDU.

-Heute Morgen gab es eine Sondersendung über die gestrigen Krawalle, sagt Henke plötzlich.

Nach kurzem Luftholen und Blickkontakt mit der Bezirksvorsitzenden fährt er fort:

-Und dann beschweren sie sich, wenn sie mal Keile kriegen. Wie in der Randulfstraße. Die kamen an und sind gleich weggeräumt worden. 25 verletzte Demonstranten, ein paar offene Knochenbrüche, muss auch mal sein. Wenn sich Leute so aufführen, meine ich. Dann wurde noch das Gerüst umgekippt, auf das die Demonstranten verbotenerweise geklettert waren. Das hat erst mal Ruhe gegeben.

-Die haben sie schön plattgemacht alle. Alter Schwede! Yeah! kommt es von hinten aus dem Saal.

Henke verbucht es als Zustimmung.

-Unsere Regierung sollte die Einsatzleiterin für das Bundesverdienstkreuz vormerken, sagt er. Am besten sofort, bevor sie von Rotgrün entlassen wird.

Dieser Vorschlag bringt ihm viel Applaus ein, und so nutzt er die Gunst der Stunde, um endlich mit seiner Bewerbungsrede anzufangen.

-Sehr geehrte Damen und Herren, sagt Henke. Liebe Bezirksvorsitzende Erika Pfefferkorn. Lieber Kreisvorsitzender und Landrat a.D. Dieter Holzbrink. Liebe Freundinnen und Freunde.

Für seine Verhältnisse ist es eine fulminante Ansprache.

-Warum ich euer Abgeordneter werden will, sagt Henke.

Er hat ziemlich lange nachgedacht über diese Rede, die er so oder so ähnlich auch auf dem Blasheimer Markt zu halten gedenkt, wo er ja auch immer allen hilft, die bei ihm aufschlagen, und sei es nur wegen einer Sitzgelegenheit, um ihren Rausch auszuschlafen. Oder im Stadtrat, wo er Püffkemeier neuerdings Widerworte gibt, besonders bei dessen linkslastigen Abstimmungsvorlagen.

-Püffkemeiers sozialromantische Ideen sind dafür bekannt, die Stadt Lübbecke ein Vermögen zu kosten. Hinterher stellt der noch seinen Sohn, den verkrachten Philosophen, als Berater ein. Soweit kommt's noch, ruft Henke in den Saal.

-In seinem Herzen sei er, Erwin Henke, ein Bürgerlicher durch und durch. Mit Sozialismus könne er nichts, aber auch gar nichts anfangen. Und es sei nun einmal Fakt, dass der Lübbecker SPD-Bürgermeister nicht mit Geld umgehen könne. Das habe er zu Genüge bewiesen, als er sich und seinen Buddys die Lustreise in den Kongo genehmigt habe. Sogar von fiesen Geschlechtskrankheiten sei zu hören, die seitdem in Lübbecke grassierten.

-Ich will euer Abgeordneter werden, weil ich mich für meine Heimat einsetzen und etwas bewegen möchte und weil dieser Wahlkreis von der Landschaft und den Menschen her, aber auch für unsere CDU einer der schönsten Wahlkreise in Nordrhein-Westfalen ist. Ich will euer Abgeordneter werden, weil wir hier gut leben und gerne arbeiten und wohnen und uns hier wohlfühlen und die Zukunftsfragen anpacken und hervorragende Perspektiven entwickeln müssen. Ich will euer Abgeordneter werden aus meinem christlichen Menschenbild heraus, weil ich in Lübbecke schon seit Jahren im Presbyterium sitze und mich mit unserem Pfarrer Dombrowsky hervorragend verstehe, auch wenn der wegen seines polnischen Namens eigentlich katholisch sein müsste. Der Jens-Oliver, so lautet sein deutscher Vorname, hat mir zu verstehen gegeben, dass er bei dieser Wahl endlich wieder CDU wählen will. Besonders wenn DU kandidierst, hat er zu mir gesagt. - Weil, mir traut er einiges zu. Da kann ihn die Frau Doktor Guklucks noch so sehr bearbeiten, dass er sein Kreuzchen wieder bei den Grünen machen soll. Die Grünen, die unserer CDU auf den Kirchentagen immer solche Kopfschmerzen bereiten. Von den Grünen ist der Jens-Oliver schwer enttäuscht, seit die den Religionsunterricht abschaffen wollen. Das ist meine Chance, habe ich gleich gedacht, und dem Jens-Oliver versichert, dass für die CDU aufgrund des C in ihrem Namen eine Abschaffung des Religionsunterrichts auf keinen Fall in Frage kommt.

Als nächstes bespricht Henke diejenigen Themen, die ihm am meisten am Herzen liegen. Die Steuern, hier besonders die Alkoholsteuer, und die innere Sicherheit. Wobei er immer wieder abschweift, um seine Argumente mit anschaulichen eigenen Alltagsbeobachtungen zu untermauern. Zu Helmut Dekemeiers Bienenvölkern beispielsweise schweift er ab, und wie sie die früher im Dunkeln ins Oppenweher Moor transportiert haben. Haselohs Gerd sei auch dabei gewesen.

-Damit die Bienen nicht wegfliegen oder mindestens rebellisch werden, sagt Henke fachmännisch zu seinen Delegierten, mussten wir die Kästen zukleben und mitten in der Nacht aufstehen. Es sei eine Heidenarbeit, die Völker auf den Transporter zu laden, und dann im stockdunklen Moor wieder herunter. Die seltenen Moorblumen dankten es einem, weil sie gleich am nächsten Tag von den Bienen zig-fach bestäubt würden.

-Nutzpflanzen und Gemüse sollten ebenfalls gut gedeihen, dafür spreche er sich aus, sagt Henke. Der Schlüssel liege hier - wie überall - in der richtigen Bestäubung. Diese bemerkenswerte Dekemeier'sche Erkenntnis sei durchaus philosophisch zu verstehen und auch auf das menschliche Zusammenleben anwendbar. Ganz besonders in Zeiten des demographischen Wandels. Die Bienen, die sonst nichts kennten außer Raps und nochmal Raps, freuten sich ebenso. Das sei praktischer Einsatz für die Umwelterhaltung, und der Honig schmecke auch entsprechend. Trotz Dekemeiers erwiesenem Hang zur Unordnung sei dessen Honig der beste von ganz Lübbecke, viel besser als der von Heinz zum Beispiel, und zwar nicht nur, weil Dekemeier im Gegensatz zu Heinz den Bienen kein unerlaubtes Mittel gegen die Varroamilbe ins Futter mische.

-Auch im Bundestag, so Henke, hoffe er, bestäubend-fruchtbar tätig zu werden und damit konkrete Beiträge im weiten Feld der Umweltpolitik zu leisten - nicht nur so ideologische Dampfplaudereien wie die Grünen, die erst die Landschaft mit Windmühlen vollspargeln, und hinterher merken sie, was sie angerichtet haben.

-Brrrr, schüttelt es Henke. Die Grünen, die den Diesel abschaffen wollen, ohne das Gift in den E-Auto-Batterien zu bedenken. Und die Dieselsteuer verdoppeln. Nä du, die Grünen sollen bei uns im Mühlenkreis keinen Stich mehr machen. Bekanntlich ist der Diesel das sparsamste Auto von der Welt. Auch Diesel-Fahrer sind sparsam und wollen keine Steuern zahlen, sondern diese am besten erstattet kriegen. Darum buchen viele Dieselfahrer Kreuzfahrten, weil sie wissen, auch Kreuzfahrtschiffe fahren mit steuerbegünstigtem Schweröl.

-Wenn wir das Dieselöl nicht verfahren, sagt Henke weise, tut's der Chinese, oder spätestens der Inder.

Gern würde er von Dekemeiers Heizöltank mit integrierter Außenpumpe erzählen, und wie man da Steuern nicht nur sparen, sondern ganz auf null drücken kann. Aber Witze über Steuerhinterziehung sind im Rahmen einer Bundestagskandidatur keine gute Idee. Das würde im Kanzleramt nicht so gern gehört, wo man mit 500 hochbezahlten Beamten eher darauf aus ist, Steuern einzunehmen und zu verbraten als sie dem Gemeinwesen vorzuenthalten. - Obwohl, in gewisser Weise verbrät Dekemeier ja auch Steuern, indem er sie einspart und die Ersparnis für seine Kräne und die Strafzahlungen an das Ordnungsamt ausgibt.

-Auf all diesen Gebieten wolle er den Grünen etwas entgegensetzen, sagt Henke. Etwas Positives statt der destruktiven Miesepetrigkeit, die diese Gruppierung immer verbreite.

-Dito in anderen wichtigen Politikbereichen. Zum Beispiel Investitionen in Zukunftsprojekte und in die Infrastruktur wolle er fördern. Um mehr Unternehmen anzulocken, beabsichtige er, Wirtschaftswege auszubauen und generell im Straßenbau voranzukommen. Straßen, Straßen, Autobahnen, das sei sein Credo, das sei der Schlüssel für unsere Zukunft. Der Landkreis solle nach Henkes Vorstellung Kreuzungspunkt möglichst vieler Verkehrsadern werden. Die Stadt Minden habe es vorgemacht mit ihrem damaligen 'Masterplan Mobilität' für eine autogerechte Stadt. Umgehungsstraßen noch und nöcher, kreuz und quer, so dass man als Autofahrer vor lauter Lärmschutzwällen von Minden gar nichts mehr mitbekomme und Ortsfremde sich dauernd verführen und statt in den Mindener Parkhäusern oftmals in Porta Westfalica landeten. Jeder Ortsfremde, der zum Shoppen nach Minden fahre, atme auf, wenn er die verkehrsberuhigte Mindener City endlich erreicht habe. Beziehungsweise eine der tollen Tiefgaragen, vor Jahrzehnten in weiser Voraussicht von dem damaligen CDU-Magistrat geplant, als die Grünen in Minden noch nicht am Drücker gewesen seien. Die Grünen profitierten wie überall vom bereits existierenden Fortschritt, aber dann in ihrer Regierungszeit lösten sie einen Investitionsstau aus, der sich gewaschen habe und Deutschland massiv zurückwerfe. Schon Georges Pompidou, nicht wahr, französischer Staatspräsident der 70er Jahre, habe seine Landsleute dazu aufgerufen, nicht in Sentimentalität zu verharren, sondern in ihren Städten ganze Viertel abzubrechen, um mehr Platz für großzügige Schnellstraßen zu schaffen.

Natürlich dürfe man den Gedanken des Umweltschutzes dabei nicht aus den Augen verlieren. Das goldene Maß sei immer die Mitte. Die von der CDU repräsentierte bürgerliche Mitte. Es sei richtig und wichtig gewesen, in der Mindener Innenstadt und auf den Verkehrsinseln viele mit Blumen bepflanzte Poller aufzustellen, damit die von den Schnellstraßen und Maisfeldern verwirrten und teilweise auch dezimierten Insekten und Schmetterlinge einen Rückzugsraum fänden. Genau richtig, ja. Und genau so solle es nicht nur in Minden, sondern in der Fläche des gesamten Landkreises werden, dass jeder Bürger schnell ins Einkaufszentrum seiner Wahl oder zu seinem Arbeitsplatz im grün romantischen Gewerbegebiet düsen könne.

-Ich habe viel vor, ruft Henke händereibend der Versammlung zu. Für das Land und für den Wahlkreis. Es geht um Wirtschaft und Arbeitsplätze, es geht um Bildung, es geht um Sicherheit. Wir sind ein starker Landkreis, und wir wollen noch mehr aus uns machen: wir wollen überdurchschnittliche Wachstumsraten, die niedrigsten Arbeitslosenzahlen im Landesvergleich, die höchste Ausbildungsquote. Denn, um es einmal lautmalerisch auszudrücken: NICHTS KOMMT VON NICHTS. Wir halten zusammen. Wir bringen uns ein. Wir wollen etwas bewegen. Wir haben fantastische Menschen hier, die mit anpacken, die zuverlässig, bodenständig und fleißig sind...

Trotz seiner leidenschaftlichen Floskeln erhält der Kandidat relativ wenig Applaus. Im Ostwestfalenblatt wird anderntags zu lesen sein, einige Teilnehmer hätten gegrummelt während der Aufstellungsversammlung. Die Viererbande von der Lübbecker Sparkasse, die jetzt in Minden nichts mehr zu melden habe, aber selber gern Abgeordneter geworden wäre. Den Bauern sei Henke nicht bäuerlich genug, obwohl er von denen noch jeden unter den Tisch trinke, den Sportschützen und Kegelfreunden zufolge mangele es ihm an Treffsicherheit. Doch dann sei Erika Pfefferkorn aufgestanden und habe ordentlich auf den Tisch gehauen. Und zum Schluss auf den Kanzler verwiesen, was der für große Stücke auf Henke halte. Da waren sie still.

In Berlin kennen Henke ja die wenigsten, aber die ihn kennen, wissen, dass sie sich auf ihn verlassen können. Auch wenn er in Minden nicht gerade der Platzhirsch ist, hat er in Lübbecke doch beste Chancen, mindestens eine Zweidrittelmehrheit einzufahren; nicht zuletzt deshalb, weil er überall hingeht, wo es Freibier gibt und dann das letzte aus sich herausholt, um schnell noch eine zweite und womöglich dritte Molle zu ergattern. Für Henke sind öffentliche Veranstaltungen wie der Blasheimer Markt ein Jungbrunnen. Wohingegen andere Personen des öffentlichen Lebens, Namen sollen hier nicht genannt werden, die sich nur unter Ihresgleichen und in nicht-öffentlichen Sitzungen wohlfühlen, teilweise Angst haben, da überhaupt hinzugehen, und wenn sie sich doch überwinden und es ausnahmsweise zwei Stunden dort aushalten, anschließend erschöpft ins Bettchen fallen.

Besonders die Delegierten aus dem Altkreis Minden, die dem Lübbecker Henke den Erfolg möglicherweise missgönnen und sich übergangen fühlen, sind not amused. Und fühlen sich natürlich bestätigt, als ein Henke nicht wohlgesonnener Lübbecker Delegierter, dessen Name hier ebenfalls nicht genannt werden soll, darauf hinweist, der zu Nominierende habe noch bei der letzten Kommunalwahl vehement für Püffkemeier Partei ergriffen, aus dem einfachen Grund, weil Püffkemeier ihn damals als Stadtrat haben wollte. CDU-Kandidaten, die ihm hätten gefährlich werden können, seien von Henke regelrecht weggebissen und in den Dreck gezogen worden. Auch sei in Lübbecke allgemein bekannt, dass der gute Henke noch vor wenigen Jahren bei den Püffkemeiers ein- und ausgegangen und sogar regelmäßig zu den legendären Bratkartoffelessen von Frau Püffkemeier eingeladen worden sei. Deren Puffer und Bratkartoffeln seien übrigens ausgezeichnet und auf jeden Fall besser als Püffkemeiers Politik, sagt der Delegierte - der sich in Zukunft warm anziehen muss, wenn er Henke auf der Langen Straße zufällig über den Weg läuft.

-Es bringe nichts, Aufregungen des letzten Wahlkampfes zur Messlatte unserer heutigen Entscheidung zu machen, erwidert Holzbrink gelassen. Die beschriebenen Vorgänge zeigten doch nur, dass Henke ein Mann sei, der sich enorm und leidenschaftlich engagiere.

-Ja, wenn es um seinen Vorteil geht, ruft einer dazwischen.

-Einen wie Henke müsse man nicht bekannt machen, weil er sich bereits überall bekannt gemacht habe, entgegnet Holzbrink. Er werde auf jeden Fall wieder viele Stimmen ziehen, und diesmal würden es CDU-Stimmen sein.

-Außerdem sei Henke vom Bundesvorstand bereits in die Wahlvorbereitungskommission berufen worden, wirft die Bezirksvorsitzende ein. Auf so einen wichtigen Mann könne in der nächsten Legislatur unmöglich verzichtet werden.

-Wir lassen uns aber nicht von der Bundespolitik vorschreiben, wer uns demnächst in Berlin vertreten soll, kommt es wieder von hinten.

-Jawohl, sagt ein Anderer. Der Strot-Otte ist bereits so eine Niete gewesen.

-Bundespolitik, Bundespolitik, äfft Holzbrink den Kritiker nach. Es sei nicht einfach nur die Bundespolitik. Es seien die obersten Parteigremien, die sich für Henke ausgesprochen hätten. Die allerobersten.

Ein bisschen sieht er sein gewohntes 100% Ergebnis in Gefahr. Denn ja, für gewöhnlich gehen alle Holzbrink'schen Wahlvorschläge mit fast 100% durch. Auch er selbst hat bei Kreisvorstandswahlen noch nie weniger als 100% bekommen. Selbst Heinz' Pleite und der Skandal um die Lübbecker Sparkasse haben Holzbrink in seinem Sprengel nicht geschadet - der Grund, warum er von Püffkemeier manchmal der Kim Jong Il der Minden-Lübbecker CDU genannt wird.

-Henke räuspert sich und sagt, erst kürzlich habe ihm ein bekannter Parteigenosse - ein sehr bekannter - den besten Cognac seines Lebens spendiert.

-Also, der Bundeskanzler war es, sagt die Bezirksvorsitzende klar und deutlich.

Offensichtlich hat sie Angst, dass hier ein paar Schafszüchter im Saal sitzen, die für alles etwas länger brauchen. Berechtigte Angst, denn:

-'Parteigenosse' sagen wir hier nicht, kommt es vom Vertreter des evangelischen Arbeitskreises.

Na gut. Henke will den Zuhörern gerade von Lahmeiers Zuspruch und dem Edelcognac des Kanzlers vorschwärmen, da geht die Bezirksvorsitzende noch einmal dazwischen, jetzt aber richtig. Sie räuspert sich, und gleich wird es still im Saal. Sie spricht ein Machtwort, womit sie besonders bei den anwesenden Landwirten gut ankommt. Diese sind es gewohnt, von ihren Ehefrauen mindestens dreimal täglich gemaßregelt zu werden und haben Ähnliches in der CDU lange vermisst.

Als erstes würgt die Erika energisch jede weitere Diskussion ab, indem sie erklärt, der Bundeskanzler persönlich habe bei ihr angerufen, um sich für Henke stark zu machen. Er brauche, habe ihr Lahmeier mitgeteilt, kompetente und vertrauenswürdige Abgeordnete, auf die er sich verlassen könne und die außerdem den Wahlkreis Minden-Lübbecke würdig verträten. Auch sie, die Bezirksvorsitzende, sei überzeugt, mit Henke habe man genau den richtigen Mann gefunden, der wegen seines Stadtratmandates über enorme kommunalpolitische Erfahrung verfüge und zugleich - aufgrund einschlägiger beruflicher Erfahrungen in der Papierindustrie - auf dem Felde der ostwestfälischen Standortpolitik Enormes bewirken werde. Henke solle, um es auf Deutsch zu sagen, für unsere Heimat und unsere Wirtschaft massig Subventionen locker machen, das habe man im Präsidium bereits durchgesprochen.

Beim Wort 'Deutsch' sind einige ältere Delegierte, die schon so halb am Einnicken waren, aufgeschreckt und hören jetzt gespannt zu.

-Wir brauchen mehr Innovationen in OWL, sagt die Bezirksvorsitzende, wobei sie mit der Hand in ihre üppigen Tanzlehrerlocken greift. Das ist doch klar. Deshalb kommt die steuerliche Forschungsförderung. Deshalb fördern wir die Gründerkultur. Deshalb bauen wir Bürokratie ab, und deshalb stecken wir zusätzliche Milliarden in Forschung und Entwicklung. Das sind alles Punkte, um die sich der neue Abgeordnete kümmern soll, und ich sehe keinen besseren Kandidaten als Erwin Henke.

7.

Ein Rauschen erfüllt die Luft, wie es Henke noch nicht gehört hat, oder höchstens im Fernsehen und dort auch nur in Zimmerlautstärke. Ein Rauschen, das bald darauf in ein unangenehmes Knattern übergeht. Starke Windböen, von Rotorblättern angefacht, die sich wie verrückt um eine Achse drehen. Dann landet der Hubschrauber auf dem Dach des Kanzleramtes.

Während einige Teilnehmer zu Fuß gekommen sind, weil sie es vom Bundestag nicht weit haben, und selbst Piepenkötter 'nur' mit einer gepanzerten Luxuslimousine vorfährt, schwebt Lahmeiers Imageberater, der bekannte PR-Unternehmer Ferry Noltenstihl, mit dem firmeneigenen Helikopter ein. Er ist ein gefragter Mann, und Zeit ist Geld für ihn. Wieso soll er sich von seiner Potsdamer Villa mit dem Auto durch den ganzen Innenstadtverkehr quälen, wenn es so viel schneller geht?

Die Villa hat der Ferry nach der Wende direkt von einem hohen SED-Bonzen und Minister übernommen, der auch immer mit einem Hubschrauber unterwegs gewesen ist, mit einer Kamow Ka-226, wie Noltenstihl beim Surfen im Internet herausgefunden hat, die eigentlich zur Schädlingsbekämpfung aus der Luft angeschafft worden war. Bemerkenswert ist nach Ferrys Einschätzung der Einbau von einfachen 9-Zylinder-Sternmotoren des Typs M-14W-26, die viel leiser gewesen sein sollen als die modernen Turbinen.

Denn natürlich stört Noltenstihl als die sensible Persönlichkeit, die er ist, der Rotorenlärm ganz gewaltig. Doch wenn man sich 3 oder 4 Stunden im Stau sparen kann, nimmt man es hin, kurzzeitig einen Lärmschutzhelm tragen zu müssen. Stundenlang im Stau zu stehen ist für ein empfindsames Gemüt mindestens genauso schädlich wie eine Viertelstunde den dröhnenden Hubschrauberlärm zu ertragen.

-Der rot-grüne Senat tut ja nichts gegen den Verkehrsinfarkt in der Innenstadt, sagt der Ferry, als Ingeborg ihn lobend auf seinen superschicken, bonbonbunten Helikopter anspricht.

In Wahrheit fliegt die Ingeborg nur sehr ungern Hubschrauber. Da geht es ihr wie vermutlich den meisten Leuten. Ich glaube, Lahmeier ist so ziemlich der einzige Mensch, der im Hubschrauber schlafen kann und dem der Krach von Flugmaschinen generell nichts ausmacht. Selbst in der Transall ist unser Bundeskanzler schon mal eingeschlafen, die nicht gerade für ihren Lärmschutz bekannt ist, und konnte nur mit Mühe aufgeweckt werden, als er unsere Soldaten am Hindukusch besucht hat, wo sie bekanntlich die deutschen Grenzen verteidigen. Nein, Lahmeier hat das Gemüt eines Walrosses und lässt sich von widrigen Umständen wenig beeindrucken. Das fängt schon im Bundestag an, wenn er während der Reden seiner Kritiker die Ohren auf Durchzug schaltet. Unser Bundeskanzler würde auch weiterschlafen, wenn nebenan eine Atombombe hochgeht, weil er aus tiefster innerer Überzeugung davon ausgeht, dass seine Sherpas ihn da schon irgendwie herausholen.

Vielleicht versteht er sich darum so gut mit Noltenstihl. Lahmeier hat es sich nicht nehmen lassen, den Gast persönlich vom Hubschrauberlandeplatz auf dem Flachdach des Kanzleramtes abzuholen und seinen frischgekürten Sherpa Erwin Henke gleich mitgeschleift. Jetzt begeben sie sich gemeinsam mit der Ingeborg, dem Eugen und mit Karl-Herrmann Piepenkötter in das abhörsichere persönliche Besprechungszimmer des Kanzlers, um in groben Zügen über den Ablauf der Kampagne zu beschließen, die Lahmeier seine Wiederwahl sichern soll.

-Warte mal, sagt Henke eifrig zu Lahmeier. Ich rücke dir eben noch den Stuhl zurecht. Damit du bequemer sitzen kannst.

Ebenfalls anwesend ist Doktor pol. Achenbach junior vom Achenbach'schen Institut für Demoskopie und Internationale Wissenschaft, der seinen kürzlich verstorbenen Vater vertritt. Das Achenbach-Institut kann man guten Gewissens als Think Tank der CDU bezeichnen und Achenbach senior als des Kanzlers Leibdemoskopen; dem Junior kann Lahmeier nicht so viel abgewinnen.

Der Bundeskanzler raschelt mit den Papieren, die ihm Ingeborg zuvor hingelegt hat. Alle warten auf seine Eröffnungssentenzen, und er lässt sie ein bisschen warten. Er genießt es sichtlich, hier wie überall sonst die Hauptperson zu sein.

-Willkommen zu unserer *seminal session* bezüglich meiner Wiederwahl, sagt Lahmeier endlich. Heute ist der Ferry Noltenstihl dabei, der uns schon einmal gezeigt hat, dass er Bundeskanzler machen kann. Extra mit dem Heli angereist, top.

-Ich wusste gar nicht, dass du dir von unserem Etat einen eigenen Hubschrauber leisten kannst, wendet sich Lahmeier launig direkt an den Werbefuzzi.

Der Ferry räuspert sich und stellt zuerst einmal klar, das CDU-Budget könne wohl kaum für einen Hubschrauber reichen. Nicht mal für ein schnelles Auto. Höchstens für einen Fiat 500. Für die CDU arbeite er quasi zum Selbstkostenpreis. Die freie Wirtschaft zahle bedeutend besser als die Politik. Vor allem in der heutigen Zeit, wo viele Produkte wegen der allgemeinen Übersättigung immer schwerer an den Konsumenten zu bringen seien, setzten viele, zumal auch stinkreiche Familienunternehmer, ihre Hoffnung auf PR-Agenturen.

-Zudem seien Hubschrauber heutzutage gar nicht mehr so teuer, fügt er bescheiden hinzu. - Da wundert ihr euch! Im Bereich der Hubschrauber herrsche wie in anderen Mobilitätssparten ein harter Verdrängungswettbewerb mit dem asiatischen Raum, weil die Chinesen seit einiger Zeit nicht nur Autos und Solarzellen, sondern auch kleine Privathubschrauber quersubventionierten. Der normal reiche Chinese werde bald mehr mit seinem Privathubschrauber unterwegs sein als mit BMWs und Daimlers. Zumal sich Hubschrauber sowohl in China als auch in der BRD von der Steuer absetzen ließen.

Noltenstihl sagt immer noch BRD statt Bundesrepublik oder Deutschland. Das ist aber ungefähr das einzige, was er aus seiner Studentenzeit beim MSB Spartakus mitgenommen hat. Ansonsten höchstens noch den Honnecker'schen Hang zu Seegrundstücken und vergoldeten Badearmaturen.

-Das größere Problem sei gewesen, einen Landeplatz genehmigt zu bekommen, sagt der Ferry mit sonorer Zufriedenheit. Denn natürlich hörten es die Seenachbarn nicht gern, wenn sein Hubschrauber unweit ihrer Villa zur Landung ansetze und sie säßen gerade beim Kaffeetrinken auf ihrer noblen Terrasse. Wenn dann noch ein paar Blätter auf die Tischdecke rieselten und gar in ihrem Cappuccino landeten, sei es ganz aus. Welche deutsche Unternehmerpersönlichkeit dulde schon ein derartiges Tohuwabohu auf seiner Terrassentischdecke. Da würde er eher den Mindestlohn zahlen oder die alten Kastanien auf seinem Seegrundstück fällen als ständig die großen angebräunten Gammelblätter auf seiner Tischdecke liegen zu haben.

-Wenn das man nicht verboten ist, wirft Eugen Hirtl ein. Also ich meine, alte Kastanienbäume fällen.

Hirtl kennt sich mit teuren Villengrundstücken im Berliner Speckgürtel aus. Da sein privates Budget beträchtlich kleiner ist als das von Noltenstihl, ist er bis heute allerdings nicht fündig geworden.

-War nicht so ganz ernst gemeint, klärt Ferry Noltenstihl ihn auf.

Der Ferry ist derart begeistert von seinem Anwesen, dass ihm spontan heraus-rutscht, der Bundeskanzler solle sich für seine Zeit 'danach' auch ein See-grundstück reservieren lassen. Er merkt aber gleich, diese Empfehlung hätte er sich besser sparen sollen. Lahmeier will sich auf keinen Fall aufs Altenteil zurückziehen. Ein Mann wie Lahmeier braucht kein beschauliches Seegrund-stück, sondern dauernd Action um sich herum, wo er das ruhige Auge des Zyklons spielen kann, um das sich alles dreht. Lahmeier will der Bestimmer sein und bleiben.

-In der Frage Hubschrauberlandeplatz haben meine Nachbarn unseren Bür-germeister ganz schön unter Druck gesetzt, redet Noltenstihl ungebremst wei-ter. Der wäre vielleicht sogar eingeknickt - wenn, ja wenn er nicht aktuell selbst einen privaten Hubschrauberlandeplatz gebraucht hätte.

Wieder räuspert sich Noltenstihl und hüstelt sogar ein bisschen. Anscheinend hat er einen Virus eingefangen, denkt Lahmeier und rückt unwillkürlich ein Stück von ihm weg.

-Wer in Potsdam auf sich halte, brauche einen eigenen Heliport, sagt Noltenstihl und zieht eine Schnute.

Er kommt von dem Hubschrauberthema anscheinend nicht los.

-Das ist auch dem Potsdamer Bürgermeister irgendwann klar geworden, der ja hauptberuflich als Immobilienentwickler arbeitet. Es macht doch keinen Sinn, den öffentlichen Hubschrauberlandeplatz zu benutzen und nachher womög-lich mit dem Taxi nach Hause chauffiert zu werden, also ich bitte Euch. Ganz davon abgesehen, dass man seinen Privathubschrauber nicht auf einem öffent-lichen Heli-Stellplatz abstellen möchte, nachdem man sich all die teuren Ext-ras geleistet hat. Krokodilledersitze, ein Digital Artificial Horizon RCA2600 Inclinometer oder einen Blind Encoder ACK A-30, um nur ein paar High-lights zu nennen. Jeder Potsdamer, der auf sich hält, möchte einen solchen Helikopter natürlich auf dem eigenen Grundstück parken.

Jetzt räuspert sich auch der Bundeskanzler.

-Bitte nicht weiter abschweifen, sagt er. Habe ich euch schon erzählt, dass die Harvard Universität mich zum Ehrendoktor machen will?

-Das hört sich gut an, sagt Piepenkötter, der immer am schnellsten im Umschalten ist. Wenn die Verleihung kurz vor der Wahl stattfindet, wird uns das ordentlich Stimmen bringen.

-Also nicht von ostdeutschen AfD-Sympathisanten, sagt Hirtl. Die mögen die Russen lieber als die Amerikaner. Ich kenne da einen, der in St Petersburg studiert hat und total verliebt ist in Russland. Dem darfst du mit Amerika nicht kommen.

-Woher kennst du eigentlich AfD-Sympathisanten? fragt ihn Lahmeier misstrauisch.

-Die Verleihung eines Ehrendoktors durch Harvard ist auf jeden Fall eine phänomenale Sache, mischt sich Ingeborg ein. Du könntest auf dem Weg dahin in Island vorbeischauen, wo Umweltschützer neuerdings Mahnwachen wegen der verschwundenen Gletscher abhalten. Denen kurz mal die Hände schütteln.

Noltenstihl nickt.

-Tolle Idee, sagt er. Soweit ich weiß, ist einer kürzlich in Hungerstreik getreten. Du könntest ihn stützen, während ihr, in ein tiefsinniges Gespräch vertieft, über die steinige Mondlandschaft stolpert. Wird ein paar hübsche Bilder geben…

-…besonders wenn du die schicke Freizeitjacke anziehst, die dir so gut steht, ergänzt Ingeborg, und mit der du dich damals in Machu Picchu für den Erhalt des Regenwaldes eingesetzt hast, während tausend Japaner an dir vorüberhasteten.

-Für Island wird sie zu kalt sein, wendet Lahmeier ein.

-Dann ziehst du die braune Polarjacke an, mit der du die Pinguine in der Antarktis erschreckt hast, kommt es von Piepenkötter. - Okay, das war ein Scherz. Ich halte Bilder aus Harvard für wichtiger. Harvard ist auch konservativen Deutschen ein Begriff, nicht nur den sogenannten Umweltschützern.

Als Landwirtschaftsminister hat Piepenkötter es sich angewöhnt, das Wort 'Umweltschützer' immer mit den Attributen 'angeblich' oder 'sogenannt' zu versehen.

Sodann äußert er den Verdacht, der POTUS höchstselbst stecke wahrscheinlich hinter dem Ehrendoktor.

-Ein Zeichen, dass er auf uns zugehen will.

-Könnte sein, bestätigt Lahmeier. - Aber noch mal zu der Jacke: habt ihr nicht gesagt, ich soll bei öffentlichen Auftritten nicht immer das gleiche anziehen?

Piepenkötter ignoriert die Frage und meint, seit der POTUS sich mit den Linksliberalen ausgesöhnt habe, dürfe er sogar mit dem Harvard Universitäts-präsidenten an einem Tisch speisen.

Auch wenn ihn das Jackenthema nicht ganz loslässt: der Bundeskanzler ist noch immer mächtig gerührt von dem Telefongespräch, das er vorhin mit dem Harvardheini geführt hat. Dieser lässt sich seine liberale Einstellung bekannt-lich mit gut einer Million Dollar im Jahr vergolden und verdient damit mehr als die meisten Politiker. Auch mehr als der POTUS.

Zwar ist es nicht Lahmeiers erste Ehrendoktorwürde, aber 'the green pastures of Harvard University', die sind schon etwas Besonderes. Wenn sein Englisch auch nicht so toll ist und die Amerikaner sprechen ja alle so schnell, dass man sie kaum verstehen kann, soviel hat unser Kanzler doch mitbekommen, dass ihm eine große Ehre zuteil wird.

-Ich nehme den Titel nicht für mich selbst entgegen, sondern in euer aller Namen, als Dank für die Leistungen, die ihr tagtäglich für unser Staatswesen erbringt, sagt er in seiner gewohnt selbstlosen Art.

-Nachdem die Amerikaner so großzügig sind, sollten wir in den Handelsge-sprächen Kompromissbereitschaft signalisieren, überlegt Henke - schon ganz in seinem neuen Element als Kanzlerberater.

-Das helfe den Amerikanern nur bedingt, wendet Piepenkötter ein.

Der Piepi lebt in der ständigen Angst, die Amis könnten den deutschen Markt mit ihren dicken Steaks überschwemmen, und das bringt er jetzt auch laut-stark zum Ausdruck. Klar, als Landwirtschaftsminister muss Piepenkötter an die deutschen Bauern denken.

-Als Gesundheitsminister muss ich euch außerdem darauf hinweisen, dass die meisten Amerikaner von ihren dicken Steaks Übergewicht haben, fügt er hin-zu. Wollen wir das wirklich auch?

-Genau, sagt Hirtl. Erst müssen die amerikanischen Produkte besser werden.

Er denkt dabei vor allen Dingen an den sündhaft teuren Lincoln Continental, den er vor einiger Zeit gekauft hat und der bereits nach 15 Monaten einen Motorschaden hatte.

Ingeborg erinnert daran, dass Google und Co auf ihre Werbeeinnahmen in Deutschland immer noch keine Steuern zahlen. Von daher sei der Harvard-Ehrendoktor als reine Kosmetik zu betrachten.

-Gebongt, sagt Lahmeier, die Einwände ignorierend. Wir kaufen amerikanische Steaks, aber dafür geben wir unseren Landwirten etwas mehr Subventionen. So wird sich alles irgendwie ausgleichen, und am Ende können wir sogar
noch mehr Autos nach Amerika exportieren.

-...I met him one day on the green pastures of Harvard University, stimmt er
zur allgemeinen Beruhigung den uralten Song an.

Singen kann er, unser Kanzler, das muss der Neid ihm lassen. Ich würde sogar
sagen, er singt besser als der Rüdiger mit seinem Kastratenorgan. Dass man
sich fragt, warum Rüdiger Rohrer mehr goldene Schallplatten hat als der
Bundeskanzler.

Glücklicherweise denkt Lahmeier im Moment nicht an den Kontrahenten. Er
ist gerade in so einer schwebenden, unbeschwerten und großherzigen Stimmung. Auch wenn seine Großeltern Bob Dylan nie gemocht und in Übereinstimmung mit Theodor Adorno der Popmusik ganz allgemein ein schnelles
Ende vorausgesagt haben. Nun sind wir selber Eltern und Großeltern, und die
Ohrwürmer haben sich in uns festgesetzt. Dafür prophezeien wir anderen
Dingen eine schnelle Verfallszeit. Handys beispielsweise. Kein Mensch wird
in 20 Jahren noch mit einem Handy am Ohr herumlaufen, oder in der U-Bahn
gebannt auf ein Minidisplay starren, um Moorhühner abzuschießen und sich
die Augen zu verderben oder die Nackenwirbel auszurenken.

In der Zwischenzeit hat Bob Dylan unter dem Beifall eines völlig gewendeten
Feuilletons, das den Pop früher als leichte Muse bestenfalls ignorierte, den
Literaturnobelpreis gewonnen. So ändern sich die Zeiten. Und auch wenn
Lahmeiers Großeltern im Anschluss an das Dritte Reich sofort CDU gewählt
haben, glaube ich nicht, dass Adorno Bob Dylan überhaupt der Erwähnung
wert gefunden hätte.

Gut, dass Adorno keine Ahnung hatte, ist Lahmeier schon im Studium klargeworden, als so ein linkslastiger Juradozent in einer Vorlesung über Aktien-
recht mit Kritischer Theorie anfing und den Hörern weismachen wollte, man
dürfe sich nicht in Sicherheit wiegen, dass der Faschismus besiegt sei. Ich
meine, 10 Jahre früher hätte so ein Linksdozent noch im Namen Che
Guevaras die Revolution ausgerufen, und daran sieht man einmal mehr, der
linke Vormarsch ist in Deutschland heutzutage ganz schön ins Stocken geraten. Der Dozent hat in der konservativen Fakultät keine Dauerstelle gekriegt;
stattdessen ist Adorno, wenn auch in seiner schwindsüchtigen Haber-
mas'schen Reinkarnation, staatstragend geworden. Man kann eben jeden phi-
losophischen Gedanken so oder so auslegen, das wussten schon die alten
Griechen.

-Ich bin mir gar nicht sicher, sagt Lahmeier in die Runde, ob Bob Dylan, wenn er in Deutschland lebte, nicht schon längst CDU wählen würde. Erstens in Abgrenzung von Adorno, den wir aufgrund seines biografischen Hintergrundes vermutlich nicht von unserer Partei überzeugen könnten, und zweitens, weil die CDU keine Vermögenssteuer will.

-Das werde ich Bob Dylan sogar persönlich sagen - also falls von dem doch mal eine Anfrage kommt. Dank der CDU/CSU ist Deutschland eines der wenigen Länder auf der Erde, wo es keine Vermögenssteuer gibt. Ein Vermögender kann seinen Reichtum in Deutschland unbedenks eventueller Steuersorgen in vollen Zügen genießen.

Bei diesen Worten sieht Lahmeier ganz verklärt aus.

Da niemand etwas dazu einfällt, außer Henke, der in seinen Bart brümmelt, weil ihm die ständige Fixierung auf linksliberale Vorbeter auf den Senkel geht, steht Ingeborg auf und lässt mit einem gekonnten Knopfdruck die Vorhänge herunter.

Ach so, Achenbach hat seine Tortendiagramme auf den Beamer gespielt. Dann kann's ja losgehen.

Lahmeier nickt Noltenstihl zu und sagt:

-Jetzt wollen wir zu deinem Konzept kommen, lieber Ferry, das du mit dem Erwin, dem Karl-Herrmann und mit Doktor Achenbach zusammen ausgearbeitet hast. Wir werden das gemeinsam durchgehen, und ich werde mir in verständlicher Sprache notieren, was gemeint ist. So haben wir das beim letzten Mal schon gemacht, und es hat sich bewährt, mein überarbeitetes Konzept dann ebenfalls zu veröffentlichen für diejenigen unserer potenziellen Wähler, die keine akademische Ausbildung genossen haben. Daraus ist später unser Wahlprogramm in leichter Sprache entstanden. Ein Renner, wenn ich mich richtig erinnere. Sogar bei denen, die von Harvard und den dortigen Koryphäen keine Ahnung haben. Hauptsache, sie kennen mich von meiner Weihnachtsansprache und den ZDF-Sommerinterviews und wissen, dass ich gegen Steuererhöhungen bin.

-Schon klar, sagt er lächelnd zum Ferry, ich sollte auch öfter beim Karneval auftreten, das wirkt in der Breite besser als jeder Ehrendoktor.

Piepenkötter verzieht das Gesicht.

-Du lachst, erwidert Noltenstihl dem Bundeskanzler. Aber es stimmt. Nur wenn wir alle Kommunikationskanäle voll ausschöpfen, wirst du mit der maximalen Stimmenanzahl wiedergewählt.

Statt zu antworten, setzt Lahmeier seine Lesebrille auf und vertieft sich in die bunt ausgedruckten Conceptsheets seiner Berater.

-Ich gebe euch mal ein Beispiel, sagt er dann. Thema Europa. Was ich hier in dem Konzept lese, ist ja stilvoll formuliert, im besten Juristendeutsch, das ich kenne. In einfacher Sprache übersetze ich das folgendermaßen:

-Erstens: 'Alle Länder in der Europäischen Union sind gleichberechtigt. / Das heißt: Jedes Land hat eigene Gesetze. Jedes Land hat eine eigene Armee. / In Deutschland ist das die Bundeswehr. / Das finden wir gut. / Das soll so bleiben! / Jedes Land hat einen eigenen Regierungschef. / In Deutschland ist das Arnold Lahmeier. / Das finden wir gut. / Das soll so bleiben!'

Zwischen den einzelnen Sätzen macht der Bundeskanzler lange Pausen.

-Aha, sagt Doktor Achenbach. Wo steht denn das genau?

-Zweitens: 'Der Euro ist stark, wenn die Wirtschaft stark ist. / Dann können wir auch in anderen Ländern viel einkaufen. / Das finden wir gut.'

-Drittens: 'Kein Land in der Europaischen Union soll mehr Schulden machen, als es sich leisten kann. / Oder wenn, soll es seine Schulden selber zurückzahlen. / Dafür sind die Banken wichtig. / Weil viele Menschen Geld sparen. / Bei der Bank. / Die Banken sollen auf das Geld gut aufpassen. / Die Banken müssen gerettet werden. / Darum kümmern wir uns.'

Hirtl sagt, er finde es toll, dass ein Akademiker wie Lahmeier dem Mann von der Straße in einfachen Worten erklären könne, was Sache sei. Auch Piepenkötter, Henke und der Ferry finden das toll.

-Er persönlich halte andere Punkte in dem Programmentwurf für ebenso wichtig, ergänzt aber Henke. Nicht immer nur Europa.

Er versucht es gleich mal mit Lahmeiers Simplizial-Ansatz:

-'Wir wollen die Autobahnen neu machen', sagt Henke. 'Und größer machen. In vielen Ländern gibt es ein Tempolimit auf allen Autobahnen. Das heißt: man darf nur so schnell fahren, wie es erlaubt ist. Das finden wir schlecht.'

-Allerdings, ruft Ingeborg. In Brandenburg seien die meisten Autobahnen geradezu vollgepfropft mit unsinnigen Tempolimits.

Seit sie von der Chefsekretärin zur Ministerialrätin befördert wurde und vom Mini-Cooper auf einen schnittigen Porsche umgestiegen ist, sehnt sie sich nach tempolimitfreien Autobahnen, damit sie mal so richtig losbrettern kann.

-Ich würde dir Bayern empfehlen, sagt Henke. Weißblau statt rotgrün. Wir sind mal auf dem Weg nach Österreich durch Bayern gefahren. Dort gibt es fast gar keine Tempolimits.

-Sie sei zwar für Klimaschutz, sagt die Ingeborg. Auch unterstütze sie die Aktivistin, welche, um ein Zeichen zu setzen, mit einer modernen Hochseeyacht von Europa nach New York gesegelt sei. Ebenso verstehe sie aber den gut betuchten Eigner der Yacht, welcher in seinen geräumigen Garagen einige Porsches und Ferraris stehen habe. Es mache doch keinen Sinn, mit einem Ferrari benzinsparend über die Autobahn zu zuckeln. Jeder wisse, dass bei einem Ferrari überhaupt kein Energiesparmodusknopf vorhanden sei.

-Rein ideologische Gründe, sagt der Ferry, hätten diese Tempolimits. In Brandenburg und Berlin würden die Autofahrer seit Jahren von den Grünen schikaniert und gegenüber den anderen Verkehrsteilnehmern benachteiligt.

-DA sollte mal die Diskriminierungsbeauftragte einschreiten, ruft Henke. Die ist doch sonst immer gleich dabei.

Wie viele andere Politiker und Wirtschaftsbosse hat auch der Erwin in seiner neuen politischen Funktion bereits Bekanntschaft mit der Berliner Diskriminierungsbeauftragten gemacht. Die Berliner Wirtschaftsbosse hört man oftmals klagen, sie hätten mit der Diskriminierungsbeauftragten fast so viel zu tun wie mit der hiesigen Staatsanwaltschaft.

-Das alles stärkt nur jene Kräfte, die das Wachstum in unserer Gesellschaft bremsen wollen, lässt Lahmeier sich vernehmen.

Alle nicken. Alle haben gemerkt, immer mehr Straßen werden verengt, indem Fahrradwege und Busspuren verbreitert werden, oder gleich ganz für den Autoverkehr gesperrt. Dabei fahren die Busse meistens halbleer in der Gegend herum. Kein Wunder, dass da der Chauffeur nicht mehr durchkommt. Wenn einem in beiden Richtungen Fahrräder, Kleinwagen und exotische Lastkarren ungebremst entgegenrollen, kann man ja gar nicht mehr schneidig überholen. Die Chinesen sind gerade dabei, vom Fahrrad auf das Automobil umzusteigen, und wenn es nach den Grünen geht, soll es in Deutschland umgekehrt laufen.

Noch immer nicken alle. Sie können mit dem Nicken überhaupt nicht aufhören, so heftig sind sie einer Meinung. Besonders Ferry Noltenstihl kann sich gar nicht genug über die grünen Lokalpolitiker aufregen.

-Immer mehr Parkplätze würden abgeschafft oder als Ladestation für Elektroautos zweckentfremdet, sagt er. Ladestationen noch und nöcher, nur weil der rot-grüne Senat seinen Spleen ausleben wolle. Kein Mensch fahre in Berlin Elektroauto. A, weil er es sich nicht leisten könne, B, weil Elektroautos überhaupt keine Reichweite hätten und C, weil sie viel zu klein seien, um etwas herzumachen oder um Sachen zu transportieren.

Unruhig knabbert der Ferry an einem der Mini-Quiches, die Ingeborg für alle Teilnehmer hat hinstellen lassen - für alle außer Lahmeier, den sie nämlich auf Diät gesetzt hat.

-Ich weiß gar nicht, warum du dich so aufregst, sagt Hirtl. Du hast doch deinen Helikopter.

Piepenkötter sieht das anders. Von Piepenkötter kriegt der Ferry diesmal Schützenhilfe.

-Stell dir vor, du fährst ein teures Elektroauto, aber es sieht aus, als ob du in Frankreich oder Italien beim Fiat- oder Renaulthändler warst, empört sich Piepenkötter. Du kannst vor deinen Nachbarn nicht bestehen, weil die alle einen Premium-SUV in der Garage haben. Außerdem kriegst du deine Samstagseinkäufe nicht ins Auto, und Frau und Kinder erst recht nicht. Elektroautos, das ist was für in 20, 30 Jahren, wenn die Batterien genug Leistung bringen und man sich den Kopf nicht mehr an der niedrigen Türleiste anstößt. Im Moment lasst bloß die Hände weg von Elekroautos. Das eine Prozent Ökospinner in Deutschland legen sich vielleicht ein Elekroauto zu. Der vernünftige Mensch fährt Diesel, wie der Daimlerchef erst kürzlich bestätigt hat. Die ausgereifteste Technologie mit der neuesten Euroabgasnorm - was soll daran falsch sein?

-'Wir wollen die Regionen stärken', sagt Lahmeier. Dort braucht jeder ein Auto, auf das er sich verlassen kann. Also einen Diesel.

-'Wir wollen die Bauern stärken', ergänzt Piepenkötter. Wie früher ein bedeutender Politiker gesagt hat: wenn es den Bauern gut geht, geht es auch dem Land gut.

-Das muss aber schon sehr lange her sein, entfährt es Doktor Achenbach.

-...zumindest dem platten Land, schränkt Piepenkötter ein. Aber darum geht es ja: die Etappe stärken. Was hilft da besser, als die Bauern wirtschaftlich aufzubauen, indem man ihren Output erhöht, und damit zugleich den deutschen Export. Wir sind nun mal eine Exportnation, und ja, auch landwirtschaftliche Produkte gehören dazu.

-Das ist der Grund, warum du gleich nach deiner Ernennung auf einen Schlag 18 neue Pestizide zugelassen hast, meldet sich Hirtl wieder zu Wort.

Oh-oh. Der Eugen ist heute anscheinend wieder auf Krawall gebürstet.

-Humbert hat sich gefreut, kann ich euch sagen, bestätigt Lahmeier.

Er erinnert sich noch gut an Humberts ausgelassene Stimmung in der VIP-Lounge, obwohl die Martha an dem Tag haushoch verloren hatte. Aber klar, obwohl Humbert die meisten Aktien des Unternehmens schon lange verkauft hat, schlägt sein Herz immer noch für seinen alten Chemiekonzern.

Piepenkötter steht nach wie vor zu seiner Entscheidung.

-Arzneimittel und Pestizide, sagt er, die gehören zusammen. Wie Gesundheits- und Landwirtschaftsminister.

Und wirklich. Nachdem ihn seine Frau verraten und schnöde verlassen hat, ist der Job als Superminister das einzige, was ihn tröstet.

-Wie Milch und Gülle, sagt Doktor Achenbach trocken.

-Fehlt noch, dass du Verkehrsminister wirst, sagt Hirtl unter Hinweis auf Humberts Stahlbetonsparte.

-Da ist die CSU vor, lacht Noltenstihl. Solange eure Schwesterpartei den Verkehrsminister stellt, kriegen wir Norddeutschen keine vernünftigen Straßen und müssen auf Hubschrauber umsteigen.

Auch Piepi nimmt sich nun ein Mini-Quiche, obwohl er eigentlich wiederstehen wollte.

-Tun wir nicht bereits genug für die Umwelt, indem wir Biosprit aus deutscher Landwirtschaft verarbeiten? fragt er mampfend in die Runde.

-Leider dächten nicht alle so, wendet Ingeborg ein. Im rotgrünen Senat und auch in Teilen der bürgerlichen Parteien sei ein erschreckender Hang zu Elektroautos feststellbar.

-… da ist es gut, sagt der Ferry, jetzt wieder ruhiger werdend, dass wir in Potsdam Kommunalpolitiker von der CDU haben, die etwas auf ihre wohlhabende Klientel achtgeben und nicht nur die Sozialhilfeempfänger hofieren. In Potsdam macht es noch Spaß, auf Stehempfängen zu Ehren einer der vielen dort residierenden Promis, die sich ebenfalls eine Villa mit Seeblick gesichert haben, mit einem Kommunalpolitiker, der auch mal eine andere Meinung hören will, über die Zukunft unserer Mobilität fachzusimpeln.

Lahmeier gähnt.

-Mit dem Thema Verkehr sollten wir durch sein, sagt er.

Ja klar, ein Bundeskanzler kennt das kaum, im Stau zu stehen.

-Next point, sagt er. 'Die Steuern sollen nicht höher werden.' Keine Einwände. Abgehakt.

-Next point, sagt Henke. 'Deutschland soll ein sicheres Land bleiben. / Wir wollen mehr Überwachung. / Verbrecher sollen Angst haben. / Davor, dass sie gefasst werden. / Und davor, dass sie bestraft werden.'

-Du hast das Prinzip verstanden, Mensch, freut sich der Kanzler und klopft seinem Adlatus wohlwollend auf die Schulter.

Die anderen gucken ein bisschen neidisch.

-'Die Preise sollen gleich bleiben; / und nicht immer anders werden', sagt der von Lahmeier ermutigte Henke.

-So ist es. 'In Deutschland kann man gut leben', sagt Lahmeier. Solange ich am Drücker bin. Was fällt euch dazu ein? Wir machen jetzt mal ein kleines Brainstorming. Ob ihr alle einfaches Deutsch könnt. Dabei blickt er Achenbach fest in die Augen.

-'In Deutschland gibt es viele gute Häuser', gibt der Doktor nach einiger Überlegung von sich. 'Es sollen noch mehr werden.'

-Die Hochschulen sollen genug Computer anschaffen, damit die künftige Juristengeneration lernen kann, wie man ein Worddokument aufmacht und bearbeitet, sagt Piepenkötter und muss dabei an seine Ex denken, die sich trotz oder wegen ihres Jurastudiums immer noch weigert, im Ministerium ihren PC einzuschalten, geschweige denn Exceltabellen oder Tortendiagramme zu erstellen.

Piepenkötter denkt sehr häufig an seine Ex. Zu häufig eigentlich. Vor allem muss er immer wieder daran denken, wie gut sie am Anfang im Bett gewesen ist, und dass sich in dieser Hinsicht keine andere Volljuristin mit ihr messen kann. Besonders im angeheiterten Zustand ist die Berenike der Knaller im Bett, und es macht Piepenkötter ganz rasend und dann auch wieder depressiv, wenn er an sie und Kurti beim Schnackseln denkt.

-Du kannst nicht von jedem Juristen erwarten, mit Computern so firm zu sein wie du, sagt Lahmeier zu seinem Agrarwirt und beißt ebenfalls in ein Mini-Quiche, obwohl er es sich bestimmt nicht leisten kann. - Als Jurist müsse man ein Allrounder sein, auf allen möglichen Gebieten bewandert, besonders des Strafrechts, sonst lande man kurz nach der ersten Million im Gefängnis. Da blieben Computerkenntnisse manchmal auf der Strecke. Wozu habe man schließlich einen Systemadministrator. So sei das nun einmal. Stichwort Neidkomplex. Bei reichen Juristen kenne die neidige Umgebung kein Halten mehr.

Keiner weiß, warum Lahmeier ein Herz für reiche Juristen hat, wo er als Bundeskanzler doch angeblich so schlecht bezahlt wird. Aber gut, der Herr ist früher Notar gewesen und hat auch mal in einer Wirtschaftskanzlei gearbeitet. Solche Leute verdienen ihr Geld im Schlaf, und auf jeden Fall verdienen sie mehr als normale Bundeskanzler.

Henke wäre auch gern ein reicher Jurist mit Insiderwissen geworden, wenn er das hier so hört. Aber sein Vater hat ihn nach der Realschule gleich in der Papierfabrik angemeldet. Tag für Tag im Büro über fremder Leute Auftragsbüchern sitzen statt als Wirtschaftsanwalt in Eigenregie Millionen zu scheffeln: das ist wirklich nicht das Wahre.

-'In Deutschland ist das Wasser sauber', sagt Piepenkötter.

-Deutschland darf vor der EU-Kommission nicht zu Kreuze kriechen. Und die Deutschen sollen sich wegen dem bisschen Nitrat nicht ins Hemd machen, sagt Henke - wie immer ein Meister klarer Worte.

Hirtl sichert sich schnell die beiden letzten Mini-Quiches.

-Ich komme vom Land, sagt Henke. Wenn wir als Fleischexportnation die Nummer 1 bleiben wollen, müssen wir das bisschen Nitrat im Grundwasser aushalten.

Anerkennend nickt Piepenkötter.

-Wie wäre es mit: 'In Deutschland ist das Wasser sauber; darum besteht kein Grund, den Klagen der EU nachzugeben', schlägt Ingeborg vor.

-Lass den zweiten Teil weg, entscheidet Lahmeier. Wir schreiben nur, 'das Wasser ist sauber'.

-'In Deutschland wächst sauberes Obst und Gemüse', sagt Piepenkötter.

-'Das soll so bleiben', sagt Hirtl, indem er gelassen in seine Mini-Quiches beißt.

Jetzt müssen alle ein bisschen schmunzeln.

Nachdem sie das Wahlprogramm durchgesprochen haben, kommt Achenbach auf wichtigere Themen. Unter anderem dreht sich die Diskussion um die Aufarbeitung des G20-Gipfels. Hier überlässt der Doktor zunächst dem Ferry das Wort, der streng mit dem Regierungschef ins Gericht geht. Der Ferry spricht Dinge aus, die in Lahmeiers Gegenwart sonst kaum jemand auszusprechen wagt.

-Du musst dich selbstkritisch fragen: wie ist das mit meiner Außenwirkung? sagt der Ferry beispielsweise zum Bundeskanzler. Habe ich genug dafür getan oder mich eventuell zuviel in Hinterzimmern herumgetrieben, so dass mich kein Fotograf knipsen konnte? Du erinnerst dich, was wir vor dem Gipfel besprochen hatten: du musst sowohl als Staatsmann rüberkommen, mit schönen Handshake-Bildern, aber auch innenpolitisch als jemand, der Ausschreitungen nicht durchgehen lässt.

Er blickt auffordernd zu Achenbach hinüber.

-Ich kann Ferry Noltenstihl nur zustimmen, sagt Achenbach nach kurzem Zögern. Dieser Wahlkampf wird kein Spaziergang. Ihr müsst euch darüber klar werden, Rüdiger Rohrer ist ein ganz schwerer Gegner. Das bestätigen alle Umfragen.

-Nicht nur demoskopisch, auch aus Sicht der Public Relations sei dem beizupflichten, sagt Ferry Noltenstihl.

-Pfhhhht, macht Piepenkötter als Antwort und drückt damit so nebenbei seine Meinung über den neben ihm sitzenden Werbefuzzi aus.

Als Landwirt und Landwirtschaftsminister kann er den Ferry nur als Leichtgewicht einschätzen. Rein kilomäßig ist dieser das ja auch, besonders im Vergleich zu Piepenkötter. Womöglich hat aber gerade die zunehmende Wohlgenährtheit des Ministers für Landwirtschaft und Gesundheit seine Frau bewogen, ihm den Laufpass zu geben, weil sie beim Beischlaf nicht erdrückt werden wollte. Wobei man sagen muss, auch Kurti Krombholz ist längst nicht mehr so schlank wie früher.

-Keine Ahnung von Politik hat Rüdiger Rohrer, verleiht Piepenkötter seiner Meinung über den Popstar Ausdruck. Wie viele Jahre politischer Erfahrung sind allein hier im Raum versammelt! Und man will uns erzählen, dass ein abgehalfterter Musiker eine Gefahr für uns darstellt?

Während Noltenstihl noch überlegt, ergreift Doktor Achenbach das Wort.

-Natürlich kann man das abtun und sagen, die SPD hat einen Mann auf ihr Schild gehoben, der ständig seine Meinung ändert und Politik als Samstagabendshow begreift; und der daher total ungeeignet für den Job ist. Aber glaubt mir: der Rüdiger kriegt die Stimmen der musikbegeisterten Jungen, und der Alten noch obendrauf.

Lahmeier wiegt zweifelnd den Kopf, doch Hirtl springt Achenbach bei. Als Kulturexperte könne er nur davor warnen, einen Rüdiger Rohrer auf die leichte Schulter zu nehmen. Auch wenn er die Massen mit seichter Unterhaltung ködere, sei der Mann dennoch hochintelligent. Sonst hätte er es in seinem Leben niemals so weit gebracht.

Henke trötet in dasselbe Horn. Er kenne die Show, sagt er, weil sich seine Anneliese keine Folge entgehen lasse. Es gucken die Frauen genau wie die Männer, wenn eine junge Bewerberin vor Rüdiger ihr Hemdchen lüpft. Nicht nur gut singen können die da, sondern auch appetitlich aussehen. Man muss zur Kenntnis nehmen, dass die meisten Menschen so etwas gut finden. Auch Frauen. Frauen sind so. Entweder sie wollen Rüdiger Rohrer im Bett, oder gar nichts. Oder selbst berühmt werden, das geht auch.

-So ist es, sagt der Ferry. - Henke habe das Problem verstanden und voll durchdrungen.

Junge du. Endlich ein Politiker, der keine lange Leitung hat.

-Wie oft gucken die Leute die Tagesschau, und wie oft gucken sie den Rüdiger? Seht ihr. Da kann die Tagesschau noch so viel Werbung für unseren Bundeskanzler machen.

-Wir müssen besser werden, fasst Lahmeier die Diskussion zusammen. Einerseits durch Kampas, und auch durch öffentliche Auftritte.

Ingeborg unterstützt ihn. Sie meint, man habe genug Spendengelder, um dem Rohrer-Hype mit Plakaten und Werbeclips entgegenzuwirken.

Achenbach und die Mehrheit der Anwesenden bezweifeln, ob eine Materialschlacht die richtige Antwort ist.

-Wie sieht es denn mit dem Internet aus? fragt Hirtl dazwischen. Können wir da nicht mal die Meinungen influencen? Das Internet ist doch heutzutage kein Neuland mehr.

In seiner Museumsarbeit setzt er gern auf kunterbunte Medienvielfalt und verschont damit nicht einmal die verschnarchte Antikenabteilung.

-Ob dazu schon Planungen liefen?

-Selbstverständlich werden Kommunikationsplattformen und Diskussionsforen unerlässliche Bestandteile des Wahlkampfes sein, sagt Ferry Noltenstihl. Wir planen diesmal eine ganz besondere Homepage. Viele fröhliche Menschen in Machen-Sie-mit-Laune. Weitere Details werden im Moment noch nicht verraten. - Das Meiste muss sowieso von dir kommen, wendet er sich eindringlich an den Bundeskanzler. Weil du die Hauptfigur in diesem Spiel bist. Wenn du in eine Samstagabendshow gehst, darfst du dort nicht auftreten wie beim Vertriebenenempfang oder beim Jahrestag der Mauerschützen. Etwas lockerer bitte, am besten ohne Krawatte und ohne diesen pastoralen und belehrenden Tonfall, der sonst immer aus dir herausquillt. Den kannst du dir für deine Zeit als Bundespräsident aufsparen. In einer Samstagabendshow fragt keiner nach Gesetzesparagrafen oder ob du dafür bist, dass Bundeswehrbedienstete umsonst mit der Bahn fahren. Sondern die Leute wollen wissen, wie du zum Regenwald stehst und ob du den Klimawandel bekämpfen wirst. Einfache Fragen, die du einfach mit zwei mal ja beantwortest. Dann sagst du noch, dass dazu in Deutschland ein Kulturwandel erforderlich ist, weil viele noch nicht begriffen haben, dass es fünf vor zwölf ist. Und wenn einer dich mit den deutsch-brasilianischen Wirtschaftsbeziehungen nervt, die darunter leiden werden, wenn man Brasilien zwingt, wenigstens 3 oder 4 Bäume am

Amazonas stehen zu lassen, was die Brasilianer nicht wollen, weil dann kommen sie mit den schweren Erntemaschinen nicht durch, sagst du trotzdem ja, du wirst alles dafür tun, dass der Regenwald bis zum Jahr 2500 wieder komplett aufgeforstet ist, weil wir brauchen die grüne Lunge des Planeten.

Unten auf der Spree tuckert ein Ausflugsdampfer vorbei. Während anscheinend alle an den kaputten Regenwald denken, kommt der Ferry wieder auf das Thema Rüdiger Rohrer zurück.

-Erstens ist der Rüdiger bei Frauen sehr beliebt, besonders bei denen, die ihn noch von früher kennen, wo sie ihn auf seinen Livekonzerten angeschmachtet haben.

Das bringt Henke ins Grübeln. Auch er war als junger Mensch ein, zwei Mal auf Rüdiger-Rohrer-Konzerten und kann sich gut daran erinnern, dass man sich der phänomenalen Stimmung, die der Rüdiger gewöhnlich verbreitet, das heißt, wenn er nicht gerade Kandidaten in seiner Samstagabendshow zur Schnecke macht, kaum entziehen kann. Bei einem von diesen Liveauftritten hat Henke zum einzigen Mal in seinem Leben einen Joint geraucht. Illegale Drogen sind eigentlich nicht Henkes Ding, aber zu Rüdigers Konzert passte das irgendwie. Für jede hübsche kleine Angestellte, Rechtsanwältin oder Krankenschwester ist der Auftritt vom Rüdiger zusammen mit einem guten Joint, den ihr der Libanese an der Ecke zugesteckt hat, eine Erinnerung fürs Leben, und entsprechend wird sie wohl diesmal der SPD ihre Stimme geben.

-Zweitens, sagt Noltenstihl, kommt der Rüdiger trotz seiner Vokuhila-Frisur auch bei vielen Konservativen gut an. Seit er älter und gesetzter und sicherlich Stammkunde bei allen großen deutschen Vermögensverwaltern geworden ist, denn irgendwie muss er die vielen Millionen, die er in seinem Leben verdient hat, ja anlegen, gehört der Rüdiger politisch zur Kopf-ab-Fraktion, die beispielsweise mit libanesischen Drogendealern am liebsten kurzen Prozess machen würde, statt sie wie heutzutage üblich jahrelang durchzufüttern und mit einer Kuschelstrafe davonkommen zu lassen. Nachdem sein Bruder vor Jahren an einer Überdosis gestorben ist, kommt Rüdiger Rohrer mit solchen volkstümlichen Meinungen besonders authentisch und glaubwürdig rüber.

Hier unterbricht Noltenstihl seine Rede und blickt mit ernster Miene in die Runde.

-Nicht nur beim Thema Drogen, fährt er fort. Seine politischen Ansichten posaunt der Rüdiger inzwischen dauernd ungefragt in die Medienlandschaft, und man muss leider feststellen, dass es ihm wahltaktisch mehr bringt, wenn diese Statements als erstes in der Bunten oder der Gala erscheinen, um von dort aus ihren Weg in die Tagesschau anzutreten, einfach weil viele, also ich will nicht sagen Frauen, sich hauptsächlich über die Yellowpress informieren und so etwas wie die Tagesschau nur vom Hörensagen kennen.

-Wir als Meinungsforschungsinstitut, ergänzt Achenbach die Analyse, haben den Rüdiger schon länger im Fokus, weil wir von vielen seiner Interviews wissen, dass ihm die Welt der Popmusik zu klein geworden ist und er gern Größeres bewegen würde.

An dieser Stelle bleibt jeglicher Widerspruch aus, und der Doktor darf hoffen, seinen Zuhörern etwas Stoff zum Nachdenken gegeben zu haben.

Als nächstes spielt Ferry Noltenstihl ein Video über Rüdiger Rohrer ab, in dem alle biografischen Fakten und politisch relevanten Fernsehauftritte der letzten Jahre zusammengeschnitten sind. Irgendeiner von Ferrys Praktikanten muss ziemlich viel Fernsehen geguckt haben, um dieses ganze Zeug zusammenzusuchen.

-Wer den Rüdiger einmal live erlebt hat, weiß, welche körperliche Präsenz der Mann ausstrahlt, sagt Ferry Noltenstihl. Der Rüdiger ist nicht einer jener zwergenhaften, mausgrauen Gremienmenschen, welche den Politikbetrieb normalerweise beherrschen. Ich sage nur Putin, Kaczynski, Merkel, Sarkozy und so weiter. Sondern allein körperlich ist er fast doppelt so groß wie der Durchschnitt hier im Raum.

Piepenkötter lacht. Lahmeier hüstelt. Ferry blickt keinem der Anwesenden in die Augen. Jetzt übernimmt wieder Achenbach.

-Russlanddeutsche, sagt der Doktor in einem Ton, der aufhorchen lässt. Gerade die aus Sibirien zu uns zurückgekommen sind, können die härtesten Herausforderungen meistern. Ich meine, Gulag, Umsiedlungen und so weiter haben die Russlanddeutschen alles überstanden. Wer das überlebt hat, braucht nach dem Mittagessen kein Nickerchen wie unsereins und kann im Notfall, ohne mit der Wimper zu zucken, 3 Tage hintereinander solo auf der Bühne stehen.

-Außerdem hat der Rüdiger in Deutschland immer brav seine Steuern bezahlt, sagt der Ferry.

-Im Gegensatz zu libanesischen Drogendealern und anderen Milliardären, die vor der Verfolgung durch das Finanzamt in die Schweiz geflüchtet sind, um dort Asyl zu beantragen, sagt Henke unbedenks seines eigenen Schweiz-Abenteuers. In der Schweiz sei Steuerflucht ein anerkannter Asylgrund. Wer als Regisseur in Hollywood mit einer Minderjährigen erwischt werde, finde in der Schweiz ebenfalls großzügige Aufnahme.

Diese Einlassungen werden von Noltenstihl schlichtweg ignoriert.

-Dass der Rüdiger seine Steuern in Deutschland bezahlt, kommt ihm jetzt im Wahlkampf natürlich zugute. Andernfalls hätte er sich wahrscheinlich gar nicht aufstellen lassen. Wer will schon von den Medien wegen eines kleinen Steuervergehens durch den Fleischwolf gedreht werden. Kommt ja oft genug vor. Reiche Leute, die sich steuerlich etwas vorzuwerfen haben, bleiben normalerweise lieber in der zweiten Reihe und genießen dort ihr finanzielles Glück.

-Wie sicher ist denn das? bohrt Henke nach. Ich meine, dass der Rüdiger keine Leichen im Keller hat. Sollte da nicht mal jemand recherchieren?

-Nur so eine Idee, rudert er zurück, als die Anderen ihn komisch angucken.

-Schon erledigt, wispert der Ferry. Aber das bleibt unter uns.

-Und?

-So einfach komme man dem Burschen nicht bei. - Abgesehen von seinen Sexabenteuern, die die Bildzeitungsleser ziemlich in Atem gehalten hätten, nun aber schon mehr als zwei Jahrzehnte zurücklägen.

Die Runde versinkt in Schweigen.

-Er habe Rüdiger Rohrer vor Jahren beim Bundespresseball kennengelernt und sich dort ausführlich mit ihm unterhalten, kommt es plötzlich von Lahmeier. Damals schien er ganz vernünftige Ansichten zu haben. Besonders in der Wirtschaftspolitik, aber auch auf vielen anderen Gebieten steht er der CDU viel näher als der SPD.

-Um so gefährlicher ist er für uns, sagt Achenbach.

-Wenn es um die Macht geht, werfen die Leute alle Prinzipien über Bord, lässt sich Hirtl vernehmen.

Er holt eine schmale, leicht zerknitterte Broschüre aus seiner Seidensakkotasche.

-Allein, wenn ich mir sein Wahlprogramm ansehe.

-Woher hast du das? fragt Piepenkötter.

-Kontakte, sagt Hirtl kurz angebunden, und dann liest er ein paar Überschriften aus Rüdiger Rohrers Programmentwurf vor:

-Extrem großartige, nie dagewesene Steuererleichterungen.

-Ja,ja, sagt Lahmeier.

-Steuererklärungsformulare sollen die Form von Bierdeckeln haben.

-Das haben schon andere Leute versprochen, sagt Ingeborg.

-Schau dir die Republikaner in Amerika an, sagt Lahmeier. Sie reden von Steuererleichterungen, und dann verprassen sie die öffentlichen Gelder in den Kriegen, die sie auf der ganzen Welt anzetteln.

-Gründung einer Regierungsrockband, fährt Hirtl fort. Mit Freibierauftritten im ganzen Land.

Jetzt muss selbst der Doktor lachen.

-Das gesamte Ruhrgebiet soll Freizeitpark werden und mindestens so viele Feiertage kriegen wie Bayern.

-Damit dort wieder die Wirtschaft brummt, oder was, sagt Piepenkötter entnervt.

-Ferner will der Rüdiger auf sein Bundeskanzlergehalt komplett verzichten, Google und Facebook besteuern, in Zukunft lieber Jamaikaner als Syrer aufnehmen, weil die die bessere Musik machen, und und und ...

Er wirft das dünne Heftchen auf den Konferenztisch.

-Anspruchsvolles Programm, lässt Henke sich vernehmen.

Man weiß nicht, ob er es ironisch meint.

Ferry Noltenstihl verzieht mal wieder sein Gesicht und sagt, er denke, das mit dem Gehalt könnte ein Wahlschlager werden. Jeder gebildete Mensch wisse zwar, dass es für gute Arbeit auch gutes Geld geben müsse, doch die Ungebildeten ließen sich mit solchen Versprechungen ködern.

-Er könne ein derartiges Gefasel nicht ernst nehmen, sagt Piepenkötter.

-Wo eigentlich Sidowski bleibe, will Lahmeier von Ingeborg wissen. Er wollte doch unbedingt dabei sein.

Ach so. Jetzt ist allen klar, warum sie heute so viele Häppchen abbekommen. Das liegt an Sidowski, der sonst immer schon das ganze Buffet abgeräumt hat, bevor sich die Anderen einen Nachschlag nehmen können.

Offenbar gehört Sidowski nicht mehr zum inneren Kreis. Er ist bei Lahmeier unten durch, seit er Minijobbern per Twitter empfohlen hat, etwas Ordentliches zu lernen und besonders, weil im Kanzramt unter seiner Regie ein paar ziemlich seltsame Usancen eingeführt wurden, wie etwa, dass alle Besprechungen immer revisionssicher protokolliert sein müssen.

Ich will hier zu dem Thema keine Einzelheiten durchstechen; es sollen auch nicht die verschiedenen Kanzleramtsklüngel gegeneinander ausgespielt werden. Denn natürlich braucht zum Beispiel unsere Außenpolitik Räume, wo nicht alles Wort für Wort mitstenographiert wird. Sonst erklärt uns der Erdo irgendwann den Krieg, nur weil ihn ein untergeordneter Abteilungsleiter in einem internen Meeting einen Kriegstreiber genannt hat. Auf jeden Fall hat Lahmeier seinen langjährigen Kumpel Sidowski kürzlich vom Kanzleramtsminister zum Wirtschaftsminister wegbefördert und ihn damit effektiv vom inneren Zirkel ausgeschlossen.

Ohnehin hält er es für einen Fehler, Fachpolitiker zu so einer Veranstaltung einzuladen, auch solche wie Sidowski, welche neu in ihrem Fach sind. Ich meine, Sidowski kennt sich vielleicht mit dem Kriegswaffenkontrollgesetz aus und hat gelernt, wie man die Geheimdienste dazu bringt, geheime Dossiers zum Verschwinden zu bringen, aber damit weiß er noch lange nicht, wie die deutschen Wirtschaftsführer innerlich ticken und wie bei ihnen die psychologischen Investitionsbarrieren aufzubrechen sind. Japanische Wirtschaftsführer kriegst du, indem du mit ihnen in eine Karaokebar gehst, aber der deutsche Wirtschaftsführer ist viel sensibler. Der will mit Subventionen umgarnt und mit Erfolgsboni gestreichelt werden, und wenn sein Vertrag nicht auf ordentlichem Büttenpapier gedruckt ist oder sogar ein Eselsohr aufweist, macht er leicht mal einen Rückzieher, oder er verlangt einen Nachschlag. Deutsche Wirtschaftsführer können ja SO pedantisch sein!

Fachpolitiker wiederum haben die Tendenz, mit ihrem zumeist nur angebrieften Fachwissen, das sie aber um so lieber zur Schau stellen, jede stringente Analyse zu zerreden. Generalisten wie Henke und Lahmeier blicken mehr in die Tiefe und haben zugleich die Sorgen der Menschen im Fokus. Wenn absehbar ist, dass die Leute keine Steuererhöhung wollen, werde ich doch nicht so dumm sein, auf meinen Finanzminister zu hören, hat Lahmeier zu Henke gesagt, und dieser hat ihm aus ganzem Herzen zugestimmt. Jemand wie Henke würde freiwillig nie auch nur einen Cent Steuern bezahlen und schon gar nicht wie sein Vorgänger quasi öffentlich heißen Telefonsex praktizieren. Den Flachmann zieht Henke ganz bewusst nur dann aus der Tasche, wenn klar ist, dass alle Anwesenden seinen Cognac auch zu schätzen wissen.

Nein. Die CDU-Fachpolitiker waren neulich bereits im Kanzleramt, und jeder hatte ungefähr 5 Minuten Zeit, seine Wünsche bezüglich des Wahlprogramms vorzutragen. Ich meine, bei der schieren Menge an Experten, die unsere Partei vorzuweisen hat, sind 5 Minuten offensichtlich mehr als großzügig. Zumal Lahmeier von Anfang an klar war, dass bei solchen endlosen Alibiveranstaltungen nicht viel herumkommt.

Lahmeier hat seine Wahlen bisher alle ohne Fachpolitiker und sonstige selbsternannte Experten gewonnen. Er wäre schön blöd, wenn er dieses bewährte Prinzip nun plötzlich aufgeben würde.

Es war dann so: als ein Fachpolitiker kurz nach Mitternacht vorgeschlagen hat, möglichst überall im Programm den Begriff 'Deutschland' durch 'unser Deutschland' zu ersetzen, ist Lahmeier ein kleines bisschen ungeduldig geworden und hat geblafft, wir sind hier nicht auf der Redaktionskonferenz. Ein anderer hat dann zwar geflötet, alle hätten blindes Vertrauen zu ihrem Kanzler; doch Lahmeier hat die Fachpolitiker dann Henke überlassen, und die waren hinterher ganz angetan und voller Hoffnung, dass Henke ihre Ansätze zumindest ansatzweise im Wahlprogramm unterbringt. Nachdem es nicht einmal für Spitzenfunktionäre bei entscheidenden Programmsitzungen Tischvorlagen gibt und Inhalte nur mündlich referiert werden, bleibt ihnen sowieso nichts anderes übrig als auf das Prinzip Hoffnung zu setzen.

Als Belohnung für seinen Einsatz hat Lahmeier Henke einen sicheren Platz auf der nordrhein-westfälischen Landesliste besorgt. Wenn der Kanzler persönlich anruft, knickt jeder karrierebewusste, bislang aber bei Wahlen weitgehend erfolglose Landesvorsitzende sofort ein - selbst wenn er von seinen Eltern immer vor einem wie Henke gewarnt worden ist.

Eigentlich hat Henke ja großmäulig versprochen, er holt das Minden-Lübbecker Direktmandat. Mit seinen enormen Wahlkampfaktivitäten werde das überhaupt kein Problem. Allein, was Henke diesjahr auf dem Blasheimer Markt geboten hat, diese Leistung wäre mindestens einen TV-Bericht wert gewesen. Auch hätte es ohne weiteres als Endlosschleife auf Phoenix laufen können, so viel politischer Mehrwert und Infotainment wurden da geboten. Leider, muss man sagen, interessieren sich die Fernsehanstalten nicht sonderlich für Politneulinge aus der Provinz.

Henke hat also seine wichtigste Wahlveranstaltung auf dem Blasheimer Markt abgehalten, in dem Zelt, wo er im September sowieso immer Hof hält. Auch der Wirt war sehr erfreut. Auf eine Rede konnte dann verzichtet werden. Wie wir von der Delegiertenversammlung wissen, ist Henke kein großer Rhetoriker. Henke steht eher für Dialogfähigkeit, d.h. in diesem Fall, es gab Freibier vom Feinsten von einem unbekannten Sponsor. Ob da nicht Norbert Briegel höchstselbst dahinter steckt, der nach der Wallenstetter-Pleite für die Lübbecker Alkohol-Versorgung ganz alleine zuständig ist. Oder doch eher die lokale Kaufmannschaft vereint im Lübbecker Nobility Club, die Püffkemeiers linksgrüner Diktatur allmählich überdrüssig zu sein scheint, nachdem sie ihn jahrelang hofiert hat, weil er ihnen großzügige Öffnungszeiten und niedrige Steuersätze bewilligt hatte? Die es aber jetzt leid ist, weil immer mehr Innenstadtstraßen verkehrsberuhigt werden und in Lübbecke auch noch ein Veggie-Day ausgerufen wurde, und dies, obwohl die Bundesgrünen das Thema schon lange fallen gelassen haben.

Ist ja klar, am Veggie-Day machen weder die Schlachtereien noch die Würstchenbuden in der Innenstadt sonderlich Umsatz, wo jeder gleich sehen kann, wenn du mit einem Hotdog in der Hand und Tomatensauce am Kinn in der Gegend herumläufst. Nur bei Vieker im Gewerbegebiet kannst du am Veggie-Day noch ein ordentliches Schnitzel kriegen, ohne gleich blöd von der Seite angequatscht zu werden.

Wegen des Freibiers, von dem Henke übrigens das meiste selbst weggepichelt hat, bildete sich um das Zelt eine Riesen Menschentraube, so dass mit Fug und Recht von einer Großveranstaltung gesprochen werden kann. Selbst Püffkemeier würde in Lübbecke zu einer politischen Kundgebung kaum mehr Leute auf die Beine bringen, und Lahmeier bei seinen momentan grottenschlechten Umfragewerten in Berlin erst recht nicht.

Henkes Dialogfähigkeit war auch der Grund, warum er sich früher mit Püffkemeier so gut verstanden hat, und jetzt ist sie der Grund gewesen, warum Holzbrink und Lahmeier ihm den aussichtsreichen Listenplatz zugeschustert haben.

Henke hat sich natürlich gefreut. Sicher ist sicher. Immerhin könnten ihm die Mindener einen Strich durch seine Rechnung machen. Die Mindener Stadtbevölkerung kann manchmal ganz schön unberechenbar sein. Zum Blasheimer Markt gehen viele Mindener sowieso nicht hin, sei es, weil sie Lübbecke generell zu popelig finden oder weil sie ihr eigenes Herbstfest bevorzugen.

Also wie gesagt, früher hat Lahmeier sowohl auf Fachpolitiker als auch auf Werbefritzen dankend verzichtet und alles für sich allein entschieden. Bis hinunter zu den Hilfswissenschaftlern an den Wirtschaftsforschungsinstituten musste jeder, der mit ihm in Kontakt kam, ein CDU-Parteibuch vorweisen, um zu gewährleisten, dass Lahmeier von abwegigen Meinungen, die in Deutschland bekanntlich jederzeit Konjunktur haben, einigermaßen verschont bleibt.

Irgendwann hat er dann Noltenstihls enormen politischen Marketing Riecher kennen und schätzen gelernt. Ich meine, Noltenstihls Riecher ist, allein von den physischen Dimensionen her, phänomenal. 'König Nase' wurde Noltenstihl an der Uni genannt, und er war schon bei zig Schönheitschirurgen, aber alle haben ihm von einem Eingriff abgeraten wegen des extrem ungewöhnlichen Verlaufs seiner Nasennebengänge. So rennt er bis heute in der Gegend herum als ein sichtbares Zeichen seiner eigenen enormen Spür- und Scoutnase.

Auch bei dieser Besprechung zeigt sich Noltenstihls Spürnase mal wieder von ihrer besten Seite. Sie hat gleich angeschlagen, als vorige Woche in den maßgeblichen deutschen Presseorganen das neueste Umweltthema hochgekocht ist. Stichwort Ferroxen. Wie man weiß, ist Ferroxen inzwischen überall drin, sogar in der Atemluft, und vergiftet uns, ohne dass wir etwas davon merken, vom Kopf bis zu den Füßen. Daher räuspert sich Noltenstihl jetzt und schlägt vor, unmittelbar einen nationalen Ferroxen-Rat zu gründen, weil dieser Giftstoff das heißeste Eisen unter der Sonne sei.

Wer unter den geneigten Lesern nicht weiß, was Ferroxen ist und warum es sowohl dem menschlichen Fötus wie auch unseren Spermien und den allermeisten Organen schadet, dem sei gesagt, dass dieser neue Noltenstihl-Coup im Moment noch top secret ist. Schließlich können wir dem politischen Gegner nicht unsere gesamte Wahlkampfmunition offenbaren.

-Um auf Nummer sicher zu gehen, sollten Piepenkötter und der Verkehrsminister im Ferroxen-Rat das Sagen beziehungsweise ein Vetorecht haben - einfach, weil ihre Ministerien Verbrauch und Erzeugung von Ferroxen am meisten beeinflussen, sagt Ferry Noltenstihl.

-... nach dem Motto, wer den Sumpf trocken legen will, muss zuerst die Frösche fragen, entfährt es Hirtl. Er ist dermaßen entsetzt über Noltenstihls zynischen Vorschlag, das könnt ihr euch nicht vorstellen!

Auch der junge Doktor Achenbach brummelt vor sich hin, traut sich aber nichts zu sagen.

Ingeborg kräuselt die Nase, als sie das hört. Hirtl ein Wackelkandidat? Das kann sie sich eigentlich nicht vorstellen.

Lahmeier beschließt, Hirtls Konserniertheit offensiv zu ignorieren.

Anscheinend haben sich seine Leute von der letzten FAZ-Kulturbeilage in Panik versetzen lassen, denkt er. Dabei ist der FAZ-Kulturteil bestimmt nicht der richtige Ort für ein ernstes Umweltthema. Der FAZ-Kulturteil ist seit Jahren schwer linkslastig, ein rotes trojanisches Pferd in einer sonst hoch angesehenen Zeitung.

In seiner Zeit als saarländischer Innenminister hat der Bundeskanzler gelernt, der deutsche Michel ist mit Panik immer schnell dabei, und dann ist es gut, wenn er einen besonnenen Anführer hat. Der ihm beispielsweise durch Vorkosten nachweist, dass auch Speisen mit Ferroxengehalt äußerst schmackhaft sein können.

-Immerhin hat sich der Ferry den Vorschlag genau überlegt, befindet Lahmeier anerkennend.

-Karl-Herrmann, dich kann ich mir tatsächlich gut als Vorsitzenden eines Ferroxenrates vorstellen. Wie du voriges Jahr die Güllekrise gemeistert hast, das war schon beeindruckend, sagt Lahmeier zum Piepi.

Durch einen Güllesee zu schwimmen, dazu gehöre einiges an - ja auch - persönlichem Mut. Nur schade, dass die Berenike solche Tapferkeit offensichtlich nicht zu würdigen wisse.

-Im Übrigen empfehle ich euch, den FAZ-Kulturteil in Zukunft tunlichst nicht mehr zu lesen. Nachher driftet ihr noch zu den Grünen ab.

Hirtl weiß zwar nicht, wie Lahmeier sich das vorstellt, da für ihn als leitenden Museumsdirektor der FAZ-Kulturteil unverzichtbar ist, weil er sonst nirgendwo mehr mitreden kann; aber er hält jetzt einfach mal die Klappe.

Für Henke ist Lahmeiers Empfehlung kein Problem, da er nicht einmal weiß, wofür FAZ die Abkürzung ist.

Ansonsten ist Lahmeier des Themas 'Ferroxen' jetzt schon überdrüssig. Nachdem sie mit dem Wahlprogramm durch sind, kehrt er im Geiste zum letzten Martha-Spiel zurück und zu den entgangenen Tormöglichkeiten. Jetzt wäre es gut, Humbert hier zu haben, oder wenigstens den Kurti, um sich fachmännisch mit ihnen auszutauschen. aber man kann ja schlecht einen Großindustriellen in die CDU-Programmkommission berufen. Obwohl, Adenauer hätte kein Problem damit gehabt.

Früher war eben alles besser. Sogar der Fußball. Nichts geht über ein gutes Fußballspiel, wo keine Torchancen sinnlos verschenkt werden. Ob du es glaubst oder nicht: über ein gutes Fußballspiel freut sich Lahmeier heute noch genauso wie früher als kleiner Junge. Ja tatsächlich. Bei einem anständigen Fußballspiel wird der Bundeskanzler wieder zum Kind und vergisst die vielen Probleme des Staatswesens, die ihm teilweise über den Kopf wachsen und dementsprechend manchmal ganz schön zum Halse heraus hängen.

Außer wie er den Röttmann ausgetrickst hat. Ein Meisterstück, an das er sich gern erinnert. Auch jetzt gerade wieder wallt es zwischen den Martha-Bildern in ihm hoch und beruhigt seine Seele. In der Politik darfst du Fehler auf keinen Fall zugeben, sonst kommen gleich Rücktrittsforderungen. Viele politische Entscheidungen seines Lebens sind Lahmeier im Nachhinein vergällt worden, andere hat er zwischenzeitlich sogar bereut; hingegen Röttmann auszutricksen war das reinste Vergnügen. Wie der erst die Drecksarbeit gemacht hat und dann meinte, ihn ausbooten zu können. Sein Untergang war wie eine Soap, die es täglich in den Nachrichten gab.

Ja, das hat Spaß gemacht. Wenigstens ein bisschen. Aber sonst kommt für Lahmeier der Fußball immer an oberster Stelle. Er hat schon Besuchstermine mit Staatsoberhäuptern umverlegt, wenn wichtige Spiele der Nationalmannschaft anstanden, oder ist gleich mit denen ins Stadion gefahren. Denn auch für viele ausländische Staatsoberhäupter männlichen Geschlechtes ist Fußball das Höchste, das noch vor ihrer Familie und den Staatsgeschäften kommt. Lahmeier kennt einen Diktator, der fast einen Putsch verpasst hätte, weil ihm ein Fußballspiel in der Oberliga wichtiger war. Dabei konnte die Mannschaft gar nicht verlieren, denn wer gegen den Club des Diktators gewinnt, wird dort traditionell ins Arbeitslager geschickt. Und Arbeitslager ist nun einmal nicht so lustig wie Fußballspielen in der Oberliga. Da überlegt es sich auch der engagierteste Spieler zweimal, bevor er gegen die Gurkentruppe seines Diktators ein Tor schießt.

Dass es neuerdings immer heißt, Rüdiger hier, Rüdiger da, nervt den Bundeskanzler ganz gewaltig. Eigentlich sollte ihm dieser Politamateur ja egal sein. Lachen sollte man über den. Doch über manche Vorschläge vom Rüdiger ärgert Lahmeier sich schwarz. Wenn er gewusst hätte, dass so ein Schwachsinn bei der Bevölkerung ankommt, hätte er ihn selber von sich gegeben. Lahmeier merkt schon, wie sein Blutdruck steigt, wenn er an Rüdiger Rohrer denkt. Hat der perfide Bastard nicht seine letzte Show 'Du bist raus' genannt? Und Lahmeier einen Abschiedssong gewidmet?

Immer cool bleiben, Arni. Auf die Außenwirkung achten. Reiß dich zusammen, das hat dir schon die Mutter vorgelebt. Nie die Contenance verlieren. Selbst hier im Kreise deines Küchenkabinetts sollst du den Sieger mimen.

Die anderen Parteivorsitzenden und voraussichtlichen Spitzenkandidaten sind ja nicht besser. Auch sie rauben Lahmeier den letzten Nerv. Die FDP hat einen Pleitier auserkoren, der vor Jahren haufenweise EU-Subventionen verbrannt hat und bei Koalitionsverhandlungen immer Maximalforderungen stellt. Für die AfD tritt ein Schwuler an, wie damals der Haider. Als Schwuler kommst du bei den Rechten anscheinend am weitesten. Für die Linkspartei bewirbt sich einer, man mag es kaum glauben, der gern Porsche fährt und sich laut Bild-Zeitung mit dem Rüdiger schon mal über den Panamera ausgetauscht hat. Beste Voraussetzungen für eine rot-rote Koalition also.

Überhaupt der Rüdiger. Wie kann ein Millionär für die SPD kandidieren! Total unglaubwürdig das Ganze.

-Das Produkt und der Werbeträger müssen doch zueinander passen, heißt es in der Werbung immer. Aber da meint einer, besonders schlau zu sein, bricht es aus Lahmeier heraus. Und als die Anderen, die inzwischen in die Betrachtung von Achenbachs Tortendiagrammen versunken sind, aufschrecken: Äh, ich bin jetzt wieder beim Thema Rüdiger Rohrer.

-Täusche dich nicht, sagt Eugen Hirtl. Der Rüdiger ist ein Mann des Volkes, der das Volk auf seiner Seite hat. Da können wir mit unseren TV-Moderatoren nicht mithalten - CDU-Parteibuch hin oder her. Wenn der Rüdiger im Privatfernsehen seine Show abzieht, vergessen die Leute ihre politischen Vorurteile.

Wieder wundert sich Ingeborg über den Eugen. Sie macht sich so ihre Gedanken.

Hirtl bemerkt ihren prüfenden Blick. Um seine Scharte auszuwetzen, erzählt er schnell etwas Negatives über seine Konkurrentin, die Freifrau von Manwolf. Die habe sich im Pfälzer Wald ein Ferienhaus aus Wespenspucke bauen lassen. Angeblich super umweltfreundlich.

-Hornisse, sagt Lahmeier, der seit dem Stress um die Neubesetzung gar nicht mehr gut auf sie zu sprechen ist.

Da endlich packt Henke seinen Cognac aus. Einige haben darauf gewartet. Ja, guck nicht so, Ingeborg. Daran wirst du dich gewöhnen müssen. Gleich verschüttet Henke ein paar Tropfen. Ich weiß, das ist hier was anderes als in der Lübbecker Bahnhofsgaststätte. Hier wollen sie nicht, dass der Teppichboden tagelang nach Schnaps stinkt. Obwohl, meinen Mariacron, den könnte ich immer riechen, sagt sich Henke und schenkt dem Kanzler ordentlich ein.

Dieser Flachmann hat ein ganz schönes Volumen, Mann oh Mann. Darauf stoßen wir, flüstert der Kanzler und nickt dem Werbehengst zu, der gerade zu einem ausufernden Vortrag über die Kampagnenplanung ausholt. Zwei drei Schlucke Cognac, und Lahmeier macht sich keine Sorgen mehr. Die strategische Mehrheit ist der CDU gewiss. Gegen unsere Partei kann keine Regierung gebildet werden, pflegt er zu sagen. Der CDU-Wähler ist genügsam und lässt sich nicht so leicht kopfscheu machen wie der SPD-Wähler, der immer gleich zuhause bleibt, wenn die SPD ausnahmsweise mal am Ruder ist und ein paar soziale Wohltaten streicht. Rente mit 67, das vergisst der SPD-Wähler seiner Partei nicht so leicht. Da musste Mehrefünting aber schnell sein, um seine junge Ehefrau noch eben zur Bundestagsabgeordneten zu machen, bevor sie ihn abgewählt haben. Dabei gehört der Arme doch nur zu den gewöhnlichen Chefnaturen, die statt in Rente zu gehen, gern auch mit 70 noch Chef wären, oder mit 75. Oder 80, wie Humbert. Weder Mehrefünting noch Humbert können sich im Entferntesten vorstellen, wie sich der 65-jährige Arbeiter fühlt, wenn er in der Wahlkabine sein Kreuzchen bei der SPD machen soll.

Püffkemeier hat seinem Parteichef damals einen geharnischten Brief geschrieben. Aber wer ist denn Püffkemeier! Irgendein Kommunalpolitiker, der wahrscheinlich um seine Wiederwahl fürchtet und die Risiken des demografischen Wandels noch nicht verinnerlicht hat. In der Bundes-SPD hat der jedenfalls nichts zu melden.

Hingegen, wenn die CDU soziale Wohltaten streicht, wissen die CDU-Wähler, sie können das über die Steuer mindestens dreimal wieder reinholen. Den Gürtel enger schnallen, das fällt einem als CDU-Wähler leichter, weil er sowieso ein paar Kilo loswerden muss. Und weil wir wettbewerbsfähig bleiben wollen. Haben nicht die Schweizer neulich für die Abschaffung ihres Jahresurlaubs gestimmt? Oder zumindest Reduzierung. 10 Urlaubstage im Jahr waren ihnen eindeutig zuviel. Und die Asiaten kennen das Wort gar nicht. Urlaub, was soll das sein? fragt der Asiate, wenn ein Westeuropäer damit ankommt. Auch die meisten CDU-Wähler finden, in Deutschland müsse wieder mehr gearbeitet werden. Vorausgesetzt, sie sind nicht selbst betroffen. Und da ist es letztlich egal, wer als Kanzler oben steht. Hauptsache, CDU. Seit dem Krieg nimmt uns die Union alle Entscheidungen ab und betreut uns beim Denken. Das haben selbst Spiegelredakteure noch in Erinnerung, als sie von ihrer Mama getröstet wurden, weil sie abends im Bettchen Angst vor dem Waldsterben hatten. Dass der Landwirtschaftsminister in Zusammenarbeit mit dem Waldbauernpräsidenten den Wald bestimmt wieder gesund pflegen werde, hat die Mutter den kleinen Spiegelredakteur beruhigt. Immerhin haben sie den Waldbesitzern jede Menge Subventionen versprochen. Die Mama selbst hat ihr eigenes politisches Urvertrauen noch beim BDM gelernt und dann bei der FDJ verfeinert. Jetzt wählt sie schon seit Jahrzehnten erfolgreich CDU. Nach seiner wilden Studentenzeit ist nun auch der Spiegelredakteur auf der Zielgeraden Richtung CDU angekommen. Er hat zwar alles Mögliche studiert, doch leider ohne Abschluss, um dann einige Zeit auf der Journalistenschule zu verbringen, bevor er bei Spiegel Online anheuerte und dort schnell zum Ressortleiter aufgestiegen ist.

-Gut geplant ist halb geschafft, sagt Ferry Noltenstihl gerade, der ebenfalls noch nie am Fließband gestanden hat, sondern so braun ist wie eine Marbellatorte. Kampagnen seien zentraler Bestandteil von Wahlkämpfen! Vor der Kampagne aber stehe die Strategie!

Okay, das hört Lahmeier nicht so gern. Er will jetzt keine Grundsatzdebatten, sondern lieber seine Ruhe haben. Er merkt eben doch, dass er älter wird.

-Ich dachte, wir sind für heute fertig, sagt er hoffnungsvoll zum Ferry.

Doch dieser lässt sich nicht beirren, und schließlich hat er bei Lahmeier schon lange einen Stein im Brett.

-Ziel sei immer, mit Bürgern in Kontakt zu treten, um deren Wahlverhalten zu beeinflussen, sagt der Ferry.

Soweit klar eigentlich.

-Es gebe unterschiedliche Kampagnenebenen. Leitkampagne Positionierungs-kampagne Themenkampagne Personenkampagne Imagekampagne Zielgrup-penkampagne Werbekampagne Medienkampagne Mobilisierungskampagne Announcement-Kampagne Spendenkampagne Verbindungskampagne Multi-plikatorenkampagne Online-Campaigning Wählerinitiativen...

Das wird Lahmeier dann wieder zuviel, und auch Henke wird es zuviel. Er kennt zwar 'Camping', aber 'Campaigning' kennt er nicht. Lahmeier wacht erst beim Thema Multiplikatorenkampagne wieder auf. Also wie man Promis für sich einspannt. Nun hat aber die SPD einen solchen Promi an ihrer Spitze. Was hätte der in der CDU nicht alles werden können.

Der Rüdiger könnte mir gefährlich werden, fällt ihm jetzt doch auf. Drogen wirken eben nicht nur betäubend, sondern wecken auch Ideen zum Leben. Als er jung war, hat Lahmeier mal eine Juraklausur versemmelt, weil sie ihm in seiner Burschenschaft weisgemacht haben, mit Alkohol falle einem das Ler-nen leichter. Und ein bisschen von dieser Leichtigkeit hat ihn in der Tat er-fasst, seit er Henke kennt und von ihm mit Cognac versorgt wird.

-Wahlkampf ist eine moderne Managementaufgabe, sagt der Ferry mit stolz geschwellter Brust. Planungsgruppen werden wichtiger als Parteigremien. Externer Sachverstand ist unverzichtbar.

Endlich rückt er mit seiner zentralen Botschaft heraus. Nach vielen internen Meetings, die ganz schön Gehirnschmalz gekostet hätten, habe sich die Wer-beagentur den Slogan 'Frisch für unser Land' überlegt.

Die 4 Worte sind in großen Lettern und mit wechselnden bunten Hintergrund-fotos an die Wand projiziert. Alle staunen.

-Warum nicht. Ein toller Slogan, sagt Lahmeier heiter, auch wenn er sich im klaren Kopf mehr erwartet hatte.

-'Alles frisch im Schritt', sagt Henke, und da kriegt Piepenkötter sich vor La-chen nicht mehr ein, obwohl Henke das gar nicht so gemeint hat.

Auch der Bundeskanzler beweist Humor und lacht kräftig mit. Humor weiß Lahmeier von jeher zu schätzen. Den zeigt er jedes Jahr bei den Sitzungen seines Karnevalsvereins, von denen er gar nicht genug kriegen kann.

So leicht lässt sich Ferry Noltenstihl nicht beleidigen. Stattdessen bittet er ganz sachlich um konstruktive Stellungnahmen.

-'Wir wollen nicht nur Fußballweltmeister werden, sondern auch Computer-weltmeister', schlägt Piepenkötter als erweitertes Wahlkampfmotto vor. So als Schmankerl für die IT-Generation, meine ich.

Das erlaubt ihm, nicht nur aufs Neue zu schmunzeln, sondern auch unvorein-genommen von Berenike zu träumen.

8.

Es mieselt, und wegen des Nebels kann man draußen kaum die Hand vor Augen sehen. Nur erahnen lassen sich die Yachten, die in dem kleinen Hafenbecken von St Tropez nebeneinander dümpeln. Fast alle sind schneeweiß und bestehen zu über 90 Prozent aus teurem Carbonkunststoff. Doch es gibt auch Unterschiede. Zum Beispiel, was die Größe angeht. Humberts Yacht kann sicherlich nicht mit den Riesenpötten neureicher amerikanischer Internetunternehmer mithalten, ist aber groß genug, um den Tross seiner engsten Kumpels ordentlich zu bewirten. Dass man sich ein bisschen näherkommt, hat in Wirtschaft und Politik bekanntlich noch niemand geschadet. Im Gegenteil. Wer wie Humbert bereits im Kindergarten die intensivsten Sozialkontakte aufgebaut und dabei Leadership bewiesen hat, kann mit 25 leicht schon Millionär sein.

Im Moment lässt sich auf Deck keiner blicken. Wegen des schlechten Wetters lümmeln die meisten auf der riesengroßen gesteppten Ledercouch vor dem Fernsehbildschirm, der ebenfalls riesengroß ist, wenn auch nicht so groß wie das Ego der Lümmelnden. Es lümmeln Kurti Krombholz mit Berenike sowie Henke und seine neue Freundin Drusilla. Die Frauen sind nur deshalb mit dabei, weil sie Humberts Töchter sind. Unverheiratete Paare werden auf der 'Anneliese' normalerweise nicht so gern gesehen. Ich meine, Humbert hat ja auch nie lange gefackelt, bevor er eine seiner 8 Ehen eingegangen ist, und er erwartet ähnliches bald auch vom Kurti und von Henke. Schließlich muss er seine vielen Töchter irgendwie an den Mann bringen. Solange sie solo sind, machen Mitte 20-jährige Töchter nach seiner Erfahrung nur Probleme.

Die Krankenschwester, die er kürzlich geheiratet hat und die schon Mitte 30 ist, lässt sich gerade von einem der Matrosen die Nägel maniküren, und auch Berenike überlegt, ob sie sich nicht ins Unterdeck verziehen soll, weil sie weiß, Lahmeier ist an Bord, und hier wird es gleich wieder um wichtige weltpolitische Fragen gehen.

Weil er Lahmeier nicht verletzten will, hat Humbert den Rüdiger diesmal noch nicht eingeladen. Der Rüdiger ist im Moment sowieso viel zu beschäftigt, um sich auch noch mit den Nöten des Humbert-Konzerns auseinander zu setzen. Erst mal muss ein Gesetz für die notleidende Schlagerindustrie verabschiedet werden, danach kommt alles andere.

Eigentlich lädt Humbert nie SPD-Leute ein, außer damals den Gerd. Der war uns Unternehmern und Konzernchefs derart freundlich gesonnen, das geht auf keine Kuhhaut. Ein freundlich gesonnener Macher eben. Dass die SPD solche Leute hervorbringt. Wie davor Helmut Schmidt. Der hat erst die Linken beiseite geschoben und dann den Terroristen die Schwänze abgeschnitten. Alter Reichswehroffizier, puh backe. - Aber sonst. Wer SPD sagt, muss immer auch Gewerkschaft sagen, und da hört es bei Humbert auf. Gewerkschaften sind für ihn ein rotes Tuch, und zwar nicht erst seit sie damals mehrere seiner Fabriken wegen angeblich zu hoher Dioxinwerte bestreikt und damit die deutsche Wirtschaft fast in den Ruin getrieben haben. Bin gespannt, wie der Rüdiger das Problem mit den Gewerkschaften löst. Seit die Mitbestimmung da ist, muss jeder anständige Unternehmer um sein Vermögen fürchten, es sei denn, er bringt es wie Humbert rechtzeitig in Sicherheit.

Henke hat ganz schön gestaunt, dass Humberts Yacht 'Anneliese' heißt. Aber so ist das Leben. Zufälle, die man sich nicht erklären kann, sind und bleiben doch nur Zufälle. Anscheinend hat eine der Humbertschen Ehefrauen ebenfalls Anneliese geheißen.

Besonders entspannt lümmelt Lahmeier. Die harten Zeiten liegen hinter ihm. Der Mann ist ganz schön auf dem Zahnfleisch gegangen nach seiner Wahlniederlage. Das Ende seiner Kanzlerschaft war für Lahmeier eine schreckliche Tortur, angefangen am Tag seiner Abwahl, als er jegliche Mehrheit verloren hat. Aber wirklich komplett. Gegen einen Rüdiger Rohrer kann man eben nicht anstinken, sage ich mal. Henke und Ingeborg haben Lahmeier ebenso einfühlsam wie teilnahmsvoll durch alle Interviews geschleust und vorher seine Rücktrittserklärung aufgesetzt. Am schlimmsten war die Elefantenrunde am Wahlabend. Lahmeier hat sie nur mit Hilfe von Henkes Cognac überstanden, und man hatte stark den Eindruck, auch der Wahlsieger stehe ein bisschen unter Drogen. Wahrscheinlich, weil auch er den Druck nicht ausgehalten hat. In der Musikbranche ist die Drogenauswahl größer als in der Politik, so dass man nicht genau sagen kann, was der Rüdiger genommen hatte. Und einen Bluttest hätte vom frisch gewählten Bundeskanzler wohl niemand verlangen können.

Den Dialog, den die beiden Elefanten damals aneinander vorbei geführt haben, ist fast schon sprichwörtlich zu nennen. Lahmeier hat heute noch Albträume, in dem der Wahlabend eine bedeutende Rolle spielt. Er hat irgendetwas Schlimmes angestellt und flieht mit Henke durch einen engen Tunnel, der aussieht wie eine der Kloaken von Düsseldorf. Am Ende des Tunnels gleißendes Licht von einer Studiobeleuchtung. Alle warten auf ihn, aber ihm fällt nichts ein, was er zu seiner Verteidigung vorbringen könnte.

Das einzige, was Lahmeier tröstet: lange wird Rüdiger Rohrer es nicht aushalten mit den Schnarchnasen von der SPD. Über kurz oder lang wird er zu seiner Musik zurückkehren. Der Rüdiger ist einer, der jeden Morgen mit einer anderen Melodie aufwacht, und die will er dann auch singen. Nicht dauernd Akten, Empfänge, Staatsbesuche und schwierige Entscheidungen, für die man hinterher von allen Seiten Prügel bezieht.

Man kann nicht sagen, Lahmeier habe die Niederlage gegen Rüdiger Rohrer bereits voll verkraftet. Natürlich wird von seinem Absturz immer eine Narbe zurückbleiben, die möglicherweise die Lebenserwartung dieses sonst so erfolgreichen und widerstandsfähigen Mannes verringert. Die Queen wäre bestimmt nicht über 100, wenn das Unterhaus sie wie manche seiner Hilfskräfte mit 50 in die Wüste geschickt oder wenn man ihr mit 70 gesagt hätte, du wirst langsam tatterig, deine Auffassungsgabe, welche noch nie die schnellste gewesen ist, lässt bedenklich nach: es wird Zeit, das Zepter abzugeben, sowie den Reichsapfel und deine Kronjuwelen. Damit Prinz Charles auch mal in den Genuss kommt, eine Regierungserklärung verlesen zu dürfen. Aber nein, sie sitzt auf ihrem Posten wie eine Henne, die ein faules Ei brütet, lächelt ansonsten wie eine Sphinx und zieht aus ihrer Sonderstellung eine schier unendliche Lebensenergie.

Manche Leute haben einfach Glück im Leben. Ihr Vorgänger hatte keine Lust auf Thron, und da hat sie gerne zugegriffen, als man ihr das Queenspatent anbot. Soweit ich weiß, hat der Vorgänger das hinterher bereut und ihr absolute Unfähigkeit bescheinigt, aber da ist es natürlich zu spät gewesen.

Leute wie Lahmeier und Elisabeth die Zweite würden am liebsten bis zum letzten Atemhauch und Blutstropfen von ihren Untertanen auf Audienzen speichelleckerisch begrüßt werden. Päpste haben sogar ein verbrieftes Recht darauf, nicht vor dem Ableben vom Thron geschubst zu werden, oder was glaubt ihr, warum die alle so alt werden. Nein, die hohen Damen und Herren schätzen Kritik oder auch nur Gerede über das Ende ihrer Amtszeit überhaupt nicht, oder wenn auf der Straße Pfiffe ertönen und man sie für den Aufstieg der Rechtspopulisten verantwortlich macht. Das heißt, der Mantel der Geschichte soll ihnen möglichst nicht ins Gesicht wehen. Ich meine, das ist doch unangenehm, so ein verschwitzter, mottenzerfressener Mantel. Wenn man sich vorstellt, welche stinkenden Kanaillen den alle schon getragen haben.

Nur bei Lahmeier hat es eben leider nicht geklappt mit der ewigen Regentschaft, und er musste sich neue Betätigungsfelder suchen. Was durchaus stressig sein kann, kurz vor der Rente noch einmal umzusatteln. Henke weiß das von einem Nachbarn, der bei der Bundeswehr gearbeitet hatte und daher mit 53 in Rente gehen durfte. Oder musste, je nachdem. Um seine nicht unbeträchtliche Beamtenpension aufzubessern beziehungsweise nicht vor Langeweile einzugehen, hat der arme Mann ungefähr tausend Bewerbungen geschrieben, bevor sie ihn als Tupperwarenregionalvertriebsrepräsentanten genommen haben. Das heißt, er ist bis 67 tatendurstig mit dem Auto durch Ostwestfalen gedüst, um die tonangebenden Hausfrauen seines Bezirks mit Nachschub an Plastikschüsseln zu versorgen. Jetzt ist der Nachbar schon über 80, aber immer noch putzmunter, und nervt Henke ständig mit schlauen Ratschlägen, wie man eine Hecke zu schneiden oder einen Opel zu waschen hat. Als ob Henke das nicht selber wüsste! 'Experte für alles', nennt sich Henke gern im intimen Kreis seiner Freunde. Jeder weiß doch, für Politiker ist es besonders wichtig, Allrounder zu sein, und da kann unser neuer Abgeordneter nun seine Talente voll entfalten. Besonders nach zwei, drei Gläschen Cognac läuft Henkes Expertentum zur Hochform auf und paart sich mit einer Kreativität, die man bei seinesgleichen nie vermutet hätte. Nach zwei, drei Gläschen Cognac wird Henke derart spontan, dass ihm zu jedem Thema, was gerade besprochen wird, einiges einfällt, und man manchmal ganz schön deutlich werden muss, damit er endlich seine Klappe hält. Das nimmt einer wie Henke aber gar nicht krumm, sondern er ist ganz schnell wieder obenauf und erfreut die Anwesenden mit dem ungebrochenen Fluss seiner Meinungsbekundungen. Insofern sind alle froh, dass er im Moment stark von seiner neuen Freundin in Anspruch genommen wird.

Josef Blech kann heute leider nicht dabei sein, weil er noch immer in Untersuchungshaft sitzt. Ein Unding eigentlich, dass ein hoch verdienter Mann ... Aber so sind die Richter heutzutage. Man weiß nicht, womit sie ihre Zeit verbringen. Sie kommen mit den Verfahren nicht von der Stelle, so dass mancher

Beteiligte zwischendurch den Löffel abgibt und sich der Prozess dadurch von selbst erledigt. So kann natürlich Zeit und Geld gespart werden.

Die Anwälte sind trotzdem optimistisch, dass Josef bald wieder freikommt, denn genau genommen hat er eigentlich niemandem weh getan und bei den Preisen, die seine Werke derzeit erzielen, wird er den Schaden schnell ausgleichen können, sobald man ihn mit seinen bewährten Altreifenplastiken weitermachen lässt. Wenn überhaupt, sind nach dem Skandal die Preise für 'Blechkunst' noch einmal kräftig gestiegen. Besonders seit verschiedene Prostituierte in der Bildzeitung über ihn und seine sexuellen Vorlieben ausgepackt haben, ist Josefs Name im Bewusstsein der Bevölkerung fest verankert und eben nicht nur einer kleinen Gruppe von Kunstliebhabern geläufig.

Grundsätzlich können überall auf der Welt noch viele Blechsche Altreifen aufgestellt werden. Jede Großstadt braucht Pi mal Daumen mindestens ein halbes Dutzend, und auch auf dem platten Land würden sich Altreifenskulpturen gut einfügen, allein weil man dort von jeher ein Herz für herumliegende Altreifen hat. Man denke etwa an Dekemeiers Altkränesammlung, zu welcher natürlich auch die entsprechenden Altreifen gehören, und gegen die das Lübbecker Ordnungsamt bisher vergeblich angekämpft hat, weil Dekemeiers Grundstück nicht direkt in einer Wohnsiedlung liegt. Bald ist es soweit, dass die Altkräne beim TÜV als Oldtimer durchgehen, und dann dreht der Ordnungsamtsleiter endgültig durch.

Wenn du zum Beispiel mit dem Auto von Lübbecke nach Bremen fährst, kommst du auf einer schnurgeraden Straße, die sie vor vielen Jahren extra gebaut haben, damit die Bundeswehr schnell Nachschub herbeischaffen kann, falls uns der Iwan einmal von Osten her angreift, unterwegs durch ein Kaff namens Twistringen. Du fährst direkt auf den zentralen Platz zu und erkennst sofort, der ist ideal für eine besonders große und eindrucksvolle Altreifenskulptur geeignet. Diese würde sich um so besser in das Umgebungsambiente einfügen, als du vorher auf dem einen Feld schon einen Riesenberg von Altreifen bestaunt hast, viel größer als alle Altreifenberge zusammen, die Josef Blech bei sich zuhause lagert, damit er genügend Rohmaterial für seine Kunstwerke zur Verfügung hat. Tatsächlich sind es viel mehr, als Josef in seinem ganzen Leben noch vervulkanisieren kann. Da müssten schon die Unmengen von Schülern ran, die er in der Kunstakademie herangezüchtet hat, um einen solchen Berg abzuarbeiten. Aber ich meine, Rembrandt hatte ja auch eine große Werkstatt mit vielen Nachahmern und hat sich im Alter von denen den Pinsel führen lassen.

Das Besondere an dem Twistringer Altreifenberg ist, dass er vollständig aus alten Traktor-, Mähdrescher- und Baggerreifen besteht. Angesichts dieser

Zusammensetzung würde Josef vermutlich in laute Entzückensschreie ausbrechen, wenn nicht gar ohnmächtig werden. Auf die Idee, mit Mähdrescherreifen zu arbeiten und daraus wahre Monumentalkunstwerke zu schaffen, ist der Josef anscheinend noch nicht gekommen. Ich finde, jemand sollte ihn von der Existenz des Twistringer Altreifenberges in Kenntnis setzen, um einen kreativen Nachdenkprozess bei unserem Künstler anzustoßen.

Im Moment ist Josef Blech leider dazu verdammt, im Gefängnis Zeichenkurse für Mitgefangene abzuhalten, was angeblich zu deren Resozialisierung beiträgt. Dazu muss man wissen, Josefs Zeichenkünste sind nicht die allerbesten. Schon seine Lehrer an der Kunstakademie haben früher insgeheim den Kopf geschüttelt, Josef aber machen lassen, weil sie sein Marketingtalent bewundert haben, mit dem er es bereits während des Studiums geschafft hat, sowohl private als auch öffentlich-rechtliche Mäzene für seinen Altreifenansatz zu begeistern. Obwohl es nur für eine vier in der Abschlussarbeit gereicht hat, ist der Josef mit einer Konsequenz, die man anerkennen muss, bei seinen Altreifen geblieben, extrem erfolgreich, wie wir heute wissen.

Zu Humberts allergrößter Freude ist der von ihm so hoch geschätzte Walter Winkler diesmal mit von der Partie. Zu zweit sind sie in dem gelben Lamborghini aufgebrochen - der von Humberts Bediensteten immer direkt vor der Yacht geparkt wird, wenn diese im Hafen liegt - um eine Spritztour ins Tessin zu unternehmen.

Im Auto kann Humbert dem bewunderten Freund schon mal die Schönheit der Schweizer Berge und die damit verbundenen Steuervorteile nahebringen. Eigentlich ist Walter Winkler ein Anhänger der Fridays-for-Future Bewegung und achtet einigermaßen wenn auch nicht konsequent genug auf seinen CO_2-Verbrauch. Er hat jedes Mal Gewissensbisse, wenn er zur Oskar-Verleihung oder nach Cannes oder Venedig zu den Filmfestspielen fliegen muss. Andererseits konnte er Humberts Angebot nicht wiederstehen, weil ein solches Auto fährt man nicht alle Tage. Humbert hat Walter Winkler nämlich versprochen, ihn zwischendurch ans Steuer zu lassen. Und dies, obwohl er überhaupt keine guten Erfahrungen damit gemacht hat, anderen seine teuren Luxusschlitten zu überlassen. Vor einiger Zeit hat mal eine Schweizer Bundesrätin Humberts Königsegg fahren wollen. Obwohl ihm Übles schwante, ich meine meine Frau am Steuer und so, hat Humbert nicht nein sagen können, weil er sich von der Bundesrätin, die damals für alle Schweizer Finanzbehörden verantwortlich war, weitere Steuernachlässe erhoffte.

Leider war es dann so, dass die Bundesrätin den Wagen an einer Ampel zu stark beschleunigt hat, so dass die Hinterachse ausgebrochen und das Heck des Wagens voll gegen den Ampelmasten geschleudert ist und diesen umgerissen hat. Humbert kriegt jetzt noch Kopfschmerzen, wenn er an den dumpfen Schlag damals denkt. Glücklicherweise hält die Karosserie eines Königsegg einiges aus.

Seitdem lässt Humbert Schweizer Bundesräte und besonders Frauen nicht mehr ans Steuer seiner Nobelkarossen. Selbst seine Töchter bittet er, sich gefälligst einen eigenen Lambo zu kaufen, wenn sie ihn unbedingt zu Schrott fahren wollen. Die meisten seiner Sprösslinge scheren sich allerdings wenig um dieses Verbot, und so kommt es, dass ein Teil von Humberts Fuhrpark ständig in Tessiner Autowerkstätten herumsteht. Er hat schon überlegt, eine eigene Humbert Autowerkstatt GmbH zu gründen, weil das kommt auf die Dauer bestimmt billiger. Noch billiger wäre es vermutlich, gar keine Werkstätten zu beauftragen, sondern einmal konsequent gegen seine Kinder durchzugreifen, auch dann, wenn sie unbedingt mit dem Königsegg nach Monaco ins Spielcasino wollen.

Hingegen Ferry Noltenstihl hat abgesagt. Er sei gerade dabei, sein PR-Unternehmen mit einer anderen jungen Agentur zu fusionieren und habe darum jetzt keinen Kopf für Sommerfrische. In Ferrys Alter ist man echt noch gezwungen, für Geld zu arbeiten. Außerdem sind ein paar seiner Auftraggeber abgesprungen, nachdem sie mitgekriegt haben, dass Ferrys PR-Ansatz bei Lahmeier absolut nicht gezündet hat.

Das größte Problem, dem sich der Ferry momentan gegenüber sieht, besteht darin, dass die neue Agentur auf feminine Produkte spezialisiert ist und fast nur Frauen zwischen 25 und 35 beschäftigt. Diese haben leider die erschreckende Tendenz, dauernd schwanger zu werden, und wenn sie nach der Elternzeit zurückkommen, wollen sie meist nur noch Teilzeit arbeiten. Ferry ist fast schon so weit, 40- bis 50-jährige Frauen einzustellen, ein Vorhaben, gegen das sich jeder erfahrene Unternehmer, der auf sich hält und einigermaßen bei Verstande ist, normalerweise instinktiv verwahren würde. 40- bis 50-jährige Frauen machen einem Unternehmer oft mehr Schwierigkeiten als 20-jährige Töchter ihren Milliardärsvätern. Na gut, jetzt weiß der Ferry immerhin, warum ihm die Gründerin ihre Agentur zu einem Vorzugspreis überlassen hat.

Zwischen den Lümmelnden bewegt sich geschickt der Bodo, Humberts Butler, um Cocktails zu verteilen und geistige Getränke einzuschenken.

Ab und zu steht einer der Getreuen auf, um ein wichtiges Telefonat wegen einer neuen Geschäftsidee zu führen, die ihm beim Lümmeln gekommen ist.

-Müsli, bringen Sie mir bitte einen Tequila Sunrise, ruft Drusilla.

Eigentlich heißt der Butler Bodo Mühlich; er wird aber aufgrund eines unbekannten Fehlers von allen nur Müsli genannt.

-Seid mal leise, sagt plötzlich der lümmelnde Lahmeier.

Nachdem sie es gewohnt sind, von ihrem Ex-Kanzler herumkommandiert zu werden, weil Lahmeier in dieser Truppe für immer der Alphawolf bleiben wird, kehrt sofort Stille ein. Also abgesehen vom Fernsehlautsprecher. Denn obwohl Humbert auf seiner Yacht bereits überall das Internet der Dinge installiert hat, ist dieses noch nicht auf Lahmeiers Stimme programmiert.

-Die Nachrichten sind doch noch gar nicht, flüstert Drusilla Henke lächelnd ins Ohr. Sie ist zufrieden, endlich einen vorzeigbaren Freund gefunden zu haben und hofft, möglichst bald schwanger zu werden, um die Familiengene weitergeben zu können. Milliardärsgene wie die von Humbert sind einfach zu kostbar, um sie ungenutzt brachliegen zu lassen. So denkt auch Humbert selbst und traktiert seine aktuelle Krankenschwesterehefrau trotz seiner bald 83 Jahre dementsprechend.

Humbert hat die Typen, die Drusilla früher angeschleppt hat, kaum ertragen können. Dagegen ist Henke durchaus ein Lichtblick, auch wenn er nach Humberts privater Meinung nicht gerade die allerhellste Leuchte darstellt. Früher hat sich Drusilla immer mit Fußballfans unterster Schublade eingelassen, die sie zwar im Bett ordentlich durchgenommen haben, von denen es aber keiner zum Bundestagsabgeordneten gebracht hat, einfach weil solche Männer abends lieber Bundesliga gucken oder am Computer daddeln, statt sich auf Parteiversammlungen herumzuöden, wo sowieso immer dieselben Sprüche durchgekaut werden.

Dass Henke Parteiversammlungen gemütlichen Fußballabenden vorzieht, ist allerdings eine ziemlich neue Entwicklung, und man muss erst mal abwarten, wie lange sie anhält. Aber vielleicht ist es gerade der unausgesprochene, immanente Hang zu Fußballgucken bei Cognac und Kartoffelchips, den Drusilla an Henke so anziehend findet.

Man muss auch offen sagen, Drusillas Männerbeziehungen sind häufig sehr volatil gewesen. Im Gegensatz zu ihrer Schwester Berenike ist es ihr immer schwergefallen, bei Männern zu landen, die etwas hermachen. Drusillas Fußballfans hatten überall verhärmte Falten, allein von der Anstrengung, die vielen Sozialhilfeanträge auszufüllen, sie rochen meist ungewaschen, und unterrum waren sie es auch, so dass man Angst haben musste, sich etwas wegzuholen. Syphilis soll ja in Deutschland wieder im Kommen sein.

Umso ausgehungerter hat Drusilla sich auf Henke gestürzt, der seinerseits - jetzt kann man es ja zugeben - von Anneliese auch nie voll befriedigt worden ist. Oralverkehr zum Beispiel kommt für eine Frau wie Anneliese nicht in Frage, allein weil sie sich wegen ihres Übergewichts so schlecht bücken kann, während er für Drusilla aufgrund ihrer fußballerischen Erfahrungen zum Standard und im wahrsten Sinne zum täglichen Brot gehört.

Umgekehrt ist es Drusilla nie schwergefallen, bei ihren verhärmten Tiffosi einen Orgasmus zu kriegen. Zigarettengestank und ungewaschene Unterhosen - da kommt Drusilla praktisch sofort, während sie Henkes fortgeschrittene Glatze und Mottenkugelgeruch bedeutend weniger heiß findet. Henke hat ihr schon angeboten, beim Sex ein Toupet a la Rudi Völler zu tragen. Da er wie auch Drusilla eingefleischte Völler-Fans sind, die sich Rudi Völlers Tore bei Youtube immer wieder reinziehen und sich kein Interview des Ex-Stürmers entgehen lassen, bietet sich das ja irgendwie an. War Völler nicht der Mann, der gesagt hat: Dann kam das Elfmeterschießen. Wir hatten alle die Hosen voll. Nur bei mir lief es ganz flüssig.

Doch zurück in die Gegenwart. Lahmeier wischt alle eventuellen Einwände beiseite und deutet auf die Mattscheibe.

-Jetzt kommt's, sagt er.

Auf dem Bildschirm erscheint im Moment aber nur die Reklame für ein Schlankheitsmittel. Ein durchaus beachtliches weibliches Wesen, das von einem Mops begleitet mit schwingenden Weichteilen durch die Abendsonne joggt.

Wegen der hätte man nicht umschalten müssen, finden die Nichteingeweihten unter den Zuschauern.

-Seid mal still, sagt Lahmeier. Wir haben auf allen Sendern kurz vor 8 die Werbezeit gebucht.

Nun switcht die Werbung in Großeinstellung zu Mupoto Sese Seku, dem Präsidenten der kongolesischen Volksrepublik. In seinem flauschigen Leopardenfell und mit einem bunten Papagei auf der Schulter sieht er genau so exotisch aus, wie man sich in Deutschland den Häuptling eines bedeutenden Urwaldstammes vorstellt. Den Ara hat er extra aus Südamerika einfliegen lassen, und was definitiv noch fehlt, sind Gaddafis bunte Epauletten und Strassbehänge, aber daran kann er ja noch arbeiten.

Neben Mupoto sitzt ein Schimpanse, den man in eine Latzhose aus Zebrafell gezwängt hat. Er ist Josef Blech wie aus dem Gesicht geschnitten und könnte glatt als dessen Zwillingsbruder durchgehen. Auf dem Kopf trägt der Schimpanse original jene Schiffermütze, die alle Welt früher an Helmut Schmidt so bewundert hat und die sich der Helmut beim ollen Bismarck abgeguckt hatte. Sie ist nach Schmidts Tod von dem Berliner Botschafter der Volksrepublik ersteigert worden und so in Mupotos Besitz gelangt. Allerdings passt sie dem Schimpi nicht so gut, wie sie dem Helmut früher gepasst hat. Das heißt, sie hängt ihm schief über das linke Ohr und droht unentwegt herunterzufallen. Was den Schimpi aber gar nicht stört.

-Das ist ja eine tolle Staffage, ruft einer der Anwesenden dazwischen. Fast wie in einem Walter Winkler Film.

Aus Walter Winklers Filmprojekten ist man einiges gewohnt, und er hat beim Dreh der 'Kloaken' bekanntlich einen ganzen Spatzenschwarm durch die Düsseldorfer Abwasserkanäle flattern lassen; doch so einen phantasievollen Auftritt hat es in seinen Filmen nie gegeben. Walter Winklers Filme sind generell nicht gerade für ihre Phantasie bekannt; eher für ihre schwergründige Schwerfälligkeit und die seltsame Penetranz, mit welcher immer wieder mausgraue Spatzenschwärme vor riefenstahlgrauem Himmel anstelle bunter Aras oder wenigstens Blaukehlchen abgelichtet werden. Unter Cineasten sind Walter Winklers Spatzenschwärme nachgerade ein Apercu geworden, eine Metapher auf die Transusigkeit unserer Welt.

Die Kamera schwenkt nun von Mupoto weg und richtet sich voll auf den Schimpansen.

-Hallo Leute, krächzt der kleine Kerl. Die Republik Zaire ist Deutschlands größter Handelspartner in Afrika. Die Importe von seltenen Erden sind im letzten Jahr um über 100 Prozent gestiegen und sollen noch weiter wachsen. Was sagt seine Exzellenz, unser Präsident Mobutu Sese Seko Kuku Ngbendu wa za Banga, der allmächtige Krieger, der mit seinem unbeugsamen Siegeswillen von Eroberung zu Eroberung schreitet und mit seiner Ausdauer der Gockel ist, der alle Hennen bespringt?

Das Bild zeigt jetzt wieder Mupoto.

-Weil uns Amerikaner und Chinesen so geärgert haben, erklärt dieser in einwandfrei synchronisiertem Deutsch, werden wir in Zukunft nur nach Deutschland exportieren und unsere exzellenten bilateralen Beziehungen unter Mitwirkung der Familie Püffkemeier ausbauen.

-Wieso eigentlich Püffkemeier? will Drusilla wissen.

Anlässlich ihres Antrittsbesuches in Lübbecke hat sie nicht viel Gutes über den alten Püffkemeier gehört.

-Schscht, macht Lahmeier.

Er will den Film als Ganzes genießen.

In der nächsten Einstellung sitzt der Schimpanse neben einem bekannten Industrielobbyisten und fuchtelt mit einem Mikrofon vor dessen Nase herum.

-Was sagen die deutschen Halbleiterhersteller, die Batterieproduzenten und die Chefs der Automobilelektronik dazu? krächzt der Schimpanse den Lobbyisten an.

Der Lobbyist spreizt die Beine und trommelt mit den Händen auf seinen Knien herum. Außerdem trägt er keine Krawatte und hat lässig den obersten Hemdknopf aufgemacht. Offenbar soll eine Atmosphäre wie in einem ZDF-Sommerinterview erzeugt werden.

-Unser Bundeskanzler, ähm ich meine Ex-Bundeskanzler, sagt der Lobbyist, hatte schon immer Verständnis für die Sorgen und Nöte der deutschen Schlüsselindustrien. Neuerdings hat der alte Fuchs mit dem kongolesischen Präsidenten einen Exklusivvertrag ausgehandelt, wonach deren gesamter Erzabbau in Zukunft ausschließlich nach Deutschland geliefert wird. Gemeinsam haben sie eine Schifffahrtslinie gegründet, die einen Shuttletransport der kongolesischen Erze direkt zum Hamburger Hafen ermöglicht.

-Jeder weiß doch, raunt der Lobbyist, Coltran und Lithium sind rar und extrem teuer geworden, weil diese Stoffe für die Herstellung von Handys und Elektroautos gebraucht werden. Wenn wir Deutschen als Exportnation überleben und unseren Wohlstand mehren möchten, sind wir auf den kongolesischen Nachschub angewiesen. Die Weltkriege haben uns gezeigt, nur wer Kolonien besitzt …

An dieser Stelle wird das Interview abrupt beendet. Aus dem Off ertönt noch einmal Mupotos Ankündigung 'Wir werden in Zukunft nur nach Deutschland exportieren!', und dazu führen die Mainzelmännchen einen afrikanischen Buschtanz auf.

Danach ertönt die Erkennungsmelodie der heute-Nachrichten. Sofort schaltet Lahmeier die Glotze ab, weil er sich Rüdiger Rohrer nicht antun möchte. Seit Rüdiger Rohrer Kanzler geworden ist, dominiert dieser mit seiner Exzentrik und Wechselhaftigkeit alle Nachrichtenkanäle. Sogar ausländische Sender sind schon auf Rüdiger Rohrers Unterhaltungswert aufmerksam geworden. Der Mann hat es neulich fertiggebracht und durfte im heute-Journal seinen neuesten Song vortragen.

Nun beschwert sich allerdings der ebenfalls anwesende Henri Recturius, seines Zeichens einer der beiden Zeitspiegel-Chefredakteure, auf dessen Einladung zu der luxuriösen Bootscruise Lahmeier gegenüber Humbert bestanden hat, damit möglichst unvoreingenommen und zeitnah über die Hintergründe des Lahmeierschen Exklusivvertrages berichtet werden kann. Ein Zeitspiegel-Chefredakteur ist natürlich darauf angewiesen, bezüglich der Nachrichtenlage immer auf dem aktuellen Stand zu sein und findet es doof, wenn kurz vor den

Nachrichten plötzlich der Fernseher ausgeschaltet wird, egal ob von seinen halbwüchsigen Kindern, die er sich einmal pro Woche antun muss, von seiner inzwischen fünften Ehefrau oder von Lahmeier. Was die Zahl der Ehefrauen angeht, ist der Chefredakteur auf dem besten Wege, mit Humbert gleichzuziehen. Aber okay, auch ein Chefredakteur kann im Notfall ausnahmsweise auf die Spätnachrichten ausweichen. Im Moment ist er ohnehin etwas abgelenkt und hauptsächlich mit seiner Flugscham beschäftigt, ein Schicksal, das er sich mit Walter Winkler teilt. Die Flugscham ist jene fixe Idee, die seit geraumer Zeit nicht nur unter Grünenwählern, sondern sogar unter an sich erfolgreichen Automanagern grassiert und diese daran hindert, ungestört Erste-Klasse-Flüge mit besonders viel Beinfreiheit zu genießen. Ich meine, nachdem sie endlich keine Angst mehr haben müssen, im Ausland verhaftet und nach Amerika ausgeliefert zu werden, hätten sie es eigentlich verdient, mal wieder sorgenfrei verreisen zu dürfen. Aber nein; selbst am Boden lassen sich durchaus erfolgreiche Leute teilweise von ihrer Flugscham niederdrücken, besonders dann, wenn sie von ihren Kindern kritisiert werden, die nachts nicht schlafen können, seit sie Gretas wachrüttelnde Reden gehört haben.

Es stört den Zeitspiegel-Chefredakteur ganz gewaltig, dass er soviel durch die Weltgeschichte fliegen muss und dadurch den Klimawandel unterstützt. Weil er mit seiner Fliegerei tonnenweise CO_2 verursacht und dadurch seine persönliche CO_2-Bilanz so miserabel ausfällt, sieht er sich fast schon gezwungen, nach einem anderen Job Ausschau zu halten, bei dem er möglichst wenig fliegen muss, aber das ist in seinem Alter nicht so einfach, und er könnte auch die junge, gut gebaute Hure in Buenos Aires nicht mehr besuchen, die sich immer so freut, wenn sie ihn wiedersieht. Außerdem würde seinen Posten sonst jemand anders einnehmen, der eventuell noch mehr fliegen würde - schließlich ist es wichtig, ja sogar unerlässlich, über globale Zusammenhänge zu berichten, gerade jetzt, wo Autokraten weltweit auf dem Vormarsch sind.

Der Zeitspiegel-Chefredakteur schafft es immer wieder, in der Pause zwischen zwei wichtigen Klimakonferenzen in Buenos Aires Zwischenstation zu machen. Auf den Klimakonferenzen pflegt er den deutschen Repräsentanten von Greenwatch zu interviewen, der ihm auch daheim dauernd über den Weg läuft, weil er in Hamburg Klein-Flottbek sein Nachbar ist. Wenn man ständig unterwegs und nie zuhause ist, bleibt einem gar nichts anderes übrig als sich gegenseitig im Ausland zu interviewen. Der Greenwatch-Repräsentant hat die Villa von seinem Vater geerbt, der ein hohes Tier bei der Deutschen Bank war und von dem sich der Repräsentant bereits in einer frühen Phase seines Lebens, das heißt nach der Scheidung seiner Eltern, abgewendet hat. Bei Greenwatch verdient man zwar nicht soviel wie als Banker, aber man wird öfter interviewt, und das Arbeitsplatzambiente in den Elbkolonaden ist definitiv besser als im Frankfurt Tower der Deutschen Bank. Außerdem ist der Greenwatch-Repräsentant froh, nicht wie manche 68er auf die Idee gekommen zu sein, die Erbschaft seines Bankiervaters dem Vietcong zu spenden. Wie man hört, ist das Vietcong Politbüro inzwischen auch nicht mehr auf Villen in Klein Flottbek und sonstige westliche Erbschaften angewiesen, sondern lebt ganz gut von den willigen Näherinnen, die in der vietnamesischen Bekleidungsindustrie für Hungerlöhne schuften. Gut okay, einigen Näherinnen fiel dann auf, dass sie ihr Geld schneller und einfacher mit Hilfe des globalen Sextourismus verdienen können, aber das spült ja ebenfalls Donges in die vietnamesische Staatskasse.

Auch kann der Greenwatch-Repräsentant nicht verstehen, warum sein Vater nicht mit dem Großvater gebrochen hat, welcher früher Abteilungsleiter unter Ribbentrop und Weizsäcker gewesen ist. Der Großvater, der im ganzen Außenamt als Genie deutscher wie auch russischer Rechtschreibung und Grammatik bekannt war, hat damals dem Hitler-Stalin Pakt den letzten grammatikalischen Schliff gegeben und auch einige Rechtschreibfehler im Zusatzprotokoll ausgebügelt, die sowohl Hitler als auch Stalin entgangen waren. Bevor man allerdings über den Bankier den Stab bricht, sollte man bedenken, dass der Opa seinem Sohn überhaupt erst die Stelle bei der Deutschen Bank vermittelt hat, weil sein mit der Grammatik auf Kriegsfuß stehender Vorgesetzter die besten Beziehungen zu Bankierskreisen unterhielt. Ribbentrop hat im Berlin der 30er Jahre ständig Partys mit Bankiers und anderen Wirtschaftsgrößen gefeiert und ist natürlich froh gewesen, Molotow und Stalin einen geschliffenen deutsch-russischen Entwurf vorlegen zu können, statt wie heutzutage üblich, wo jeder deutsche Vertragstext vor Anglizismen nur so wimmelt.

Der Greenwatch-Repräsentant will alles anders machen als seine Vorfahren. Nicht zuletzt aus schlechtem Gewissen wegen der negativen Auswirkungen des von seinem Großvater redigierten Paktes, hätte er überhaupt nichts dagegen, wenn sich möglichst viele Asylbewerber in der Nähe seiner Villa in Klein-Flottbek niederließen, damit es dort etwas bunter zugeht, als im Moment mit den vielen alten Herrschaften aus der Generation seines Vaters. Nur leider sind die Villen in Klein-Flottbek alle schon vergeben, so dass die afrikanischen Flüchtlinge fürs erste mit Duisburg oder dem Görlitzer Park vorlieb nehmen müssen.

Wenn sie sich aber einst in Deutschland hochgearbeitet haben, können diese Leute bei den Klein-Flottbeker Immobilienmaklern gern noch einmal vorsprechen.

Auch andere bedeutende Deutsche trifft der Zeitspiegel-Chefredakteur meist auf internationalen Klimakonferenzen, zum Beispiel Lahmeiers Ex-Umweltministerin und sogar den legendären Ex-Ex-Umweltminister unter Helmut Kohl, der früher einmal medienwirksam durch den Rhein geschwommen ist und von daher auf ein überlanges Leben hoffen darf. Der Chefredakteur hat es sich seit ein paar Jahren in den Kopf gesetzt, die CDU mit den Grünen zusammenzubringen und die SPD über die Klippe springen zu lassen, beziehungsweise die Klinge, weil diese Partei mit zu vielen Püffkemeiers gesegnet ist und eigentlich zu nichts mehr gebraucht wird. Seine Absichten sind durch das Auftreten Rüdiger Rohrers im Moment leider konterkariert worden. Aber aufgeschoben ist nicht aufgehoben, sage ich mal.

Das Bestreben der bürgerlichen Presse, die SPD zugunsten von CDU und Grünen zu vernichten, ist nach dem Lesen einiger einschlägiger Artikel sogar bei Bürgermeister Püffkemeier angekommen.

-Dich lese ich nicht mehr, hat Püffkemeier dem Chefredakteur gleich beim Kennenlernen auf dem Flug nach Kinshasa an den Kopf geworfen, wo sie gemeinsam mit Henke und Lahmeier in einer Bundeswehrmaschine hingeflogen sind, um den Exklusivdeal mit Mupoto perfekt zu machen. Weil du meine Partei kleinreden willst. Immer wenn es gegen die SPD geht, öffnest du deine Leserbriefspalten. Bei CDU und Grünen hältst du sie zu, damit keiner etwas Negatives über die bürgerlichen Parteien schreiben kann. Die 68er haben schon gewusst, warum sie euch Manipulation vorwarfen.

Natürlich interessiert den Zeitspiegel-Chefredakteur einen feuchten Kehricht, was so ein Provinzbürgermeisterlein von ihm hält. Ihm ist auch ganz egal, wieviel unterhändlerisches Geschick Püffkemeier bei den Verhandlungen mit Mupoto bewiesen hat. Ohne Püffkemeier, der sogar die hartschädeligen Lübbecker Ostwestfalen weichgekocht hat, dass sie ihm seit Jahren aus der Hand fressen, wäre Lahmeiers Vertrag mit Mupoto längst nicht so vorteilhaft für Deutschland ausgefallen, das lässt sich mit Fug und Recht feststellen. Obwohl Püffkemeier von Nationalismus nicht viel hält, ist er doch bekannt dafür, beim Regierungspräsidium Detmold und der NRW-Landesregierung immer das Äußerste für seine Lübbecker herauszuholen. Dem Regierungspräsidenten geht Püffkemeier mittlerweile derart auf den Zeiger, dass er dessen Forderungen meistens einfach durchwinkt. Oder warum glaubt ihr, dass alle Autobahnen schön weit um die Lübbecker Naturschutzgebiete herumführen.

Gut, nicht jedem Lübbecker passen Püffkemeiers Umgangsformen. Die Bleifüße unter ihnen hätten natürlich gern Autobahnen, die immer schön geradeaus verlaufen, und wenn sie durch Naturschutzgebiete gehen, kann man während der Fahrt außerdem noch einen schönen Ausblick genießen, wie es die

CSU im Isental oder im Altmühltal vorgemacht hat. Die Bleifußlübbecker können Püffkemeier jedoch egal sein. Das sind meist Hardcore-CDU-Wähler, die er mit seiner Kommunalpolitik ohnehin nie erreichen wird.

Dafür ist Püffkemeier dem Zeitspiegel-Chefredakteur egal. Viel mehr stören jenen seine eigene unbewältigte Flugscham und sein CO2-Fußabdruck. So viele Argumente sich der Chefredakteur auch für seine Vielfliegerei zurechtlegt, es bleibt ein schaler Nachgeschmack, der ihn ganz kribbelig macht und nun unvermittelt veranlasst, Henke und Drusilla sein Herz auszuschütten.

-Auch wenn er in seinen Kolumnen für Toleranz und Gerechtigkeit eintrete, könne man am Ende Toleranz und Gerechtigkeit nicht einatmen, stellt er selbstkritisch fest.

Henke hat kein Verständnis für das Lamento des Journalisten, und zwar nicht nur angesichts der an ihn geschmiegten Drusilla, die ihm hingebungsvoll Brust und Beine krault. Seiner Meinung nach ist der Zeitspiegel-Chefredakteur ein verkappter Grüner und mitschuld an Lahmeiers Untergang, weil er ihm vorgegaukelt hat, die CDU könne auf der grünen Seite gewinnen, während ihre rechte Flanke ungeschützt bleibt. Der Zeitspiegel hat damit der CDU denselben Bärendienst erwiesen wie manche Brigitte-Journalistinnen den Frauen, wenn sie ihnen einreden, Karriere und Kinder ließen sich ohne weiteres vereinbaren. Die Frauen wundern sich dann nach einiger Zeit, dass sie unglücklich sind und irgendwann vor Stress zusammenbrechen. Jeder, der etwas von Fußball versteht, kann sich ausrechnen, was passiert, wenn der Trainer, also in diesem Fall Lahmeier, die rechte Flanke ungeschützt lässt und dazu noch seinen besten Verteidiger, also in diesem Fall die Ehefrau und Mutter seiner Kinder, mit Stürmeraufgaben betraut.

Es ist doch allgemein bekannt, dass die Grünen am meisten fliegen und dabei von allen Parteien das schlechteste Gewissen haben. Henke will dem Zeitspiegel-Chefredakteur aber nicht seine wahre Meinung über solche Phantomdebatten wie den Klimaschutz offenbaren, nachher erscheint im Zeitspiegel noch ein Artikel über den frisch gewählten Abgeordneten Erwin Henke, der sich weigere, die Welt zu retten. Ostentativ guckt er aus dem Bullauge und denkt lieber an die Reise in den Kongo, die er mit Lahmeier, Püffkemeier sowie auch dem Zeitspiegel-Chefredakteur und dem Bundeswirtschaftsminister Sidowski kürzlich unternehmen durfte. Das hilft allerdings nicht gegen den Ständer, den er von Drusillas Gekraule gekriegt hat. Im Gegenteil, es heizt ihn noch an. Junge, was sie im Kongo alles erlebt haben! Den Zeitspiegel-Chefredakteur hat Henke dort von einer ganz anderen Seite kennengelernt. Viel entspannter und natürlicher. Aber nur, weil sie sich mit Humbert zusammen gleich am zweiten Tag entschlossen von den Spaßbremsen um

Püffkemeier und Co abgeseilt haben. Für Püffkemeier war es ja schon Dienstreise Nummer 2 in den Kongo, aber glaubst du, er hätte Henke irgendwelche Tipps geben können? Näh du, Püffkemeier ist in der Hinsicht ebenso steif wie Sidowski. Dafür aber nicht so fett. Dem Wirtschaftsminister war es eindeutig zu heiß im Kongo, kein Wunder bei seiner Leibesfülle. Normalerweise ist ein fetter Wirtschaftsminister ein Zeichen dafür, dass es einem Land gut geht, siehe Sigmar Gabriel oder früher Ludwig Erhard. Sidowski ist aber so dick, dass er sich nur in klimatisierten Räumen wohl fühlt, und daher für Wirtschaftsreisen in die Tropen völlig ungeeignet. Ich glaube, Lahmeier hat ihn nur mitgenommen, um ihn in der schwülen Hitze zu foltern. Sonst kann ich mir keinen Grund vorstellen. Sidowski stand ja schon länger auf Lahmeiers Abschussliste.

Alle weiteren Menschenrechtsverletzungen sind übrigens in freundschaftlicher Atmosphäre offen angesprochen und, wie wir noch sehen werden, durch Lahmeiers geniale Planung von vornherein unterbunden worden.

Was das Unterhaltungsprogramm angeht, ist auf Humbert hundertprozentig Verlass gewesen, trotz seines fortgeschrittenen Alters und obwohl ihm seine Krankenschwesterehefrau Aufregungen verboten hat. Humbert hatte soviel Gutes über die kongolesischen Nutten gehört, da war kein Halten mehr. Und Henke und der Zeitspiegel-Chefredakteur haben sich willig von ihm mitziehen lassen.

Der Zeitspiegel-Chefredakteur interessiert sich für Kinshasa inzwischen genauso stark wie für Buenos Aires und kennt sich seit dieser Kongoreise natürlich bestens aus in der Causa Mupoto, besonders nachdem dort irgendjemand auf den Regierungspalast gefeuert und die kleine Reisegruppe dabei um ein Haar getroffen hätte. Es kamen dann schnell ein paar Panzer angerollt, und man wusste zuerst nicht, ob es sich um Freund oder Feind handelte. Der Zeitspiegel-Chefredakteur träumt bereits davon, im Rentenalter aus solchen Erinnerungen schöpfen und politische Bestseller verfassen zu können wie weiland Peter Schur-Latoll, der hinterher auch keine Flugreisen mehr machen musste, weil er aus früheren Erfahrungen alles besser wusste.

Nun also hat ihn Lahmeier auf Humberts Schiff eingeladen, damit sie sich gemeinsam das Werbefilmchen im Fernsehen ansehen. Planung ist alles, so lautet von jeher Lahmeiers Devise. Du kommst mit in den Kongo und berichtest exklusiv, hatte er dem Zeitspiegel-Chefredakteur befohlen, den er aus seiner Zeit als saarländischer Innenminister kennt, als jener noch ein kleiner Lokaljournalist beim Dudweiler Anzeiger gewesen ist und Kolumnen ganz anderer Art verfasst hat.

Hingegen Kurti Krombholz durfte nicht mit. Berenike hat es ihm verboten, weil sie wusste, die kongolesischen Nutten werden sich sofort auf ihn stürzen. Weltfußballer sind für Nutten ein gefundenes Fressen. Nutten stürzen sich auf Weltfußballer, als wenn sie seit Wochen gehungert hätten. Dabei kann bei kongolesischen Nutten von Hungern keine Rede sein, im Gegenteil; in den kongolesischen Nuttenverkehrsgebieten ist immer ordentlich was los. Außerdem wäre, wie sich später herausgestellt hat, Kurtis Anwesenheit bei Mupotos Audienzen außerordentlich nützlich gewesen. Nämlich im Sinne der übernächsten Fußball-WM, und nicht nur, weil Mupoto für ein gutes Fußballspiel jederzeit zum Morden bereit ist. Gut, Mupoto ist auch bei anderen Gelegenheiten mit dem Morden schnell bei der Hand. Ein kurzer Befehl an seine Leibwächter, und sie schneiden dir die Kehle durch. Solcher Gefahren waren sich die deutschen Besucher durchaus bewusst, haben sich aber von ihrem Trip nicht abhalten lassen. Besonders Henke wollte unbedingt in den Kongo, nachdem er die erste, noch von den Lübbeckern in Alleinregie unternommene Reise bekanntlich verpasst hatte.

Beim Kongobesuch hat sich herausgestellt, dass der berühmte Aston Martin von James Bond inzwischen ebenfalls dem Kongo gehört. Mupoto hat ihn für viele Millionen bei Sotheby's ersteigert, unter der Balustrade am Haupteingang seines Palastes aufgestellt und präsentiert ihn seitdem voller Stolz allen Besuchern.

Ich denke, Mupoto kann froh sein, dass die Versteigerung schon vor 2 Jahren stattfand. Seit sich sein Verhältnis zu London dermaßen verschlechtert hat, dass er ihnen keine seltenen Erden mehr zukommen lässt, verbieten die Engländer alle Ausfuhren von Spionagefahrzeugen und anderen Hochtechnologieprodukten in den Kongo, mit dem offensichtlich vorgeschobenen Argument, 007-Requisiten gehörten genauso zum nationalen Kulturgut des Landes wie die Kronjuwelen im Tower of London. Diese Unverschämtheiten haben Mupoto veranlasst, sich einen eigenen Satz von Kronjuwelen schleifen zu lassen, größer als alles, was die britische Krone je vorzuweisen hatte.

Humbert, der sich gleich vordrängelte, wurde der Einstieg in das Auto verwehrt, obwohl sich sein Vermögen durchaus mit dem Mupotos messen kann. Nur Lahmeier durfte sich reinsetzen.

-Aber Vorsicht mit den Knöpfen! hat ihm Mupoto noch mitgegeben. Denn der Wagen, welcher Filmgeschichte geschrieben hat, ist mit vielen Agentenextras ausgestattet, wie beispielsweise umklappenden Nummernschildern, Dinosaurierflügeln, explodierenden Zigarettenanzündern und in die Scheinwerfer integrierten Maschinengewehren.

-

-Ach ja, ruft Humbert in die kühler werdende Abendluft.

Er ist so guter Dinge wie lange nicht mehr. Vor Tagen hat die offizielle Feier zu seinem 80. Geburtstag stattgefunden. Alles wunderbar geklappt. Ein großes Fest mit über 500 Gästen aus Wirtschaft, Sport und Politik. Obwohl Humbert dort schon gefühlte 50 Jahre nicht mehr wohnt, hat sich die Stadt Hannover nicht lumpen lassen und ihrem reichsten und bedeutendsten Sohn in den Herrenhauser Gärten eine eindrucksvolle Lichtinstallation präsentiert. Gut, in Wahrheit war es eine Installation, die vor Jahren anlässlich der Weltausstellung schon einmal gezeigt worden ist und seither in einer alten Feuerwehrgarage vor sich hin staubte, so dass sich der Aufwand in Grenzen hielt. Immerhin gab es ein Feuerwerk gratis dazu wie in Hamburg nur zum Hafengeburtstag. Das Highlight der Veranstaltung war sicherlich der Auftritt von Madonna zwischen den vielen Lichtern, den Humbert allerdings aus eigener Tasche bezahlen musste. Er ist zwar deswegen extra beim OB vorstellig geworden, hat aber schnell gemerkt, dass die Stadt nicht wirklich flüssig ist und der Madonna-Auftritt allein so ungefähr die Steuereinnahmen eines ganzen Jahres verschlingen würde.

Humbert musste sich dann auch noch darum kümmern, einen der bekanntesten Fernsehmoderatoren als Conferencier hinters Mikrofon zu bekommen. Rüdiger Rohrer kam aus den bekannten Gründen nicht in Frage, aber dafür jemand, der mit seiner sonoren Stimme einen wesentlich seriöseren Eindruck macht als unser neuer Bundeskanzler. Günther J. Kernmann ist schon wieder so seriös, dass ich ehrlich gesagt keinen Gebrauchtwagen von ihm kaufen würde. - Auf jeden Fall: billig ist er nicht, doch im Vergnügungssektor ebenso zuhause wie im Politik- und Sportbereich. Das hat den Ausschlag gegeben. Für so jemand ist Humbert kein Geld zu schade.

Außerdem wurde ein bekannter Schriftsteller als Ghostwriter engagiert, der Humbert eine Biografie sozusagen auf den Leib geschrieben hat. Das Buch in Golddruck und Ledereinband ist zusammen mit den Einladungen an alle Gäste verschickt worden, damit diese in der Lage sind, die Bedeutung des Geburtstagskindes voll zu würdigen. Was Humbert nicht weiß: weil der Großschriftsteller irgendwie so gar keine Lust auf Auftragsarbeit hatte, sind die 300 Seiten weitgehend von einem Praktikanten des Verlages, in dem der Schriftsteller seit den Querelen um die angeblichen Adenauertagebücher unter Vertrag steht, verfasst worden. Zu Humberts Glück, muss man sagen; denn der Praktikant hat etwas abgeliefert, was der Schriftsteller so nie hinbekommen hätte. Während Praktikanten ganz ungeniert das Loblied ihrer Vorgesetzten singen, schweifen alternde Großschriftsteller, die vom Erfolg gesättigt viel auf ihrem Lieblingssofa vor sich hin schnarchen, leicht in gänzlich unangemessene ironische Boshaftigkeiten ab.

-Ach ja, ruft Humbert wieder.

Vormittags hat er seinen Freunden die Monografie persönlich in die Hand gedrückt - auf der Yacht, wo zur Zeit der inoffizielle Teil der Geburtstagsfeier stattfindet. Humbert hat nur die übliche Clique eingeladen, die sich sonst immer in seiner VIP-Loge im Martha-Stadium trifft. Im Moment ist er der lustigen Truppe allerdings desertiert und mit Walter Winkler im Lamborghini auf dem Weg nach Lugano. Sie haben einen Riesenumweg gemacht, weil Humbert dem Walter unbedingt das Stilfser Joch zeigen will, welches dieser noch nicht kennt.

Die 'Anneliese' liegt dauerhaft in Südfrankreich vor Anker, was ja bekanntlich an das Mittelmeer grenzt, welches die Römer nicht umsonst 'mare nostrum' genannt haben. Gallia divisa est in partes tres. Humbert hätte natürlich auch auf seine Zweityacht in die niederländischen Antillen einladen können, aber der Flug im Privatjet war ihm diesmal zu weit. Auch ein Humbert merkt irgendwann die Mühen des Alters. Gut, wenn sie erst mal die neuen Überschallflieger an Privatpersonen verkaufen, stellt sich das Problem wieder anders dar, das hat er sich schon vorgenommen. So wie er sich auch vorgenommen hat, zum Mond zu fliegen. Zum Mond will Humbert auf jeden Fall, nachdem es ihm auf dem Mount Everest zu voll gewesen ist. Er will dann in der Kapsel möglichst neben Leonardo DiCaprio sitzen, der mit seinem Umweltengagement und seinem neuen Film derzeit für so viel Furore sorgt. Geld spielt keine Rolle, weder für Humbert noch für den Leo. Denn kurz vor seinem Abgang hat Lahmeier ein Einsehen gehabt und noch schnell am Erbschaftsrecht herumgefummelt, so dass sich auch Humberts Töchter und Schwiegersöhne in spe keine Sorgen mehr machen müssen. Schließlich darf man einen alten Spezi nicht hängen lassen.

-Habe ich dir eigentlich schon gesagt, dass ich ein großer Fan von dir bin.

-10 Mal mindestens, sagt Walter Winkler.

-Am liebsten mag ich 'In der Nähe, so fern' und 'Die Angst der Feministin vor der Entbindung'.

-Dein Lob lasse ich mir gern gefallen, sagt Walter Winkler. Wenn du mich nur endlich fahren lässt.

-Wie viel Handke steckt eigentlich in der 'Feministin'? Das wollte ich dich schon immer mal fragen.

-Wann lässt du mich denn nun fahren?

-Warte bis wir durch die Berge sind. Wenn du den Wagen nicht kennst, bricht er leicht aus. Ein Lamborghini ist wie ein junger Hengst, den man nicht reizen darf.

Humbert zieht seine Racing Gloves glatt und lenkt den Hengst sanft durch eine scharfe Kurve. Walter Winkler blickt nach rechts aus dem Fenster und schweigt.

-Tatsächlich sind wir auf einem kleinen Umweg, damit ich dir eine der schönsten Alpenstraßen zeigen kann, sagt Humbert nach einer Weile. Ich habe das Stilfser Joch schon damals mit meinem Vater befahren, als es noch nicht asphaltiert war. Da kam Stimmung auf, kann ich dir sagen! Wie wenn du heutzutage über eine gefährliche Bergstraße in der Dritten Welt holperst, genauso ist das gewesen. Und heute ist das Stilfser Joch immer noch atemberaubend.

Er blickt auf die Uhr und erhöht moderat die Geschwindigkeit. In engen Kurven geht es in die Bergwelt hinein.

-Ich hoffe, dass wir rechtzeitig da sind. Nachts und im Winter wird der Pass geschlossen. Zu gefährlich.

So fahren sie scheinbar einträchtig dahin. Dämmerung legt sich über das Land. Die im Schatten liegenden Berge scheinen fast schwarz über ihnen zu hängen.

-Es wird jetzt schon früher dunkel, bemerkt Walter Winkler.

-Wir sind gleich da, beruhigt ihn Humbert. - Da schau, der Pass ...

-... gesperrt. Das gibt es doch gar nicht! ruft Humbert aus.

Er blickt auf die Uhr.

-Normalerweise müsste um diese Zeit noch offen sein. Zieh mal kurz den Kopf ein.

Mit seiner superflachen Flunder untertunnelt er kurzerhand die Sperre.

-Bauarbeiten, sagt Walter Winkler, indem er sich wieder aufrichtet. Da stand ganz deutlich 'Bauarbeiten'.

-Habe ich gar nicht gesehen, sagt Humbert. Meine Augen sind auch nicht mehr die besten.

Konzentriert und äußerst professionell fährt er die ersten Serpentinen.

-Unser Vorteil: die Straße ist jetzt völlig frei, sagt er in Walter Winklers Schweigen.

Als sie die Passhöhe erreichen, ist es komplett dunkel. Irgendwo ganz unten in der Ferne schimmern die Lichter eines kleinen Dorfes. Irgendwo krächzt eine beleidigte Dohle. Irgendwo hinter der Passhöhe hält Humbert an. Er steigt aus seinem Lamborghini und streckt sich. Es ist tierisch kalt geworden.

-Ich zieh mal das Verdeck auf, sagt er zum Walter.

Dieser überlegt die ganze Zeit, ob und wie er die unvergleichliche Stilfser-Joch-Stimmung in seinem nächsten Film unterbringen kann.

-

-Junge, da hast du was auf die Beine gestellt, staunen die Anderen derweil auf der Yacht und hauen Lahmeier anerkennend auf die Schulter.

-Ihr wisst gar nicht, was ich auszuhalten hatte, sagt Lahmeier. Die Schweizer Großbanken haben sich zwar gefreut, als sie hörten, dass Mupoto seine deutschen Einnahmen nicht im Kongo, sondern bei ihnen anlegen will. Also kein ewiges Herumtransferieren, um die Geldflüsse zu verschleiern, sondern die Erträge gehen direkt von einer deutschen Bank auf eine Schweizer Bank, das schien Mupoto am sichersten. Im Kongo soll es schon vorgekommen sein, du überweist Geld, doch bei der Empfängerbank kommt es nicht an, und die Absenderbank hat es aber auch nicht mehr. Da kommt selbst ein Herrscher ins Grübeln, besonders bei den Riesenbeträgen, mit denen einer wie er tagtäglich zu tun hat. Solche Beträge kann sich kein Bankdirektor aus dem Ärmel schütteln, selbst dann nicht, wenn man ihn vorher durchkocht und ihm die Haut von den Knochen abpellt.

-Vom amerikanischen und chinesischen Präsidenten gab es Drohanrufe, fährt Lahmeier fort. Also wirklich Drohanrufe. Die haben Tacheles mit mir geredet, von wegen der CIA werde sich einmischen und eventuell die Transporte sabotieren, in die Luft jagen oder gleich nach Amerika umleiten. Oder sie sprechen kurz mal ein paar Sanktionen aus. Ihr wisst ja, die Amis sind sehr einfallsreich, wenn es um ihre Interessen geht. Galilei hat auch nie richtig funktioniert, bis man herausgefunden hat, die Amerikaner stecken dahinter, weil sie nicht wollen, dass jemand besser ist als sie. Ich meine, jeder kennt doch Lance Armstrong...

-Darum habe ich den neuen und alten Kulturstaatssekretär gebeten, mit Rüdiger Rohrer Kontakt aufzunehmen, damit unsere Regierung die Bundeswehrfriedensmission im Kongo aufstockt, dass die Zivilbevölkerung nicht so unter dem Bürgerkrieg leidet. Besonders in den Coltran-Abbaugebieten ist es in den letzten Jahren drunter und drüber gegangen; da muss jetzt mal die Bundeswehr ran.

In aller Ruhe tritt Lahmeier an das Getränkeregal und mischt sich einen Pernod. Er macht das lieber selbst, statt lange nach Müsli zu klingeln, und kippt sich das Zeug auf einen Schlag hinter die Binde.

-Mupotos Volkssoldaten sind anhand ihrer phantasievollen Kleidung, die ein berühmter französischer Designer für reichlich Tantiemen entworfen hat, mit denen aber Mupoto, obwohl er sie persönlich ausgesucht hatte, hinterher total unzufrieden war, weil er als Chefkommandant unter seinen buntscheckigen Soldaten gar nicht mehr wahrgenommen wurde in seiner eigenen Fantasieuniform, was sich dann aber als Glücksfall herausstellte, als ein Anschlag auf ihn verübt worden ist, und der Attentäter wusste nicht, wohin er zielen sollte...

Lahmeier stutzt.

-Also wo war ich? Jedenfalls hatten sich Mupotos Soldaten mit den Rebellen gemein gemacht, weil auch der Sold ausblieb und alle gemeinsam mussten sich an den Ernten der Bauern bedienen, und an deren Töchtern. Erst seit der Coltranpreis durch die Decke geht, weil sich die Weltvorräte dem Ende zuneigen, haben wir Deutschen da etwas Ruhe reingebracht. Eine ordentliche Schulung durch die Bundeswehr, und Mupotos Truppe kann wieder strammstehen. Seit die AfD so stark geworden ist, wird auch über die Wiedereinführung des Stechschrittes in der kongolesischen Volksrepublik nachgedacht. Und unsere Barrettmützen sehen schließlich auch ganz taffy aus und machen sich gut in jedem abgeholzten tropischen Regenwald.

Puh, genug geredet. Lahmeier mischt sich noch einen Pernod. Weil es so warm ist und er auch nicht mehr so viel saufen will, gibt er diesmal ordentlich Soda zu.

-Die bereits in deutschem Besitz befindlichen Coltran-Minen haben die Förderung vollumfänglich wieder aufgenommen - ein echter Erfolg, sagt der Ex-Kanzler dann doch noch. Hier komme die Familie Püffkemeier ins Spiel. - Bei unserem gemeinsamen Besuch im Kongo konnte sich Püffkemeier persönlich vom guten Zustand seiner Mine überzeugen.

-Genaugenommen gehört sie nicht ihm, sondern seiner Schwiegertochter, wirft Henke mit seinem erstaunlichen Fachwissen ein.

Er weiß auch nicht, warum ihm das so wichtig ist. Dabei waren es Henke und seine hilfsbereite Ader, die Lahmeier den Kontakt mit der Püffkemeiersippe vermittelt haben. Einer wie Henke kann nicht anders als hilfsbereit sein. Die Hilfsbereitschaft quillt bei Henke aus allen Nähten, ohne dass er etwas dagegen tun kann. Denn die Coltran-Mine hat inzwischen derart an Wert gewonnen, dass die Lübbecker Sparkasse aus allen Verbindlichkeiten heraus ist. Ein später Erfolg Heinz' weitsichtigen unternehmerischen Denkens, von dem nun wenigstens seine Tochter und seine Enkel profitieren, welche ja leider auch Püffkemeiers Enkel sind.

-Seit deutsche Ingenieure dort mit anpacken, läuft alles wie am Schnürchen, sagt Lahmeier. Es gibt zum Beispiel keine Stolleneinbrüche mehr, oder höchstens ein, zwei Mal im Jahr. Während früher die Arbeiter dauernd verschüttet waren. Man kann fast sagen, der kongolesische Bergarbeiter war früher die meiste Zeit des Jahres verschüttet und kam daher kaum zum Arbeiten. Das hat natürlich Mupotos Gewinne geschmälert, die neuerdings um so kräftiger sprudeln.

Gedankenvoll lehnt sich Lahmeier zurück. Eigentlich macht es für Mupoto keinen Sinn, den ganzen Mammon in der Schweiz zu bunkern. Der Mann hat jetzt schon mehr Geld als Humbert und Dagobert Duck zusammen, und seine drei Dutzend Nachkommen werden bestimmt nie Hunger leiden müssen. Zumal das Geld wegen der niedrigen Zinsen zur Zeit auch keine Erträge abwirft. Sondern Kapital will arbeiten oder im Zweifelsfall auch ausgegeben werden. Nachdem es nicht jeden Tag James-Bond Autos zu ersteigern gibt, ist Lahmeier als Mupotos neuer Finanzberater auf die Idee gekommen, die nächste Fußballweltmeisterschaft im Kongo stattfinden zu lassen. Tja, Lahmeier ist auf vielen Feldern bewandert. Da kann sich selbst Püffkemeier eine Scheibe von abschneiden, der Mupoto sonst immer die guten Ratschläge erteilt hat. Aber Ratschläge von Ex-Regierungschefs sind natürlich gefragter als solche von Provinzbürgermeistern. Und mehr wert sind sie außerdem, wie Lahmeier auf seinem Konto bereits festgestellt hat. Nachdem er aus der aktiven Politik ausgeschieden ist und nur noch im Hintergrund ein paar Fäden zieht, sind seine Kontobewegungen für ihn kein Problem mehr. Schließlich muss auch ein Ex-Bundeskanzler sehen, wo er bleibt; und das heißt im Idealfall, sich in der freien Wirtschaft bewähren. Die Linken mosern natürlich, doch dass er für Coltran-Nachschub sorgt, hat ihm in Deutschland enorm viele Sympathiepunkte zurückgebracht. Es kann doch niemand im Ernst etwas dagegen haben, dass Lahmeier sich weiterhin für uns einsetzt statt nach seiner politischen Karriere einen Versorgungsposten im öffentlichen Dienst anzustreben.

Fußball-WMs haben SO viele Vorteile. Das wissen die Katarer, und das weiß auch Putin, welcher Mupoto ebenfalls dringend zu einer Fußball-WM geraten hat. Mit einer Fußball-WM im eigenen Land kannst du dein Renommee enorm steigern, sowohl nach innen als auch nach außen, hat Putin zu Mupoto gesagt. Auch hast du mehr Möglichkeiten, die Ergebnisse in deinem Sinne zu beeinflussen. Ich gebe dir nachher mal die Nummer von meinem Sportminister, damit ihr euch ein wenig austauschen könnt. Vielleicht dürfen deine Kinder nach einer erfolgreich durchgeführten WM sogar in Harvard studieren, wenn du noch ein paar Millionen drauflegst, damit die da hinten ihren Universitätspräsidenten besser bezahlen können. Über eine Million verdient er ja schon, der olle Pindosy. MIR wollte er keinen Ehrendoktor verleihen, aber als Quotenfarbige haben deine Kinder in Harvard bestimmt gute Karten. Sie dürfen es allerdings nicht so wild treiben wie die Gaddafisöhne, die in München dauernd mit einem Bein im Knast gestanden sind, sondern sollen sich mal auf den Hosenboden setzen und ordentlich büffeln.

Diesen Ratschlag hört Mupoto gar nicht gern. Mit Büffeln kommt man nach seiner Erfahrung im Leben nicht weit. Er hat daher sein Ohr lieber wieder Lahmeier geliehen, von dem die Idee einer Fußball-WM ja auch ursprünglich stammt. Genaugenommen stammt sie von Henke, dem sie eines Nachts im besoffenen Kopf an der Bundestagsbar eingefallen ist, während er sich zusammen mit Gesundheitspolitikern aller Fraktionen darüber geärgert hat, dass die deutschen Fußballmillionäre von der AOK soviel Geld für Reklame kriegen. Damit soll angeblich der Alkoholkonsum unserer Bevölkerung reduziert werden. Dabei haben die Schnapsfabrikanten schon genug zu kämpfen, wegen der horrenden Steuern, die in Deutschland neuerdings auf Hochprozentiges erhoben werden. Bald sind sie gezwungen, ihren Fusel billig in der Dritten Welt zu verhökern, weil in Deutschland niemand mehr in ein Glas schauen darf. In dem Punkt haben sich leider die SPD-Frauen durchgesetzt, gegen die Rüdiger Rohrer seit seinem Amtsantritt einen ganz schweren Stand hat. Die SPD-Frauen sehen bei ihren Ehemännern, wohin Alkoholkonsum kombiniert mit sexueller Frustration führen kann. Lahmeier hält sich viel darauf zugute, während seiner Regierungszeit den Einfluss der CDU-Frauen auf die Politik eingedämmt zu haben. In der SPD scheint Ähnliches nicht möglich zu sein. Rüdiger Rohrer ist immerzu von Frauen umzingelt, und das nicht erst seit seinem Amtsantritt. Früher, als er ein berühmter Rockstar gewesen ist, war das kein Problem. Da haben die Mädchen bei seinem Anblick hysterische Anfälle gekriegt oder sind gleich in Ohnmacht gefallen. Leider fällt die SPD-Frauenriege nicht in Ohnmacht, wenn sie Rüdiger Rohrer sieht, sondern stellt unverschämte Forderungen. Gut, das ist jetzt nicht Lahmeiers Baustelle. Lahmeier muss immer grinsen, wenn er Rüdiger Rohrer und seinen Frauenflor im Fernsehen sieht. Dieser Flor hat so gar nichts gemein mit den willigen folgsamen Groupies, die der Rüdiger von früher gewohnt ist, weil das besamungsfähige Alter ist bei denen längst überschritten. Verfallsdatum abgelaufen. Aber mal im Ernst: Frauen in den Wechseljahren sind einfach schwerer zu händeln, und ihre Gedanken bewegen sich in ganz andere Richtungen als früher die von Rüdigers Groupies. Statt nur an das Eine denken solche Frauen, besonders wenn sie kinderlos geblieben und Ministerin geworden sind, zum

Beispiel daran, wie sie Neffen und Nichten am besten in ihrem Ministerium unterbringen. Oder, wie sie den deutschen Schnapsfabrikanten schaden können.

-Also erstmal seid ihr Schwarzen sowieso die besseren Fußballspieler, hat Lahmeier zu Mupoto gesagt. Zweitens wird es dem Kongo einen enormen Entwicklungsschub geben, wenn zwischen euren Strohhütten und im Urwald bei den Gorillas überall Fußballstadien herumstehen. Drittens könnte Humberts Firma die Bauaufträge übernehmen, so dass das enorme Exportungleichgewicht, das sich durch die seltenen Erden aufgehäuft hat, wieder abgetragen werden kann. Seit Humbert in Brasilien alles zubetoniert hat, sind bei ihm Kapazitäten frei. Lohn und Brot für viele viele Kongolesen wäre ein weiterer Vorteil. Die würden auch gleich lernen, wie eine richtige Betonmischung angerührt wird. Last not least werde sich Mupoto damit ein Denkmal setzen. Viele Denkmäler. An eine Fußball-WM, das verspreche er, Lahmeier, Mupoto hiermit auf die Hand, würden sich seine Kongolesen für immer erinnern, und noch nach Generationen davon schwärmen.

Wahrscheinlich hat das letzte Argument den Mann am meisten überzeugt. Das Lohn und Brot Gerede würde - so Henkes private Meinung - wohl eher in Deutschland verfangen.

Lahmeier hat dann telefonisch Kontakt mit Kurti Krombholz aufgenommen, der wie gesagt persönlich leider nicht anwesend war, aber sofort versprach, alles Erdenkliche in die Wege zu leiten, damit die FIFA bei dieser Unternehmung mitspielt. König Kurti hat sich sogar bereiterklärt, den Vorsitz des Organisationskomitees zu übernehmen. Natürlich kennt Mupoto Kurti Krombholz vom Namen her und auch von vielen Fußballvideos, die er sich immer wieder gerne anschaut, und war davon dermaßen begeistert, dass er seinen Leibschimpansen inklusive Helmut Schmidts Elblotsenmütze vor Aufregung fast erdrückt hätte. Ich kann euch sagen, Leibschimpansen haben bei Mupoto ein schweres und vor allem meist nur ein kurzes Leben. Oftmals müssen sie sogar herhalten, wenn gerade keine von Mupotos Gespielinnen zur Verfügung steht, weil die alle in anderen Umständen sind. Mupotos Problem ist seine ungestüme Art. Wenn er will, dann will er sofort, und nichts kann ihn aufhalten. Mupoto nimmt sich sozusagen, was ihm gerade vor die Flinte läuft - eben ganz der Gockel, der die Hennen bespringt. Da kann der Leibschimpanse noch froh sein, wenn er ein Weibchen ist.

Lahmeier hat dann Mupoto sein Handy überreicht, damit dieser direkt mit Kurti Krombholz verhandeln kann. Als erstes hat der Kurti den Sese angewiesen, dafür zu sorgen, dass beim Besuch der FIFA-Auswahlkommission in Kinshasa genügend Prostituierte zur Verfügung stehen. Die afrikanischen

Stimmen hat Mupoto bereits, doch bei den Europäern könnten unbequeme Fragen aufkommen, wenn sich mehrere Komiteemitglieder eine Prostituierte teilen müssen. Nachdem er direkt zum Cheforganisator ernannt worden ist, wird Kurti Krombholz trotz Berenikes Einspruch nicht umhin können, demnächst im Kongo einzufliegen. Er freut sich schon darauf, den Fußballförderer Mupoto persönlich kennenzulernen, und weil sie wahrscheinlich mit einer FIFA-Maschine fliegen, wo es bekanntlich nur Superior-Class Sitze gibt. Bundeswehrmaschinen sind noch nicht so weit, dass sie Superiorsitze anbieten, außer für den Bundeskanzler. Ein Teil der Journalisten muss in Bundeswehrmaschinen immer auf unbequemen Schleudersitzen Platz nehmen. Erst wenn sie sich durch wohlwollende Artikel in der Achtung des jeweiligen Kanzlers hochgearbeitet haben, dürfen sie darauf hoffen, einen der begehrten Stammplätze in seiner Nähe zu erhaschen. Diese können von der Bequemlichkeit aber noch lange nicht mit der FIFA mithalten. Kein Wunder, sage ich. Man muss sich nur erinnern, was für ein Gemähre es damals mit der Transall gegeben hat, weil Airbus sich weigerte, in den Laderäumen eine Heizung für die Fallschirmspringer einzubauen.

Wie ich Berenike kenne, wird sie allerdings darauf bestehen, in der FIFA Maschine mitzufliegen, obwohl diese standardmäßig nur mit Herrentoiletten ausgestattet ist. Das könnte dem einen oder anderen Komiteemitglied, das bei ihrem Vater, der ebenfalls als Sportmäzen bekannt ist, ein und aus geht, möglicherweise den Spaß verderben. Ich sage nur Damenbinden und so weiter.

Nach jener denkwürdigen Telefonkonferenz hat sich Lahmeier gewundert, wo sein neues Smartphone abgeblieben ist, das erste, was er sich nach seiner Kanzlerzeit privat kaufen musste und für dass er eine Stange Geld hingeblättert hat. Dann hat er sich erinnert, dass Mupoto wohl nicht ganz zu Unrecht als der größte Kleptokrat aller Zeiten bekannt ist.

-

Es ist stockfinster. Humbert saust mit Walter Winkler durch enge Kurven und unter meterbreiten Felsvorsprüngen das Stilfser Joch hinab.

Gut dass hier kein Verkehr ist, muss Walter Winkler unwillkürlich denken.

Jetzt kommen sie an eine besonders enge Stelle, wo nicht mal mehr Ausweichbuchten angelegt sind.

Plötzlich taucht vor ihnen das schwarze Ungetüm einer Bauwalze auf, das die ganze Breite der Straße beansprucht und dazu noch halb über dem Abgrund zu schweben scheint.

-Hätt's du mich man fahren lassen, will Walter Winkler noch zu Humbert sagen.

-

Henke drückt seiner Drusilla ein Küsschen auf die Backe und erhebt sich, weil ihn nach den vielen Cocktails die Blase drückt.

-Gute Idee, sagt Lahmeier. Bisschen frische Luft tanken.

Mittlerweile hat er sich so an das Wildpinkeln gewöhnt, dass er automatisch mitgeht, wenn Henke sich auf den Weg macht.

-Mensch, du hast aber ganz schön getankt, sagt Henke zu dem hinter ihm her wankenden Lahmeier.

Gemeinsam gehen sie an Deck, gemeinsam stellen sie sich auf die Planken und friemeln ihr bestes Stück aus der Hose.

Während Henke gleich ordentlich losplitschert, will bei Lahmeier zuerst nichts kommen.

Henke ist schon ganz irritiert, vom Bundeskanzler nichts zu hören. Da endlich. Lahmeier seufzt glücklich auf. Schwungvoll schwallt sein Strahl über die Reling.

Als Henke eben die Hose zumacht, hört er ein lautes Platschen.

-Hallo, wo bist du, ruft Henke in den Nebel. Hal-LOOO-OH?????